作家出版社 & 悬疑世界（上海浩林文化传播股份有限公司）

命运有无限种可能

惊变二十三天

赤蝶飞飞 / 著

作家出版社

目录

第一天

1. 夜行

随着一声震耳欲聋的炸雷，刚停歇不久的暴雨又从天而降。

肖飞看了看左腕的手表，时间显示为深夜 11 点 14 分。环顾四周，适才都在安睡的乘客大部分都被这声炸雷惊醒了。人们揉着疲倦的眼睛，纷纷透过闪电的光亮张望外面的世界。

"怎么还在服务区？"坐在 3 号位的一个染着黄毛、戴着近视镜的男青年抱怨道，"都在这儿停了一个多小时了，是不是打算今儿晚上住这儿不走了？"

"就是，照这样误着，天亮也到不了枊州。"2 号座一烫着卷发的中年妇女附和道。

肖飞是 6 号位，而大巴车司机就坐在离他不远的驾驶位里。从肖飞的位置，可以通过后视镜看到，那是一个年逾 50 岁，皮肤黝黑，留着短密络腮胡的汉子，后者一边抽着烟，一边不紧不慢地回应二人的催促："再等一等，还少一个人，总不能把人家丢在这里嘛。"

"都等了一个多钟头，愿意走的话她早上车了！"坐在 4 号位的那个体形肥胖的中年男子开腔了，他用戴金戒指的手指着前厢的司机，"他娘的在这儿瞎耗，旅行完了还有生意要谈，耽误老子的事你赔得起吗？"

"就是啊，三更半夜的，让我们等在这儿算什么事啊？"1 号位的老太太也等不下去了。

"凭什么让我们 40 多个人等她一个啊？"后厢也传来声音。

肖飞其实比谁都急——适才别人大多处于睡梦中，他可是睁着眼等了一个多小时。就在他清清嗓子准备开口的时候，一个年轻女孩打着伞从远处跑过来。

司机摇开车窗，把烟头丢出去，同时扯着嗓子朝外面喊："找到了吗？"

女孩摇了摇头，拿手背抹了一把脸上的雨水，合伞上车。

"餐厅、商店、厕所都找过了？"司机看起来有些不甘心。

女孩拿起水杯咕咚咕咚喝了几口，才喘着气回答："包括住宿区、卫生站、KTV都找过了，没见到她。"

司机叹气道："真是撞了邪，好端端一个大活人就这么消失了！"

"既然这样，那还不快走？"1号的老太太催促道。

3号的黄毛则拿出手机，做出要拨打电话的样子："三年前就这么磨磨叽叽，三年后还这样，再不走的话，小心我投诉你！"

"投诉顶个屁用，何况半夜三更谁会接你的电话！"嗓门最大的还要属4号那位胖汉，他呵斥完黄毛，转而把矛头指向司机，"再他娘的跟这儿啰唆，老子直接把车给砸了！"

女孩把车门一关，背靠在上面，司机也开始发动汽车，但车子并没有马上启动。

随着一阵剧烈的咳嗽，坐在5号位（肖飞左侧）的一个扎马尾辫、留小胡子的中年男子发话了："走吧老哥，都这个点儿了，那位乘客要么投靠亲戚朋友，要么改换路线坐别的车走了。剩下的路几乎全是山道，又遇上这么个鬼天气，再耗下去，难保路上不会遇到什么麻烦呢。"

这位讲得倒是合情合理，事实与道理往往比简单的抱怨、指责甚至威胁更有效果，果然，话音刚落，大巴车便启动了。

肖飞靠在座椅上的脑袋不由自主地晃了一下，他偏过头，看到了9号那个空空的座位。适才沦为众矢之的的是个年约20岁、大学生模样的年轻姑娘，除了"沉默"和"干净"，并没有在他脑海中留下其他特别的印象。

大巴车开出服务区，摇摇晃晃驶向雨雾弥漫的山道。车厢内重新恢复安静，只有肖飞右侧的人时而发出呼噜声。在那个隔着过道的7号位上，正侧躺着一个40岁左右、光头疤脸的壮汉，适才车厢里吵作一团的时候，他依然呼呼地睡着，似乎这个世界与他无关。

雷声渐小，雨却越下越大。为保证安全，大巴车开得很慢。没出几里地，车厢里的乘客基本上都睡了。唯独肖飞睁着眼睛，锐利的视线透过模糊的车窗望向黑暗深处，似乎那里潜藏着某些不为人知的东西。

走了40来分钟，大巴车又停住了。有人从睡梦中醒来，叫道："怎么又停了？"

女孩无奈地回答："前方发生泥石流，把路给淹了。"

透过刮雨器不断摆动的前窗向外看去，肖飞看见，前方约50米处，一股激烈的浊流裹着石块、泥沙、草皮、枝叶从右侧的山谷倾泻而出，横向穿越崎岖的山道，直泻入左侧的悬崖。

"怎么办？要不要退回服务区？"女孩小声问司机。

司机还未答话，手机铃声突然响了起来。在司机接电话的过程中，肖飞转头望向后窗，通过闪电的照射，只见有石头不断从远处的山顶滑下来。

肖飞转回头的时候，司机刚好接完电话，正往后厢张望，他似乎想要说些什么，但最终什么也没说。几秒钟后，他开始打方向盘，在部分乘客的抱怨声中把车掉转回去。

反向行驶大约一两百米之后，大巴车突然转向左侧一条荒僻的小道。肖飞注意到，女孩猛地从小马扎上站了起来，探身到司机耳边低语两句，司机仍旧没答话。

大巴颠了十来分钟，前方出现一个荒草半掩、疑似隧道入口的洞口。洞穴极深，车灯的灯光射进去就被黑暗吞没了。

望着两侧斑驳不堪且画有白色符号的石壁，肖飞突然有一种奇异的感觉，他慌忙打开背包，把手探入里面的夹层，在一大堆东西中间翻来翻去，紧接着豆大的汗珠从额头滚下。他刚要开口，耳边传来巨大的爆响，与此同时大巴车剧烈摇晃，随即有石头砸破车顶落入前窗和后厢。肖飞还没弄明白是怎么回事，就感到脑袋一麻，失去了意识。

2. 塌方

不知过了多久，肖飞缓缓睁开眼睛。他发现自己歪倒在椅子里，只有左眼能看见东西，右眼似乎被某种黏稠的液体糊住了，鼻腔中全是泥浆、石块、汽油和血液混合的味道，耳朵里充斥着慌乱的脚步声和惨烈的哀嚎。

车厢里的灯因电路破坏熄灭了，借助零零散散的手机光线，可见前窗玻璃碎裂，司机两手分开，伏在方向盘上不知是死是活。1号位的老太太左手被砸断，正在哭号，2号位的中年妇女则脑浆迸裂，当场死亡。

后厢的情况比前厢严重得多，几乎从中线往后全部淹没在石头和烂泥堆里。相对幸运的是，坐在前两排稍靠右边的乘客，比如3号、5号、6号、7号以及乘务员（前文提到的女孩），他们受伤最轻，损失也最小，此刻正在乘务员带领下帮忙救助重伤的乘客，并从废墟中挖掘幸存者。

肖飞在右眼上摸了一把，手上全是鲜血，他顺着鲜血往上朝疼痛的中心摸去，赫然发现头顶有道寸把长的口子。接着，他在6号座和7号座中间的过道里看到了罪魁祸首：一块篮球大小、棱角突兀的石头，石头上还沾着几根头发和斑斑血迹。

肖飞快速检查了一番，还好，身体其他部位没有受伤。他小心翼翼站起来，把从身边经过、正在搬运伤员的5号马尾辫吓了一大跳，显然，对方把他当成了死人，以为他突然复活了。

跟马尾辫搭手的7号光头倒是镇定，开口劝他离开车厢到安全地带。肖飞表示自己没事，然后走到车厢中段，和3号黄毛以及乘务员一起从石头烂泥中刨人。他们知道，那些乘客先遭遇落石袭击，后被埋在废墟中间，每一秒都事关生死。

然而，由于泥石压得非常结实，下面的人比较多，为避免导致二次伤害，大家的动作又必须得小心翼翼。这么一来救援进度非常缓慢，半个钟头过去，只从废墟里挖出9个人，且只有1个人是活着的，再之后，刨出的便全是尸体了。

隧道上方的石头还在零零散散下落，有的透过大巴车顶端的破洞直接落进来，有的砸在尚且完好的地方，咣咣直响。

"别挖了。"肖飞第一个停手，"挖出来也是死人，没有意义了。"

黄毛还弓着腰，透过厚厚的眼镜片有些犹豫地看看肖飞，又看看乘务员。

"不行！"乘务员望着那些满身血污、面目全非的尸体，脸都哭花了，"我们干的就是拉人送客的生意，就是死人也要挖出来送回家，不能丢在这儿。"

"不会把他们丢在这儿。"肖飞继续劝道，"等救援队来了，他们有专业设备，效率比我们要高得多。况且危险仍然没有排除，万一隧道再发生大面积坍塌，就会要了我们的命，更得不偿失。"

乘务员一听，哭得更厉害了："电话早就打过了，这地方手机根本没有信号，救援队不会过来的！"

肖飞说："那就等天亮了出去找人。"

乘务员摇了摇头："隧道出口完全被堵死了！"

肖飞愣了一下，随即问道："没有救援队，你怎么送他们回家？"

"我就是一个个背，也要把他们背回去！"乘务员一边说，一边又拼命地徒手刨掘起来。

肖飞冲黄毛使了个眼色："把她带出去！"

黄毛本想说句什么，但经不住对方目光的震慑，连拽带拖地将乘务员架了出去。肖飞最后一个撤出，临走前，他带走了座椅上的背包和行李架上的小型手提箱。

5号马尾辫和7号光头已经把受伤的乘客转移到车头前方大约40米的位置，那里相对安全些。

肖飞下车后，先用手机的手电筒朝后面照了照，只见大巴的后半截完全被砸扁，车外的空间也被隧道坍塌下来的石头堵得严丝合缝。由于上下左右一片混沌，根本看不出坍塌面积有多大，被堵死的部分有多长，唯一有数的是，就凭他们这些残兵败将，想在食物耗尽、精疲力竭前徒手挖出条逃生之道根本不可能。

再往前看，大巴车的两盏前灯只剩下一盏，淡淡的黄雾微弱地向前延伸着，光晕里或坐或站聚集了十来号人，每个人的衣衫都肮脏不堪、脸上血迹斑斑，仿佛一个吃了败仗的丧尸军团。

肖飞走到跟前的时候，乘务员刚刚清点完人数：全车连同司机和乘务员在内共计42人，其中幸存者13人（包括肖飞），现场尸体11具，除去半路下车的9号，还有17人被埋在废墟里——当然，后者可以直接归入死者行列了。

见到肖飞，乘务员拉着脸，甚至看到对方蹲下身打开行李箱和背包翻找物品的时候，视线里还带着怨气。不过，当肖飞丢下行李起身离开时，乘务员拽住了他："喂，你上哪儿？"

肖飞回头看了她一眼："我有很重要的东西落在车上，得把它找出来。"

乘务员朝大巴车那边扬了扬下巴："没看见还在落石头，不要命了你？"

肖飞拉开她的手，跨过7号光头的双脚，径直朝大巴车走去。7号光头倚在随身携带的大背包上，眯着眼望向肖飞逆光而去的背影，嘴角露出一丝神秘的笑。

肖飞回到车厢，踩着血浆和砂石的混合物走到6号座跟前，他持手机先查看了行李架，之后在座椅缝隙寻找，也没有发现。于是他又单膝跪地，弯腰朝座椅底下查探。看着看着，忽然在8号位底下发现一个人，那人面朝里，以一种极其扭曲的姿态趴在地上。

怎么这儿还有具尸体？就在肖飞疑惑地想着，准备起身的时候，那人的脑袋缓缓转了过来，幽幽的手机光线下顿时映出一张惨白扭曲的脸。

3. 内讧

尽管如此，肖飞还是把他认出来了，这个趴在地上的家伙正是坐在4号位的胖子。

"老弟，帮、帮我一把！"胖子叫道，证明自己还活着。

肖飞挪到过道另一侧，朝对方伸出一只手："你怎么会在这儿？"

"甭提了。"4号胖子撇撇嘴，"隧道塌方那会儿，我一着急就钻到椅子底下，结果两排座椅长度不够，我顾着脚没顾着头，结果一块石头刚巧砸我脑袋上，把我砸晕了。这不，刚刚醒过来，却发现卡在座椅底下怎么都出不去。"

肖飞拽住对方一只胳膊，使劲往外拖，果然，对方体形太胖，死死卡在椅子下动弹不得。无奈，他只得将卡住对方的两只座椅拆下来，这才把人救起。

忽然，随着外面一阵惊呼，隧道又开始坍塌了，车顶雷鸣似的发出一阵炸响，大大小小的石块从顶端的漏洞滚进车厢。

"快走！"肖飞揪住胖子往门口拽。

"不行，我还有行李呢！"说着，胖子跑到行李架前去够上面的箱子。只可惜那箱子跟他一样，都因体形过大被卡在里面，越是着急，越是拽不出来。

"来不及了，快走！"肖飞再次去拽对方。

"走不得，走不得！"胖子急得快哭了，"我的证件、合同，还有很多值钱的东西都在里头呢！"

"你先走，我帮你拿！"肖飞揪住对方的领子，硬是把他揉了出去。

接着他反身回到4号位，抓住行李架使劲往外一拽，只听咔的一声，行李架的边缘被撑裂，但行李箱鼓起的肚皮仍被卡在里面。真不知道那胖子是怎么把行李箱塞进去的！肖飞无奈，只得运足力气，对准卡住的位置打了一拳，塑料架顿时四分五裂。

肖飞拽起行李箱从车门一跃而出，与此同时，一大堆石头从隧道顶端落下，几乎擦着肖飞的后背，咣咣当当砸在大巴车的台阶上。

见肖飞安然归来，守在司机旁边的乘务员这才把悬着的心放了下去。

"东西找到没？"乘务员远远问道。

肖飞摇摇头，把手里的行李箱放到胖子跟前，后者接过来，一个劲儿表示感谢。

"哎呀，多亏老弟你帮忙，不然我这条小命连同箱子要一起葬送在车上啦！"说着，胖子从口袋里摸出包烟，抽出一支递过去，"来来来，抽支希尔顿压压惊。"

"我不抽烟。"肖飞摆摆手，快步走到自己的行李跟前。

胖子站在那儿进退两难，最后把那支香烟夹在耳朵上："老弟不介意的话，可否告知尊姓大名，我袁富一定感恩戴德，永生铭记！"

肖飞云淡风轻地回了两个字："肖飞。"

袁富龇着两颗大金牙试探着问："是通宁市卫华武校的那个总教练肖飞吗？"

肖飞"嗯"了一声，埋头收拾适才被翻乱的行李。

闻听此言，3号黄毛立刻来了劲，他从大背包上直起身子："你真的是《武林风》世界拳王争霸赛中，打败俄、法、日连胜三场的大英雄肖飞？"

这次肖飞没有回答，但黄毛已经激动起来，他从人群中穿过去，蹲到肖飞面前，又把站在附近的5号马尾辫推到一旁，好让大巴车的灯光毫无阻碍地照清自己的脸："幸会幸会，我叫孙铎，别人都喜欢叫我多多。节目播出后，我还以你的事迹写了篇稿子，在报纸上发表过呢。只不过是家地方小报，你不一定看到过。"

肖飞瞄了对方一眼，他对眼前这个黄毛还真没什么印象，也不知道究竟是哪家小报，刊发了些什么内容。倒是袁富对那个多多十分感兴趣，他先是仔细打量，然后摩拳擦掌，不顾身体不便冲上前去一把将对方揪住。

"果然是你这坏小子！老子最恨这种捕风捉影、无中生有的小报记者！今日落到老子手里算你倒霉！"袁富用他肥胖的手掌猛抽对方嘴巴，"叫你编造桃色新闻！叫你毁坏我的名誉！"

多多被打蒙了，良久才爬起来进行反击："你本来就是个贩卖假黄金制品的暴发户嘛，我哪里说错了？你跟金星珠宝店的老板娘有一腿也是路人皆知，我怎么冤枉你了？"

"你——"袁富环顾四周，脸上红一阵白一阵的，由于矮人一头，他只有蹦起来才能够着对方的脸，"你个小王八蛋，看老子不抽死你！"

随着一阵剧烈的咳嗽，5号马尾辫走上前来，将一堆卫生用品举到两人中间："先把私人恩怨放一放吧，眼下这么多伤者，当务之急还是救人要紧，常言说'救人一命胜造七级浮屠'，该是大家积德行善、发扬风格的时候了。来来来，两位也帮帮忙！"

多多看看5号马尾辫，又看看架在胳膊上的卫生用品，先松了手。

袁富停止打人，却依然死死揪着对方。

"放手！"肖飞低声喝道。

袁富没听见一般，仍在那里较劲。对于5号马尾辫的温言调和，他非但没有心存感激，反而在投向对方的视线里增加了一丝责难。

肖飞伸出左手，攥住袁富的右腕，稍一用力后者便"哎哟"叫唤着松开了。紧接着，他又用右手攥住对方左腕猛力一甩，后者竟原地兜了两个圈子。与此同时，被举在两人中间的卫生用品被甩出老高。

等 5 号马尾辫反应过来伸手去接的时候，发现那些东西已安然落入肖飞手中。

4. 观点交锋

"哎呀，好身手！"5 号马尾辫瞠目结舌，鼓起掌来，"我郭文豪今日算是大开眼界了！"

肖飞没有理睬，只顾将手中的卫生用品分发给身边看热闹的人："来来来，大家都帮帮忙。"

人们纷纷接过卫生用品，在郭文豪和乘务员的带领下给受伤的人进行伤口清理和包扎。肖飞发现，所有伤者中，司机的情况最为严重：他的脑袋被砸出两个血洞，左手指骨都露了出来，右膝盖几乎被砸碎，身上多处被玻璃碎片划伤。

由于伤得过于严重，司机现在仍处于昏迷状态，而且浑身烫得吓人。肖飞把司机抱到迎光处，先帮他清理掉伤口附近的秽物，接着做止血处理，然后拿纱布和胶带进行包扎，最后从背包里取出一瓶矿泉水，捏开司机的嘴，把两片抗生素喂下去。

忙完之后，肖飞抬起头，赫然发现面前蹲了个人，原来是乘务员，后者拿着一板抗生素和一块医用纱布："给你。"

"给我做什么？"肖飞扬起眉毛。

乘务员把药和纱布丢了过去："别忘了你也是伤员，头上还在流血呢。"

肖飞精准地接住，看了一眼，而后又给丢了回去："我这点小伤不碍事，资源有限，留着给需要的人吧。"

乘务员接过，顺手递给身旁的郭文豪。之后她仍旧蹲在原地，看着肖飞挪到 1 号老太太身旁，帮她处理被砸断的左手。

大巴车的灯光越过郭文豪的肩膀，刚好照到肖飞脸上。这使得乘务员的视线不由自主聚焦到对方面部，眼前这个男人约 30 岁出头，五官立体、线条硬朗，一头寸发更显得干净利落。客观讲，他很帅，但不是那种大众意义上的美颜帅哥，而是一种十分特别的、由内而外散发出来的型男味道。

肖飞忽然抬起眼："看我干什么？"

乘务员也不回避："看你手法挺专业的，以前学过医？"

"接触过一点。"肖飞点点头，"学员日常训练中免不了伤筋动骨，没有两招怎么做教练？"

老太太的手伤势很重，肖飞动作稍微大一点她就拼命叫喊，胡乱挣扎，看肖飞一个人有些吃力，乘务员主动上前帮忙："其实你这人挺有人情味儿的，干吗总是一副自私冷酷的做派？"

"你还在计较我下令停止挖掘的事吧？"见对方默认，肖飞继续说道，"我这人有很强的时间观念，一向习惯在有限的时间里做最有价值的事情。难道你不觉得抢救那些有希望存活的人比从废墟里挖掘尸体更有意义吗？"

"那是你的看法。"乘务员认真强调了自己的观点，"对我来说，人都是平等的，无论活人还是死者。把每个人安全送到目的地是我们运输人员的职责，也是我们所追求的最高价值和最大意义。而乘客从上车起就跟我们形成一种契约，按照契约，我们有义务也有责任保证每一个人生有所归死有所属。

"在这辆车上，大家都是生死相依的同伴。如果遇到灾难，我的同伴死了而我却还活着，我会活得很不安心，更别说抛弃废墟里的十几个人了，那是万万不可能的，那样我将永远无法原谅自己。"

肖飞看着对方，准确说是在打量对方——这是彼此接触以来他第一次如此正式地观察眼前这个年轻的女孩：二十出头的年纪，齐耳短发，鹅蛋脸，睫毛不长但很密，说话时眼睛中闪着光。

肖飞点了点头，但这只代表他很欣赏对方的单纯和执着，并非认同她的观点和看法。而乘务员却误以为自己在这次观点交锋中获得了压倒性的胜利，得意之余嘴角向上弯了一下。

肖飞看到了，并不以为意，他给老太太包扎好，又换到下一个伤者。

"你是哪个大学毕业的，怎么会做起乘务员的工作？"肖飞边忙活边问。

乘务员继续帮他打下手："陕西师范大学，不过只读了两年，算是肄业吧。"

"师范啊。"肖飞换了副揶揄的口气，"难怪说起话文绉绉的，讲起道理也一套一套的。"

乘务员扬起头，拿下巴对着他，好像在说：怎么，你不服？

肖飞笑着摇摇头："我就是搞不明白，你一个读师范的怎么就做起了乘务员。"

乘务员不乐意地嘟囔道："乘务员怎么了，我喜欢！能四处溜达又能长见识，有人想当还当不上呢！"

"干多久了？"

"三年多了。"

"一直跑这趟通宁到枰州的长途？"

"嗯。不过说实话，总跑一条线路，时间长了也挺枯燥的。所以，我计划跑完这次就转线，没想到却出了这样的事故。"

听到这儿，肖飞停下手里的动作："我注意到，司机师傅朝隧道口方向转弯的时候，你忽然站了起来，是不是那时你想到或者看到了什么？"

5. 海马效应

乘务员怔了一下，说："也没什么，只是不明白他为何突然转向，因为我很清楚，除了那条陡峭的山路，从通宁到枰州没别的近道。"

"我倒是有一种奇怪的感觉，尤其进入隧道之后。"肖飞边说边环顾四下，"我觉得我好像之前到过这里，而且越往里走这种感觉就越强烈。"

"这种现象，心理学上叫做既视感，跟人类大脑的海马体有关，所以也叫海马效应。"郭文豪从旁边凑了过来，将手中未用完的纱布分给肖飞一些，"它最大的特征，就是突然感觉眼前的场景无比熟悉，每一个细节，甚至是接下来将要发生的一幕，你都了如指掌，就好像曾经经历过。然而，事实上并非如此。

"之所以会出现这种感觉，是因为人的大脑每天都在虚构各种情景，特别是在睡梦中，大脑仍在对现实中的一些参数进行运算，从而得到许多种结果。当你遇到现实中近似的情景时，就会与你记忆中以前大脑虚构的情景相呼应，加上心理的作用，你就会有似曾相识的感觉。简单地说，这种似曾相识的感觉属于潜意识跟现实的一次碰撞。"

肖飞目光里带着赞赏："郭先生是个心理医生？"

"不不不。"郭文豪摆摆手，"我是个悬疑作家，只是读过这方面的书而已。"

"您真的是郭文豪老师？我看着有点儿像但一直没敢认，刚才听到您的名字，还以为是重名呢！"乘务员忽然激动起来，"我叫张培，在微博上给您发过几次私信，您都回了我。去年在通宁的签售会上，我还得到过您的现场赠书呢。"

"呃——"郭文豪的大脑快速运转着，但一时半刻实在难以搜索到与之相关的内容，局促之中，不由得发出一连串咳嗽。

肖飞及时圆场："多亏郭先生未雨绸缪，带了这些宝贵资源，不然，受伤的同伴们可要遭罪了。"

闻听此言，郭文豪涨红的脸稍稍恢复："肖老弟言重了，郭某此次枰州之行，除故地重游之外，还约了几位朋友到贺兰山探险，为防意外，就多带了些头疼脑热、跌打损伤的药品，能派上用场，郭某深感荣幸。"

张培瞪了肖飞一眼，因为他打断了自己跟郭文豪的谈话。借两人的语隙空当，她继续跟自己的偶像套近乎："郭老师，您所有的著作我都已经拜读完了，接下来，您在新书方面有什么计划吗？"

提到文学创作，郭文豪立刻容光焕发、眉飞色舞起来："我刚才说了，这次到枰州是要借故地重游的机会协同几位朋友去贺兰山探险，除此之外还有一个很重要的目的，就是准备和几位国内一线的悬疑名家联合写部剧本，然后由影视公司改编拍摄成系列网络大电影。"

"是吗？"张培赞叹道，"那些作家都有谁啊？"

郭文豪捋着下巴上的一小撮胡须："中国的悬疑教父蔡骏、中国的东野圭吾周浩晖、中国的希区柯克宁航一，除此之外还有雷米、秦明、蜘蛛、那多四位名家。"

"哇！有蔡骏和那多啊！我最喜欢他们了！"张培差点儿从地上蹦起来，"电影由谁来主演定了吗？"

"当然要请国内一线明星喽。"郭文豪骄傲地伸出一根手指，"制片方已经谈好了，这个系列的网大总投资超过一个亿，预计从今年年底起陆陆续续在爱奇艺、腾讯、优酷、乐视等平台上线。"

张培的惊呼还未出口，不远处就传来多多不屑的声音："一个亿做网大？就吹吧你！骗人家小姑娘也不是这么骗的。"

"我骗谁了？我说的话可都是有证据的！"说着，郭文豪就要去翻行李箱，被肖飞拉住后，他又指着多多的鼻子骂，"难怪袁先生要揍你，你小子就他妈嘴欠！"

多多唯恐天下不乱似的："你别拉他，我倒要看看他能拿出什么证据！今儿爷不单嘴欠，手也欠，见人吹牛皮就想戳破！"

"你——"郭文豪捂着胸口，咳嗽得上气不接下气。

"你这人有病啊，人家投资多少跟你有什么关系？"张培挺身而出，替偶像回击道，"你们这些小报记者，整天捕风捉影，无中生有，胡编乱造，故弄玄虚，平日牛皮吹得还少吗？怎么不戳戳你自己！"

多多望着对方那张愤怒的俏脸，原本斗志昂扬的表情竟一下子蔫了。

肖飞看出了多多的窘态，对他摆摆手："别在这儿傻站着，实在无事可做就去打救援电话吧，说不定就有信号了呢。"

多多还想说点什么，但经不住肖飞那锐利的目光，只好哑吧哑吧嘴离开了。

郭文豪在张培的搀扶下走到自己的行李前，靠着行李箱席地而坐，然后拿出药就着一瓶矿泉水服下。

肖飞包扎好眼前的伤员，刚要检查下一位的时候，忽然听到黑暗中传来一声刺耳的尖叫，凭借经验，他断定那声音并非源自肉体的疼痛，而是因为看到了某种极为可怕的东西。

6. 樱花骷髅

肖飞循着声音望去，只见一个跛脚的中年妇女提着裤子从 20 多米外的黑暗中跑过来，边跑边喊："有鬼、有鬼呀！"

闻言，五六只手机迅速打开电筒朝她身后照过去，就在光亮与黑暗交会的地方隐隐闪着一团幽幽的微光，似乎有一颗骷髅头半掩在砂石里，那骷髅时而面朝天时而面着地，摇摇晃晃，看得人后背发凉。

"喂，谁在那儿装神弄鬼？""爷可不是被吓大的，有能耐过来咱俩单挑！""想吓唬我，这手段也太小儿科了！""真是鬼就别躲躲藏藏的，敢不敢现出原形让人瞧瞧啊？"人们冲那微光处叫叫嚷嚷，但无一人愿意靠近看个明白。

"敢不敢过去瞧瞧？"肖飞望着张培，语气里带着三分询问和七分激将。

张培挑挑眉毛："你敢我就敢！"

肖飞淡然一笑，持着手机大步走到跟前。在手电筒的照射下，只见洞壁下方的地上被尿液冲刷出一颗半掩在砂石中的人类骷髅。之所以发出幽光，是因为那中年妇女逃得仓皇，手机落在了骷髅旁边，在屏幕光线的照射下，才呈现出一副阴冷可怖的面貌。

肖飞蹲下身，死死盯着那颗仍在晃动的骷髅，刚要伸手去拿，不远处的张培忽然喊道："等等！"肖飞抬起头，对方丢给他一双白色的尼龙手套。而郭文豪弓在她身旁，一手掩着口咳嗽，一手把行李箱的拉链拉上——显然手套是他提供的。

肖飞把手机搁在一旁，熟练地戴上手套，然后用右手将骷髅从砂石中拿起来。凑上前的张培赫然发现，骷髅底下竟盘了条成人拇指粗细的花蛇。原来，骷髅之所以会不断地晃动，就是这条花蛇在底下作怪。

见有人拿走它的玩具，花蛇"嘶"地抬起三角形的脑袋，火红的芯子一吐一吐的。张培发出惊呼的同时，花蛇"嗖"地弹起来，直袭向肖飞暴露的脖颈。然而，张培那声惊呼余音未落，花蛇已被肖飞用左手的拇指和食指精准地掐住了咽喉。

不甘就范的花蛇缠绕在肖飞手腕上，张大嘴巴将信子伸到极限。花蛇越缠越紧，肖飞手上的力度也越来越大，最后竟将蛇头生生掐了下来。失去脑袋的花蛇躯体快速松开，坠到地上的砂石里。

肖飞则没事人一般，拿着手机仔细观察骷髅。他发现，这个骷髅腐朽严重，有的地方用手一捻就呈粉末状，初步判断距今至少六七十年的时间。此外，骷髅的上下颌严重错位扭曲，说明其主人临死前经受了极大的痛苦。

但最为引人注目的，是骷髅印堂处的樱花图案。图案约1元硬币大小，由利物雕刻上去，造型并不端庄，线条也不够工整细致，看上去不像是认真绘制的某种宗教符号，而是随手的涂鸦。

至于死者是谁，因何而死，为何没有躯体只剩下一颗头颅，印堂处的樱花图案又代表什么含义，就不得而知了。

肖飞放下骷髅，缓缓站起身来，用手轻轻触摸隧道的石壁。石壁表面涂有水泥层，摸起来十分光滑细腻，只是因年久失修，老化得非常厉害，到处都是水渍和裂缝。透过水渍和尘垢，可见石壁上隐约残留着白色的笔刷痕迹，同样由于年代久远而斑驳不堪，呈现出一派肃杀之气。

"那上面画的什么东西？"肥头肥脑的袁富凑上前来，"人不人鸟不鸟的，看着奇怪。"

"应该是一种符。"多多拿纸巾擦着弄脏的眼镜片，"大概是要镇住下面这个骷髅头。"

"不懂就别瞎说。"张培立即纠正道，"那是日文，应该是当年日本侵略军留下的。"

"没错，就是日文。"郭文豪扶了扶鼻梁上的眼镜，"字写得比较大，你们只看到了一部分，再加上水渍和裂缝的干扰，所以看起来像是画或者符。"

张培也只是从字形上识别出书写的是日文，但内容是什么她一时也认不完整，于是问郭文豪："那上面写的什么？"

郭文豪捻着下巴上的胡须："我早年在日本留过学，认得一些日文，这前后四个字翻译过来就是'减速慢行'。"

"这么说，这条隧道是日本人建的了。"多多把擦好的眼镜戴上，望向漆黑的隧道深处，"你们说，里面会不会是个秘密的军事基地？"

"不可能！"张培断然否定，"抗战期间，日军虽然侵略了大半个中国，但始终未踏入西北一带，哪来的什么军事基地？你的脑洞真够大的！"

"也不一定。"郭文豪对张培的观点表达了谨慎的支持，"日军虽没有侵入西北，但贺兰山的确有一座秘密的日军军事基地，不过，这一带还真没听说过。"

"那你说说，这条隧道是做什么用呢？"多多没有顶撞张培，而是不服气地盯着郭文豪问。

郭文豪举着手机四下看了看："有两种可能，一是军方行为，即日军通过秘密行动，在后方修建了这条隧道用于储存战略物资；二是纯粹的民事工程，也就是说，这仅仅是一条穿过山体、方便运输的快捷通道罢了。"

闻言，张培眼前突然一亮："那也就是说，我们可以顺着隧道走出去？"

"郭先生刚才讲了，那只是两种可能性的其中一种。如果是前一种，我们面对的将是一条死胡同。"一直未出声的肖飞开口了，他实事求是地指出，"况且，即便真的是一条快捷通道，谁知道隧道有多长、通往何处，里面有没有坍塌呢？"

"哦。"张培的眼神又黯淡了下来。

肖飞拿着手机往头顶及周边的隧道上方照了照，见没有明显的裂缝和渗水，于是回头对郭文豪说："暴雨一时半刻还停不下来，外面到处都是塌方和泥石流，相比之下，这段隧道还算坚固，也有车灯作为照明，安全起见，今儿晚上我们得在这儿过夜了。"

"好像也只能这样了。"郭文豪咳嗽着表达了赞同，"在前方环境尚不明朗、手头资源并不充分的情况下，的确不如原地不动。"

"我也赞成原地待援。"张培说。

"我反对！"一旁的袁富高声叫道，"毕竟这是条废弃多年的隧道，万一一直没有人发现和救援，我们岂不是白白在这儿等死吗？再说，这里头这么多受伤的人，若无法及时得到治疗，后果也是非常严重的。还有啊，跟这么多死人在一起，你们就不怕睡觉做噩梦吗？"

肖飞睨着他："依你之见呢？"

袁富晃着肥硕的脑袋："能走的先走，不能走的暂时留在这儿，等能走的出去找到救援队伍，然后再来救那些不能走的。"

"你打算把受伤和死去的同伴丢在这儿吗？"张培近前两步厉声指责，"你怎么能这么自私呢？"

肖飞伸手拦住张培，把话又抛给同样急赤白脸的袁富："你就那么肯定前方就是出口，万一也是死路一条呢？"

袁富愣了一下，说："那——大不了还退回来——反正，多个选择多条活路，对吧各位？"

居然有人回应，而且还是几个伤者。

见有支持者，袁富底气更足了，他提起大皮箱朝人群中喊道："愿意先走一步的准备随我出发喽！"

三个伤势轻的立刻开始收拾行李。多多下意识地弯了腰，但在指尖碰到提箱手柄的一刻又停住了，他抬眼看看肖飞又看看张培，最终又直起身来。

"肖老弟啊，"袁富上前几步，伸手拍拍肖飞的肩膀，"为兄就先打个头阵，如果前方是条活路，我保证第一时间找人来救大家。"

说罢，袁富头也不回地带领三个跟随者朝隧道另一端走去了。

"你们给我站住！"张培气得胸脯一鼓一鼓的，却也无可奈何。她知道，无论自己还是肖飞都无权干涉别人选择命运的自由。

这时，远处有人喊道："司机师傅醒了！"张培听到，顾不得袁富等人，快速朝大巴车司机所待的地方跑去，肖飞也快步跟过去。

"王师傅！王师傅你感觉好些了吗？"张培把半睁着眼的司机托在怀里，"你再坚持坚持，救援队伍马上就到了，你一定会没事的！"

司机努力睁着其中一只眼睛，但那只眼睛像倒入了黏合剂一样，死活无法完全张开。与此同时，他的嘴巴艰难地嚅动着，可惜，唇齿间溢出的只有暗红色的鲜血和含混不清的咕噜声。

张培侧头，将耳朵贴过去："你说什么？我听不太清。"

司机的嘴唇继续嚅动着，从口型上看，好像一直在重复两个字，可张培、肖飞，包括身旁那名伤者在内，谁也无法判断。

张培额头的汗滴落在司机逐渐焦黄的脸上："你再大声点，我听不清楚——"

"他说'病毒'。"是7号光头的声音。肖飞循声望去，后者正靠在两米外的行李包上，眼睛紧盯着隧道的顶端，仿佛那里有某种文字提示。

话音刚落，司机的嘴巴慢慢停止嚅动，睁着的那只眼睛也逐渐合上了。

第二天

张培颤抖着伸手探了探司机的鼻息，后者已气绝身亡。

"王师傅——"张培抱着司机的尸体失声痛哭。

蹲在旁边的肖飞看了看手表，指针指向 7 月 19 日凌晨 2 点 37 分，虽然距离事故发生只过了两个多小时，但从严格意义上讲，这已经是第二天了。

"这位仁兄怎么称呼？"肖飞望向两米外的 7 号光头。

光头躲在车灯制造的阴影里，这使得面部的疤痕在阴影的衬托下显得更为狰狞可怖，听到肖飞问话，他只是换了个姿势，眼睛继续盯着隧道顶端："我姓赵，单名一个四字，叫我阿四就行了。"

"阿四先生的耳朵好厉害！"郭文豪话里有话地插嘴道，"那么远的距离都能听清楚。"

阿四不咸不淡地应道："我这人没有别的优点，就是耳朵灵，所以认识我的人都叫我'狗耳阿四'。"

郭文豪仍旧持有疑虑："既然耳朵那么灵，为什么在服务区的时候车上吵成那样，也没能吵醒你？"

"睡得香并不意味着听不见，你们吵的什么我全都知道。"说到这里，阿四缓缓转过头来，"'走吧老哥，都这个点儿了，那位乘客要么投靠亲戚朋友，要么改换路线坐别的车走了。剩下的路几乎全是山道，又遇上这么个鬼天气，再耗下去，难保路上不会遇到什么麻烦。'这是你当时劝王师傅的话，现在看来，郭先生的话竟真的应验了。"

郭文豪听出了弦外之音："你什么意思？"

阿四摸了一下自己的光头："没什么，我只是佩服郭先生未卜先知的本事。"

郭文豪气得胡子直抖："你这是在讽刺我长了张乌鸦嘴，在诅咒大家吗？"

"够了！"肖飞厉声喝道，"王师傅尸骨未寒，大家惊魂未定，你们不去安抚照料，在这儿瞎嚷嚷什么？"

阿四转过头，继续盯着隧道顶端，郭文豪虽然闭了口，但仍然用怀疑和憎恶的视线盯着对方。

"人死不能复生，节哀吧。"肖飞拍拍张培的肩膀，"我们替王师傅整理一下仪容，抬到遇难者那边去。"

张培止住痛哭，但依然小声啜泣着："虽然我跟王师傅非亲非故，但三年多来，他一直待我像亲女儿一样，十分体贴和照顾。现在他突然没了，我真的接受不了，就像心头的肉突然被剜去一块一样。"

肖飞点点头，表示能够理解，接着他率先动手帮王师傅整理仪容。整理到身体右侧的时候，肖飞愣了一下，因为王师傅的右手没有受伤，刚才在包扎伤口的时候并没有特别留意这边，现在才发现他的右手竟握着一部黑色的手机。

肖飞记得很清楚，两个多小时前王师傅接完电话，手机是放在驾驶台上的。现在却出现在他手里，那么只有一种可能——灾难发生的时候，他本能地将手机抓在了手里。在那种危急的情况下打电话是不可能的，他这一动作必然是要保护这部手机。

由于王师傅抓得很紧，肖飞花了很大力气才将他的右手掰开，把手机取出来。那是一部款式非常普通的老式手机，外壳崩裂变形、屏幕布满划痕，市值也就五六百块钱左右，王师傅再艰苦朴素，也不至于拿生命来保护这样一部破烂的手机。

手机不值钱，那就是里面存储着对王师傅来说极其重要的东西。肖飞试了一下，手机没有设置密码，向右滑动屏幕即开锁。主屏幕是王师傅跟一个小男孩的合影。王师傅蹲在一个花坛边，笑得眼睛都眯上了，小男孩三四岁的样子，抱着一只小猪佩奇偎在王师傅怀里，看上去十分地温馨融洽。

肖飞翻开手机相册，里面没有视频，总共只有五张照片，而且看上去角度随意、影像模糊，更像是孩子拿手机拍着玩的。他又进入录音机，里面只有几段通宁的地方戏，且不是名家名段，大概是王师傅自娱自乐的录音。电子书和短信收件箱是空的，手机也没装 QQ、微信和外存储器。总之，未发现特别有价值的东西。

收起手机之前，肖飞忽然想起两个多钟头前王师傅接的那个神秘电话，于是他翻开通话记录，最后一次通话时间为 23 点 49 分，号码是通宁市区的一个固定电话。

"63398349。"肖飞问在场的人，"有谁知道这个号的吗？"

"6339 开头，应该是通宁市河阴区的。"郭文豪咳嗽了几声，接过话茬，"8349 嘛，好像是哪个事业单位的电话，具体记不太清了。"

"省疾控中心。"给出答案的依旧是阿四，"2003 年预防'非典'的时候，大街小巷贴的都是他们的宣传材料。"

"疾控中心，病毒？"肖飞沉思了片刻，问对面的张培，"两个多小时前，有人给王师傅打了个电话，你离王师傅最近，听到他说什么了没？"

张培擦着脸上的泪水："当时我在玩手机，没特别留意。"

肖飞的视线随即转向不远处的老太太，她坐在 1 号位，同样离司机很近。听到肖飞问话，老太太呻吟着回答："我睡着了，不清楚谁给他打了电话。"

"阿四先生。"肖飞转向阿四，他可没忘记，后者有一双敏锐的"狗耳"。

"我听到了。"果然，阿四给出了肯定的回答，"不过当时正在打雷，我只隐约听到了几个字。"

"是什么？"肖飞皱起眉毛。

2. 失踪的尸体

阿四依旧仰望着黑漆漆的隧道顶端："T-SA2N9。"

"这是什么？车牌号？"多多眯着眼睛。

"胡扯！"郭文豪毫不客气地反驳道，"车牌号一般由 7 位数构成，即所在省的简称 + 城市代号 +5 位车牌编号，且中间不带横杠，你见过这样的车牌号吗？"

"以你之见呢？"肖飞问。

郭文豪仰头喝了几口矿泉水，清清嗓子道："应该是某种化学元素的名称。"

"病毒！"张培受到启发，脱口而出，"省疾控中心半夜三更打电话给王师傅肯定有紧急的事情，而事情的内容应该和病毒有关。所以，就像 SARS 代表'非典'，H7N9 代表新型禽流感一样，T-SA2N9 有可能就是某种变异病毒的名称！"

郭文豪听罢，赞赏地点点头："乘务员小姑娘说得对。这样说来，事情的真相就是——两个多小时前，王师傅接到省疾控中心的紧急通知，一名甚至是好几名 T-SA2N9 病毒的携带者上了我们乘坐的这辆大巴——"

"等等！"多多突然打断对方，"如果事情像你所说，王师傅为什么不当场向大家讲清楚，或者干脆把感染者指出来让他们下车？就算怕惹麻烦，最起码也要把车开回服务区，等待当地防疫部门支援，为什么偏要着急忙慌地把车开进这条隧道？"

张培替郭文豪辩解道："可能病毒非常危险，怕刺激到患者，再惹出什么乱子，所以不能公开点破。再说，你们也都看到了，后面的山道不断有石头坠落，回服务区同样十分危险，选择来这条隧道也许只是暂时避一避。"

"什么可能也许的，一听就是主观盲目的附和之词。"多多表面上讥讽张培，将实际矛头指向郭文豪，"郭先生是位悬疑作家，最擅长见微知著、举一反三，但现实不是文学创作，不是光靠想象力就能搞定一切的。所以说嘛，偶像崇拜可以理解，但也别太无脑了。"

"你说谁无脑？！"张培腾出一只手，抓过郭文豪喝剩的半瓶水丢过去，"今天你给我说清楚，我怎么无脑了！"

多多自知失言，将水瓶抓在手里，觍着一张脸："我、我、我脑残行了吧？"

张培哼了一声，改用眼睛瞪着他。

郭文豪显然还没咽下这口气："孙先生刚才振振有词，想必是另有高见，可否说来听听？"

"我说我有高见了？"多多又痞又贱地嚷道，"虽说肚子里存了点墨水，可我只是个小报记者，比不上您大作家，也没有那么高的眼界。不过呢，记者跟作家还是有着本质上的区别的，一个讲求实事求是客观反映现实，一个讲求丰富的想象力和创造力。但任何行业都要遵循一定的职业道德，就好比我们，在没有足够证据的情况下绝不随便发言，免得误导众人、制造恐慌。"

"我呸！"郭文豪狠狠啐了口唾沫，"一个靠捕风捉影、牵强附会为生的小报记者居然在这儿大谈客观事实、职业道德，真是滑天下之大稽！"

多多几乎跳起来："谁捕风捉影、牵强附会了？你个不男不女的死人妖，没根据的话不要乱讲，拉屎忘擦屁股了不是——"

"你——"郭文豪气喘吁吁地从地上站起来。

多多向前两步："怎么？想动手？来呀！"

"大家都是一条船上的难兄难弟，互相忍让一些吧！"劝完郭文豪，肖飞又问多多，"让你打申话，打得怎么样了？"

"一直打着呢！"多多哭丧着脸，"两台手机轮流打，指头都按麻了，可还是没有信号！"

肖飞暗自叹了口气，继续整理王师傅的遗容，然后和张培一起把王师傅抬到遇难者行列。

　　默哀完毕，刚准备离开之际，张培忽然"咦"了一声。

　　肖飞停下脚步："怎么了？"

　　张培呆呆地说："这里面的尸体好像少了一具。"

　　肖飞不由得将目光投向那些并排躺在地上、血淋淋的尸体，他们赤裸裸地展露着最后时刻的惨烈景象，看得人头皮发麻。

　　张培接着说："我记得清清楚楚，摆放在这儿的尸体一共11具，现在却只剩下10具，另外一具上哪儿了呢？"

　　"尸体又不会自己走路，怎么会失踪呢？"郭文豪也凑上前来，"会不会黑灯瞎火的数错了？"

　　"没错，就是10具。"肖飞替张培作了回答——张培、郭文豪二人搭话之际，肖飞已经快速把尸体数了一遍。

　　"会不会是张培小姐记错了，尸体原本就是10具。"多多插嘴道。

　　"绝不可能！"张培打断多多的发言，"这是人，又不是别的什么东西，岂能说漏就漏了？别忘了我是做什么的，我就是数学学得再差，10和11还能分不清吗？"

　　这倒也是，对于人头和数字，在场者没有谁能比一个乘务员更敏感的了。于是，郭文豪和多多都闭上了嘴。

　　难道那具尸体真的在众目睽睽之下失踪了？肖飞蹙着眉毛，疑惑地望向隧道深处，就在此时，里面隐约传来一声沉闷的怪啸，就像有人被卡着脖子挣扎时发出的嘶鸣。

3. 守夜

　　为防止是幻觉作怪，肖飞竖起耳朵仔细再听，声音消失了。

　　他转过头，发现包括阿四在内的其他人并未表现出什么异常，换言之，极有可能是自己出现了幻觉。

　　尽管如此，肖飞还是决定采取谨慎的防护措施。他看看手表，对大家说："才凌晨3点多，都睡会儿吧。不用担心，我们刚才查看过了，这一段隧道非常坚固，没有坍塌和渗漏的风险。天亮之后，肯定会有救援队伍赶来接应，大家很快就会被转移到安全地带。

　　"为让大家尤其女士们睡得踏实，请三位女士聚集在中间，五位男士分散在外围，形成一个大圆圈。从现在开始到天亮后救援队伍赶到，至少还有几个小时，这段时间就由我和郭兄，还有阿四先生轮流守护，两位没有意见吧？"

郭文豪爽快应道："没有意见。"肖飞随即看向阿四，后者仍旧倚在背包上仰望隧道顶端，接收到肖飞投过来的目光，他抬起左手懒洋洋地回了个 OK 的手势。

"那我呢？"多多发现自己是唯一一个既没受重伤又没被点名的男人。

肖飞看了他一眼，说："睡觉。"

多多苦着脸说："这种环境，怎么可能睡得着呢？"

肖飞淡淡地应道："那就接着打电话。"

天亮之后有人发现隧道内的事故，并实施救援的概率，跟突然有了手机信号求助成功的概率是一样的，基本上都得靠运气。所以肖飞的话只是一种心理上的安抚，这点张培很快就明白了。

她一边动员大家按照肖飞的安排进行男外女内的排列，一边进行意见补充："由于坍塌的面积比较大，救援速度可能比我们想象中要缓慢得多。而咱们的汽车大灯撑不了几个钟头，随后很可能需要用大家的手机来照明。所以，从节约电量的角度考虑，只开多多的两部手机，其他的都暂时关掉。"

一般情况下，国人往往不够齐心，而一旦到了危急时刻尤其关乎切身安危的时候，还是会表现出难得的一致。张培话音刚落，耳边便响起了此起彼伏的关机声。

没等张培出声，肖飞主动背朝大灯面朝隧道里面坐下来，郭文豪提着行李紧挨着肖飞坐下，多多幸运地被安排在迎着光线的位置，阿四则依然留在原来的地方，动都没动一下。

"我先来吧。"郭文豪碰碰身侧的肖飞，"我在车上睡了那么久，已经不困了。"

"还是我来吧。"肖飞实话实说，"我有失眠症，根本没有睡意，这么好的资源，不用岂不是浪费了。"

"哎，失眠的痛苦我可是深有体会！那简直是——"就连郭文豪这样的作家级人物也一时词穷，于是他转而问道，"病多久了，怎么不到医院好好看看？"

"有个三年了吧，没少打针吃药，都不管用。"说着，肖飞苦笑了一下，"习惯就好。"

"唉，"郭文豪叹了口气，"既然这样，那咱一块儿守着。"

"嗯。"肖飞点点头。

郭文豪从行李箱中取出两根 QQ 肠，剥开一根塞进嘴里，把另一根递给肖飞："刚才见你在那儿翻来翻去的，是不是丢了什么贵重的东西？"

肖飞摆了摆手谢绝了："哦，一个塑料封皮的笔记本而已。"

郭文豪点点头，继而侧身朝众人喊道："有人看到一个塑料封皮的笔记本吗？"

无人回应，阿四那边则响起了呼噜声。

郭文豪有些无奈地摇摇头。

肖飞并不介意，他用微笑表达了感谢，然后问郭文豪："郭先生平时习惯怎么创作，爬格子还是敲键盘？"

"我喜欢爬格子。"郭文豪慢慢嚼着嘴里的香肠，"可能年纪大了，有些习惯很难改了。不像年轻人，容易接受新事物。"

"这么说，郭先生的纸和笔是随身携带的了？"见对方点头，肖飞这才说出自己的意图，"那……可否借一些稿纸用用？"

"当然可以！"郭文豪打开行李箱，取出一沓稿纸递给肖飞，"这些全给你，够用吗？"

"够了。"肖飞也不客气，将稿纸接过来铺在膝盖上，稍稍侧转身子，从上衣口袋取出一支黑色钢笔，然后伏下身在纸上沙沙地写起来。

肖飞侧转身子，本只为获取汽车大灯的几分光亮，郭文豪却以为对方是在照顾个人隐私，于是很自觉地背过身去。

肖飞的书写速度很慢，偶尔还停顿一下，稍加思索之后又接着写。写着写着，突然有红色的液体滴落在稿纸上。起初他以为是从自己的头上落下来的，便伸手摸了一下，却发现只有些半干涸的血痂，正感到诧异时，又一滴红色液体滴落下来。

肖飞抬头看去，只见一个衣衫褴褛、头发蓬乱、浑身泥泞的男人站在跟前，血水正顺着白骨外漏的鼻尖往下滴落。

4."厉鬼"将至

"鬼！有鬼呀！"一个女伤者看到这幕景象，立刻尖叫起来，1号老太太和张培看到后，也跟着一块儿喊了起来，就连多多也本能地往汽车的方向爬出了半米距离。

"冷静点！"肖飞低喝一声，"他是袁富！"

郭文豪疑惑地站起身，凑上前仔细分辨一番，发现这个面目全非的家伙的确是袁富，可他不是带着三个人去寻出路了吗，怎么会人不人鬼不鬼出现在这里？

"怎么搞成这个样子？找到出口了吗？其他人呢？怎么就你一个回来了？"一连串的疑问从郭文豪嘴里问出。

袁富一声不吭地垂着脑袋，宛如一具被提着脖颈的死尸，唯独胸口一起一伏的，他喘息良久，最后噗通一声跪在地上大声痛哭起来。

郭文豪没好气地呵斥道："一个大男人哭什么哭，有话倒是好好说呀！"

袁富仍旧是哭。

肖飞也站起来，抬手碰碰郭文豪的胳膊："还有纱布吗，给他包扎一下。"

"应该没了。"说着，郭文豪还是打开行李箱找了找，最终无奈地摇摇头。

肖飞把袁富扶起来，拉到光亮处仔细检查了一下，发现他的伤其实并不严重，除了露骨的鼻子和几道沟壑的屁股外，其他地方基本完好无损，之所以看起来状若丧尸，狼狈到了极点，是因为身上沾满了泥巴和别人的血迹。

"别害怕，告诉我，到底发生了什么事？"肖飞尽量让自己的声音显得平和。

袁富渐渐止住了哭泣，哽咽了十几秒后，这个狼狈的胖男人终于开口："他们都死了，都死了……"

"他们是谁？跟你一起走的三个人吗？"肖飞问。

袁富眼神飘忽，嘴里喃喃道："是恶鬼杀了他们，是恶鬼……"

"恶鬼？"肖飞皱起眉头，视线随即转向隧道的黑暗深处，"什么样的恶鬼？"

"是个男的，个头不高，但力气特别大，能把人活活给撕了，看穿着像是咱们车上的一个人。"说到这儿，袁富猛地哆嗦了一下，"他的脸是青色的，眼睛红红的，指甲老长老长跟刀子一样……总之特别恐怖！"

张培立刻想到失踪的那具尸体，她开始在脑中搜寻对那人的基本印象：他坐在27号位，是先上车后补的票，且在价格上纠结了半天。他的个头不高，但很壮实，皮肤较黑，死的时候头部崩裂，眼里浸满了血。

郭文豪也想到了，不过他还是摇了摇头："虽然我是写悬疑惊悚小说的，但对怪力乱神之类的根本不信，所谓恶鬼，必定是有人作怪，或者幻觉使然。"

张培也附和道："是啊，怎么可能会有鬼呢！"可心里却在打着鼓。

"怎么不可能？你们忘了少了的那具尸体吗？"张培心中的疑问，最终被多多给抛了出来，"本来我以为张培小姐把人数搞错了，听袁富这么一说，我倒有了印象，那男的最后一个上车，坐在27号座位，经过我身边的时候，左手还在我肩膀上按了一下，我顺便瞧了一眼，嘿！一男的留那么长的指甲，还又弯又黄的，快把我恶心死了。

"现在看来，肯定是那男的死得冤，变成厉鬼，找生前不和的人算账来了！"说到这儿，多多突然转向袁富，"跟你走的那三个人都坐在车厢中间靠前的位置，当时他们身边都有空座，却没有一个人愿意让出来，硬是让那男的扛着那么重的行李走到27号。你想想，是不是这样？"

袁富立马做了个噤声的手势，低声说："声音小点儿，它耳朵灵得很，要是追到这边，我们都会没命的！"

"纯粹是无稽之谈！"郭文豪实在听不下去了，"在服务区的时候，因为阻止他抽烟，我们俩还吵了几句嘴，差点儿动起手来，怎么不见他来找我呀！"

多多有意刺激对方："别不信邪，有种你到里边走一圈试试？"

郭文豪赌气般地回应："我还就不信这个邪了，试试就试试！"

郭文豪迈开步子的同时，袁富随即抬高嗓门叫道："绝对不能往前走！"

郭文豪停下脚步，身体刚好处于光亮和阴影中间。

袁富的声音渐渐低了下来："它就藏在黑暗里，你看不见它，它却能看见你。等你看到它的时候，一切就都晚了！"

"回来！"肖飞用命令的口吻对郭文豪说，"不管是怪力乱神还是有人作祟，我们已经失去了三个同伴，这是不争的事实，袁富身上的伤也是明明白白的。既然前边有危险，就别再拿性命来赌气！"

郭文豪站在那里，犹豫地看着肖飞。肖飞说的话他不是没有考虑过，只是话已出口，想要收回是件很丢面子的事情。郭文豪又把矛盾的视线移向多多，后者冲他扬了扬下巴，意思是：走呀，怎么停住不走了？

郭文豪咽了口唾沫，他隐隐约约感到有股冷风从背后吹过，禁不住打了个哆嗦。他把身体的反应控制到最小，于是在肖飞等人看来，仅仅是手部的微微颤动。就在他苦苦挣扎决定不再尝试的时候，袁富的声音再度传了过来："来不及了，它已经到了……"

郭文豪嗅到了危险的气息，只是一时还辨不清方位。袁富的声音幽幽的，让郭文豪狂跳的心提到了嗓子眼："它就在你身后……"

5. 黑暗侵袭

多多眯起眼，透过厚厚的近视镜片仔细看去，阿四的呼噜声也戛然而止。

郭文豪感到一股无形的力量从斜后方俯压过来，冷风夹着浓烈的腥臭呼啸而至。

肖飞的眼睛瞪圆了，声音里带着少有的惊惶："跑，快跑啊！"

郭文豪看似文弱，反应速度却是一流的，肖飞话音未落，他便一个箭步跑开了接近两米的距离，紧接着一个东西重重砸在他原来站的位置上。刹那间，尖叫声此起彼伏。

"跑！"肖飞继续发布指令，这次是给所有人的，"放下行李往前跑，不要朝后看！"

张培喊道："前面是死胡同，我们上哪儿？"

"上车！"肖飞拽上两名伤员和刚稳住脚的郭文豪，"所有人全部上车！"

袁富第一个跑上大巴，跌跌撞撞地钻到车厢最里侧，接着是阿四和多多，张培扶着1号位的老太太随后抵达，其余人在慌乱中陆续赶到。肖飞最后一个上车，把车门关上。

不知谁碰到了车灯的操控器，前照灯倏地熄灭了，车厢内外顿时陷入一团漆黑。等多多战战兢兢举起两台手机照向前方的时候，赫然发现一个巨大的黑影伏在破烂的前窗玻璃上。听到车厢里的声音，一张铁青的脸贴在玻璃上，紧接着，一只锋利的爪子透过前窗的破洞探入，将靠着方向盘的一名伤者拽了出去。

随着一阵撕心裂肺的惨叫，一股股的血浆喷溅在前窗玻璃上。所有人都在往车厢里端挤，乱作一团。而那黑影丢下"猎物"，顺着前窗攀移到车身右侧，开始用身体猛烈撞击车门。

好在车门相当结实，黑影撞了十多下，最终放弃，兀自绕着车身嘶吼。1号老太太由于年老体衰，经受不住刺激，身子一歪晕倒在右侧的车窗上。张培正要去扶，只听"咣"的一声，车窗破出一个大洞，紧接着黑影的胳膊伸进来勾住了老太太的脑袋。

黑影的力气极大，一下将老太太拖出大半个身子，幸好肖飞和张培反应快，及时抓住老太太的双脚。黑影往外拖，肖飞和张培往里拽，双方互相角力。郭文豪和多多见状也赶来帮忙，两人捡起石头朝黑影的爪子猛砸。

黑影被迫放弃了。肖飞和张培将老太太小心移进里厢，借着手机光亮，发现她的面部和前胸被抓得稀巴烂，有的地方深可见骨，老太太本就有伤，如今更加严重，如果短期内得不到救助只怕性命难保。

虽然郭文豪和另一名乘客不停往外丢石头，但黑影仍然虎视眈眈地徘徊在外面。肖飞让张培和多多照顾好老太太，自己则走向前厢驾驶位摸索着重新开启大灯——光亮多少可以起到安抚人心的作用，最重要的是，可以把对方由暗处引到明处，这样更容易对付一些。

灯亮了，光晕中央躺着半具血淋淋的尸体。尽管衣衫破碎、面目全非，肖飞还是认出对方，她就是刚被黑影揪出的那名伤者。

肖飞冲郭文豪打了个手势，问黑影是否还在。郭文豪会意，踮着脚朝外看了看，而后点了点头。肖飞小心踩上驾驶台，把头伸到破窗外面，左右前后看了看，最后往上看时，忽然从车顶垂下一张铁青的脸。

刹那间，两张脸相隔不足一厘米的距离，肖飞清晰地嗅到了对方嘴里喷出的浓烈腥臭味。那东西森然一笑，以极快的速度探下两爪，揪住肖飞的领子把他拽出车厢，狠狠甩到车前方十来米处的光晕里。

肖飞借助对方的力量和自身的惯性，手掌点地空翻一周半，旋身站起，发现那只黑影仍旧攀在车顶，只是身旁多了三名同伴。

这时，车厢右侧那只体形较大的黑影大摇大摆走了过来。行至光亮中，肖飞这才看清，那东西并非什么恶鬼，而是一只非猿非猴的生物，身高一米五一米六的样子，遍体黑褐色的毛发，青面赤鼻朱目，上身胡乱穿着一件人类的衣服。

见肖飞没有受伤，而且动作利落地拉开架势，它龇着獠牙发出一声短促的嘶吼，进而拱身扑了过去。肖飞一个后仰，那东西贴胸而过，没等它转身，后背就重重挨了一脚。

没有占到便宜反倒吃了亏，那东西发出一声更长的嘶吼。其余三只黑影得令一般，依次从车顶跃下，冲形单影只的肖飞发起围攻。

6. 红尾山魈

"不是说只有一只恶鬼吗？怎么会有这么多？"多多本来就白，见此状况更是面如土色，"难道那些死尸都复活了？"

郭文豪斥道："什么恶鬼，那是红尾山魈，也叫青面鬼狒，是所有山魈中体形最大的一种。只是这种热带生物怎么会出现在通桦一带呢？而且，这种东西一般也不吃人啊。"

"你们两个瞎嘀咕什么呢？"张培焦急地冲二人喊道，"没看见肖飞一个人在外面，赶快去帮忙呀！"

多多把老太太交托给张培，捋起袖子准备往前厢走，却被郭文豪一把拽住："不要冲动，这样过去什么忙都帮不上，只能多一个人送死。"

"没用的，谁都救不了他。"袁富缩在人群后面嗫嚅着，"一只恶鬼不费吹灰之力就杀了三个人，现在又来了三只，我们所有人都会死的。算命的说我这个月可能有血光之灾，我还不信，看来今天是要应验了！"

"见死不救，苟且偷生，你们还算是男人吗！"张培把老太太放在地上，抱块石头就要冲出去，结果被人拉住了。

张培回头一瞧，是狗耳阿四，她有些惊奇又有些愤怒地问："你干什么？"

阿四举起右手提着的一只灭火器，用左手轻轻拍了两下："让我来吧！"

再看肖飞那边。

三个同伴赶到之前，那只最大的山魈再度发起了进攻，它原地兜了半个圈子，铆足劲一跃，两爪搭上肖飞肩头，锋利的獠牙几乎咬到肖飞的鼻尖。肖飞不慌不忙，左臂撑着对方颈窝，右拳随即对准它的下巴打了出去。

肖飞这一拳，能把摞着的三块砖头捶裂，打死一只大型猎犬亦不在话下。只听"咔嚓"一声，红尾山魈哀嚎着倒退几步，嘴巴再也合不上了。

其余三只山魈似乎受到震慑，它们原地徘徊了一阵子，但也只踯躅了片刻，很快从三个方向一起朝肖飞发动进攻。

众所周知，山魈性格暴躁，凶猛好斗，能与中型的猛兽搏击，臂力几乎是成人的3倍左右，发起怒来就连小型豹子都不是对手。何况眼下的红尾山魈还是同类里体形最大的一种，三只同时发动攻击，肖飞的处境可谓凶险至极。

就在三只山魈将要腾空跃起的时刻，一股淡黄色的浓烟随着"刺刺"的声音扑面而来，浓烟很快便弥漫了整个隧道。半分钟后，等浓烟差不多散去的时候，涕泪不止的红尾山魈这才狼狈地发现，它们的猎物早已经无影无踪。

肖飞被阿四拽上了车，这时，郭文豪已经带着其他人把大巴前窗的破洞用石头和泥块挡得差不多了，右侧窗口的破洞也被两个套在一起的垃圾桶堵了起来。

"你没事吧？"张培关切地问道。此时此刻，她看向肖飞的目光已经多了几分仰慕和崇拜。

肖飞摆了摆手，透过前窗残存的玻璃向外看去。四只山魈似乎仍对刚才那喷云吐雾的神秘武器心有余悸，在光亮边缘徘徊了一会儿便朝隧道里退去。

"谢谢。"肖飞转头对靠在车厢左侧的阿四说，"要不是你出手相助，我这条命今天就交待在这儿了。"

阿四的面部终于有了些许表情："小意思。"

"接下来怎么办？"多多拿着两部手机，"山魈撤了，我们总不能一直等在这里吧？行李可都在外头呢。再说，这车顶上满是石头和泥块，一点儿都不安全，万一再塌下来，那咱们这辆车的人可就全部over了。"

"要出去你出去，不要鼓动其他人！"郭文豪呵斥完多多，又对肖飞说，"红尾山魈非常聪明，而且跟狼群一样，有统一的号令与指挥。那只体形最大、颜色最为华丽的就是它们的头目。刚才我看到它离开的时候，眼睛里分明带着仇恨和不甘。所以，我们这时候出去，只能是自投罗网！"

"那就再等一等吧。"张培照例支持了郭文豪的意见，"反正天也快亮了，救援队伍应该很快就会到了。"

肖飞也说："刚才红尾山魈撞击大巴的时候，并没有太多石头坠落，说明车体上方隧道的结构尚处于比较稳定的状态，应该暂时不会有什么危险，各位还是留在这里的好。"

话已至此，也就没人反对了。在肖飞的带领下，大家简单清理了一下尚且完整的座椅，依次找到相对安全的位置坐下来。张培和郭文豪就近把老太太扶到 10 号位的椅子上，肖飞则走到前厢，在 1 号位置坐下来。等所有人就座之后，阿四走到后排，占了整整一排座椅躺下，很快便响起闷雷般的鼾声。

多多鄙夷地朝阿四的位置扫了一眼，继续轮换拨打手里的两部手机。其他人也都没有睡意，在不能开机的情况下，只好通过闲聊的方式打发漫长的等待时间。

过了大约三四个小时，前车的车门忽然被人拉开了。

"你要干什么？"正在闭目养神的肖飞忽然睁开眼睛问道。

7. 众矢之的

一个人影站在车厢门口，听到肖飞问话，他低声嗫嚅道："我……上个厕所。"

听声音像是原先坐在11号位的那名受伤的男性乘客。肖飞还未回答，袁富的大嗓门就炸开了："到后厢解决！"

"那怎么行！"受伤的男子反驳道，"后厢的乱石堆里到处都是死人，死者为大，总得尊重一下别人吧。再说，就算不为死人着想，也要为活人考虑呀，总不能……"

郭文豪不耐烦地打断他："不就一泡尿的事儿，哪儿来的那么多废话！"

那人极其难为情地说："我……我要上大号……"

车厢里顿时安静下来。肖飞直起身子朝前窗外仔细打量，与此同时，多多的声音从后方传来："那就快去快回！"

"等等！"肖飞急忙阻止，他发现前照灯的光亮边缘晃动着两道诡异的影子。

可惜已经迟了。车门咣一声被拉开，那人捂着肚子从台阶边直接跳了下去。肖飞噌地起身，抄过扔在过道边的小马扎准备下车。车厢外，两个黑影已经将那人死死咬住，接着"刺啦"一声裂响，那人被凌空抛起，重重落到大巴车的台阶边。

眼前的景象异常惨烈：那人上衣被撕得粉碎，整个背部裸露着，从上到下被利爪划出几道长长的沟壑，肉皮外翻、白骨外露、血如泉涌。那人惨叫着往台阶上爬，向肖飞伸出血肉模糊的双手，肖飞刚一躬身，两只黑影便闪电般袭了过来。

肖飞抡起小马扎猛力朝黑影砸去，其中一只吃痛，狼狈退了回去，另一只则乘机拽住肖飞的右臂，把他拉到了车下。

受伤的男子一爬一个血手印，还差一点就要爬进车厢的时候，一只黑影跳在了他的脊背上。

"关门，快关门！"袁富声嘶力竭地喊道。

所有人中，多多离车门最近，他本能地站起身。

"不能关门！"张培的声音在多多背后响起，"肖飞还在外边！"

"起开！"袁富推开犹豫不决的多多，快速冲到前厢，拽住车门的手柄就往里收。还差七八厘米就要关上的时候，门突然卡住了，他低头一看，是只血淋淋的手挡在那里。那人艰难地昂起头，牙关紧咬，嘴角淌着血，目光中充满乞求。而站在那人脊背上的黑影，正用赤红的双目虎视眈眈地盯着袁富。

袁富大叫一声，抬起了右脚，但他没有踹向那个凶神恶煞的黑影，而是重重落在那只颤抖不止的手上。随着一声嘶哑的喊叫，扒在车门边的手缩了回去。咣的一声，车门终于关上了！

　　袁富背靠车门，长长吐了一口气，等他抬起头，这才错愕地发现，车厢里的人除了仍在昏迷的老太太，全都站了起来，直直盯着他。

　　"姓袁的，你也太狠心了吧！"张培指着袁富的鼻子，第一个开口斥责道，"你可以明哲保身，但不能见死不救啊！"

　　郭文豪冷哼一声："何止，简直泯灭人性、丧尽天良！"

　　"是啊！"连多多都看不下去了，"肖飞救过你，你却把人家关在外边，这么做也太不地道了！"

　　"我不这么做，大家都会受连累的，我这是在救你们呀，怎么还好心不得好报了！"袁富佯装委屈，做着苍白无力的辩解。他滴溜溜转着眼珠，目光依次从张培、郭文豪、多多移动到阿四身上，此时此刻，他特别渴望能够得到理解和声援，哪怕只有一个人。

　　张培、郭文豪和多多的态度是明确的，只有阿四始终一言不发。袁富觉得看到了希望，毕竟，他也不想做这个众矢之的，于是半带谄媚地冲对方抱了下拳："这位老弟，你倒是说句公道话呀！"

　　阿四还未开口，大巴的车门就被撞响了。一下又一下，如同鼓槌般重重擂击着人们脆弱的心。

　　"快开门！"张培朝多多喊，"是肖飞！"

　　"不能开门！"袁富死死抵在门上，"万一是那该死的山魈呢？"

　　多多再次犹豫了。这时，阿四朝袁富走了过去，很快，前者就用行动表明，他跟张培、郭文豪和多多三人站在了一起。

　　"你拽我干什么！"袁富冲阿四吼道。阿四也不说话，只揪住对方前襟往一边扯。袁富毫不退让，两人厮打起来。

　　就在此刻，右侧车窗破洞里的垃圾桶"嘭"地爆裂了，一个黑影利落地带着一身塑料碎片钻了进来。

第三天

多多刹那间变得英勇起来，他把手机装进裤子口袋，抱起一块石头，大叫着朝那黑影冲过去，但到跟前的时候突然停住了。手电筒的光穿透衣料照出对方的轮廓，那黑影竟是肖飞！

多多愣住了，张培更是激动万分，跑上前抱住了肖飞。

袁富被张培的热情吓了一跳，他盯着二人看了一会儿，然后眨巴着眼睛通过右侧窗子的破洞往外瞅，只见一只山魈躺在地上，嘴巴和胸口正汩汩往外冒血，另一只则不知去向。

"没事了。"肖飞拍拍张培的背，用左手把她从胸前轻轻推开，"一只山魈被我捅死，另一只受伤逃跑，不过那家伙伤得很重，想必也活不了多久。"

张培并不在意肖飞的战绩，她更关注的是对方身上新添的几道伤痕。令她稍感安心的是，虽然肖飞的身上多处被抓伤，但都只是浅浅的抓伤，顶多出了点血而已，没有太大问题。

"不愧是武校教练，肖老弟两次以寡敌众，可谓勇猛过人啊！"郭文豪上前拍拍肖飞的肩膀，语气里带着赞叹，"今日之战堪比当年武二郎景阳冈打虎，倘若大难逢生，我必奋笔疾书，将老弟的英雄侠义之举传至千秋万代！"

肖飞轻轻拨开对方的手，走到袁富跟前，将一把染着鲜血的水果刀递了过去："刚才之所以侥幸胜出，多亏了它，否则，任凭我本事再大，光靠赤手空拳也难敌那两只畜生，现在物归原主。"

见到水果刀，袁富先是吓了一跳，以为肖飞要找他算账，听了对方的话才松了一口气，有些尴尬地接过来说道："你怎么知道是我的刀？"

肖飞淡淡回道："在车上的时候，见你用它削过苹果，另外，刚才跟山魈打斗的时候，见它放在你的背包上，我就临时征用了。"袁富还想说些什么，肖飞却转身离开。

"那位穿蓝衬衫的大叔，他……"张培用下巴示意了大巴车的外面。肖飞知道她是指11号位那名受伤的男子，遂无奈地摇了摇头。尽管在意料之中，张培听了还是露出忧伤的神色。

"老太太怎么样，还扛得住吗？"肖飞问。

张培和郭文豪一起转过头，多多则从裤子口袋拿出手机，将光源射向老太太的位置。后者仰躺在座椅上，眼睛紧闭，嘴巴微张，仿佛仍在昏睡，只是面色看上去焦黄得厉害，几乎没有一点血色。

肖飞觉得有些不对，走过去探了探鼻息。

"怎么样？"张培也觉得不妙。

肖飞神情肃穆、语气低沉："老太太已经过世了。"

一夜之间数十人丧生，大巴车里顿时弥漫着一股浓重的悲凉气息。尽管凶残可怖的红尾山魈死了一只，但还有三只在附近徘徊。可能因为在前阵子的战斗中吃亏不小，它们不敢再贸然发动攻击。安全起见，大家也只能继续待在车里，双方形成了对峙。

焦灼和恐惧中的等待是如此漫长，当肖飞终于忍不住再次打开手机看时，已经是第三天凌晨6点多，离事故发生整整过去了30小时。

这时候的大巴车厢，已经被细绳串着的条状窗帘隔成前、中、后三部分，最靠近车头那端是活人的行动空间，中间部分是临时方便的场所，盛放废物的器皿是一只被腾空的豁边行李箱，尾端则放着被石头和泥块掩埋的尸体。

所有人都一天多没吃东西了，他们随身携带的食物都装在行李箱或背包里，而背包和行李箱都在大巴车外面。这期间，6人的吃饭问题全靠胆大的肖飞、郭文豪以及阿四解决，解决的方法就是轮流到尾厢从行李架上的行李中，翻找出食物来充饥。

起初还好，通过泥石在车厢留下的空隙，行李架上的物品伸手可"达"，后来遇到堵塞比较严重的地方，就不得不动手从泥石里刨了。就在肖飞第二次到后厢寻找食物的时候，大巴车再次遭到红尾山魈的猛烈撞击，他重心不稳，跌在废墟中。与此同时，汽车的前照灯也熄灭了。

待大巴车重新恢复平静后，肖飞扶着石块小心翼翼地站起身，但用于照明的手机却掉进了废墟中间的缝隙里。他徒手扒开泥巴和石块，循着亮光往里探寻，最后发现，手机竟掉在一位死者张大的嘴巴里。

那名死者面目扭曲，一看便知道在泥石中挣扎了许久。肖飞轻轻伏下身子，尽管足够谨慎，手机取出的同时还是碰触到周围的杂物，于是，泥石瞬间落下，立刻淹没了那张无比惨烈的面孔。

肖飞返回前厢时，郭文豪正在车头修理前照灯的线路，但他似乎对这类工作并不擅长，摆弄半天也不见成效，看见肖飞走过来，他选择了主动让开。

肖飞蹲下身，在驾驶台前修理了片刻，车灯很快又亮了，不过因为时间太久的缘故光线已经弱了很多。通过前灯的照射，可见三只山魈就游离在距离大巴十几米外的地方，见灯光亮起，山魈本能地后撤了一段距离，但仍然凶狠而贪婪地朝这边注视着。

肖飞刚准备离开，驾驶台旁边有样东西吸引了他。借着手机的灯光，他发现那是一盒被压扁的"芙蓉王"，盒嘴裂开，露出两支雪白的香烟。肖飞不好这口，吸引他的并非烟草的香味或者烟盒的设计，而是外包装纸上有一串暗红色的歪歪扭扭的数字。

"3、4、5、6、7、9。"肖飞轻声念道。

"你发现了什么？"郭文豪立刻凑了过来。

肖飞没有回答，他用右手食指在尚未完全干涸的"9"字上抹了一下，然后放鼻子前嗅了嗅，随即皱起了眉头。

"是血？"郭文豪瞪大眼睛问。

肖飞点了点头，将烟盒反过来，背面什么也没有。

2. 烟盒上的数字

"3、4、5、6、7、9。"郭文豪也将烟盒上的数字读了一遍，"这是谁写的，想要表达什么呢？"

"我来看看。"多多也凑了过来，他拿着烟盒仔细看了半天，拿出一副侦探的腔调说，"看字形像是小孩写的……"

"胡言乱语！"郭文豪低声斥道，"这趟车上哪来的小孩？"

多多没有理会，自顾自将推测进行到底："内容简单、次序连贯、字形稚嫩，应该是个五六岁的小孩随手写下的。"

"你见过有人蘸血随手写字吗？"郭文豪冷笑着反问，"还有，这趟车上有五六岁的小孩吗？"

多多梗着脖子反驳道："那要是上趟车留下的呢？"

"更是胡扯！"郭文豪更加不留情面，"如果是上趟车留下的，血迹怎么可能还没有干？"

这时，张培从中厢走了过来："你们俩在嚷嚷什么呢？"

郭文豪和多多立即住了口。

肖飞把手中的烟盒递给张培："你看一看，这个是不是王师傅的东西？"

"是的。"张培看了一眼，十分干脆地答道，"王师傅最喜欢抽白盒的芙蓉王，这盒烟是我在瑶山服务区帮他买的，当时因为外盒盒口有破损，老板还给便宜了5块钱呢。"

肖飞点点头，紧接着问："那这上面的字，你能不能看出是否出自王师傅之手？"

张培早就注意到了包装盒上的数字，只是刚才在中厢，没有听到肖飞、郭文豪和多多的对话，起初以为是他们三人其中一个所为，听肖飞这么一问才发觉出不寻常来。

"3、4、5、6、7、9。"张培将那6个数字仔细辨别了一下，先是点了点头，后在把烟盒递还给肖飞的时候忽然打了个冷战。

见张培的手又收回去，同时脸色煞白盯着上面的数字，冷汗直冒，肖飞再度蹙起了眉头："你看出什么了？"

张培指着烟盒表面说："假如这6个数字代表座位号的话，岂不正好对应了我们6个幸存者？"

肖飞脸色一凝，把6个人的座位号在脑海里快速过了一遍：多多是3号，袁富4号，郭文豪5号，自己6号，阿四是7号，再加上中途下车的9号，正好6个人。

"那你呢？"郭文豪问。

张培眨着眼睛："我是售票员啊，坐在马扎上，所以没有我的座位号。"

郭文豪尽量让自己的语气听起来更委婉一些："我的意思是，如果加上你的话，幸存者应该是7个人才对，现在这上面却只写了6个数字……"

张培知道他想说什么，于是苦笑道："那就只能说明，我张培是必死无疑了。"

"不不不，你别误会……"郭文豪显得颇为尴尬。

张培摆摆手，表示并不介意，然后开始正面回答肖飞刚才提出的问题："看字形应该是王师傅写的。王师傅开了30多年的车，食指常年摸方向盘，指尖起了厚厚的茧皮，蘸了血之后，书写线条会显得细而饱满，而没有茧皮的手指写出的字应该是粗而匀称的。

"另外，王师傅的'9'字写得比较有特点，它上端的圆圈是向右反着的，整体看起来就像出了头的英文字母'P'一样。之所以字体写得歪歪扭扭，大概是因为受了很严重的伤，人在极度虚弱的情况下写出的字肯定不会那么工整美观。

"还有，烟盒上的字尚未完全干涸，除了血液本身的凝固点外，还跟烟盒外面覆了一层膜有关。结合这两项进行判断，文字写上去最多不超过 30 小时。综合以上三种因素，我认为烟盒上的文字就是王师傅写上去的。"

郭文豪大为赞叹："果然是悬疑推理小说的死忠粉，学为所用颇有心得啊。"

"可如果真是出自王师傅之手，那就太可怕了。你们想想，如果这些字写在王师傅死之前，岂不是说他有未卜先知的本领？如果写在他死之后，那不是——"说到这儿，多多忍不住打了个哆嗦，"——那不是闹鬼了吗？"

听多多这么一说，众人都起了一身寒意。顺着前窗留下的破洞看出去，王师傅仍旧安安静静躺在光亮之外的阴影里，只是惧怕外面那三只山魈，谁也不敢下车看个明白。

"你这——"郭文豪想要反驳，却又觉得无从开口。

"我怎么了？觉得我这话有问题，你倒是说出个所以然来呀！"多多反呛对方，他就喜欢看对方那种想要颐指气使，却又无可奈何的样子。

肖飞抿了一下嘴唇说："多多的想法固然有理，只是结论太邪乎了。说王师傅未卜先知或者幽魂作祟，我不信。"

"我也不想相信啊，刚才的结论只不过是按照张培的逻辑推出来的。"说着，多多转了转眼珠，"不过，按照这个逻辑，还存在另外一种可能。"

肖飞问："什么可能？"

多多扭头瞅了郭文豪一眼，对肖飞说："事关重大，这话我只能对你一个人讲。"

3. 感染者

郭文豪怒不可遏，他揪起多多的领子吼道："少卖关子，快说！"

"放手！"肖飞低声喝了一句。张培见状，也赶忙上前劝阻，郭文豪只得喘着粗气放开多多。

等郭文豪和张培走开一段距离，多多才悄声开了口："你还记得王师傅临终前所说的两个字吧？"

肖飞点点头："你想说什么？"

多多又神秘兮兮地凑近两步，嘴巴几乎贴着肖飞的耳朵说："'病毒'加上6个座位号——王师傅是想告诉我们，病毒的感染者，就在咱们这6个人当中。"

肖飞还未表态，阿四的声音便从后方传了过来："混蛋逻辑！人家王师傅分明用的是排除法，车上大多数人都感染上了病毒，只有这6个人是没有感染病毒的！"

"你才是混蛋！"多多被骂，立刻暴跳如雷，"明知道是私密，还要背后偷听人家讲话！"

阿四满不在乎地啃着一只苹果，说："只能怪你的嗓门太大，我在几米之外都听见了！"

郭文豪本来就在气头上，闻听此言，火气更甚："就算感染者在我们6人中间，那也只能是你！瞧你那副尖嘴猴腮的样子，瘦得跟麻秆似的，一看就是个病秧子！"

"哟，说我是病秧子？"多多冷笑一声，毫不客气地反驳，"让大伙来评点评点，咱俩谁才是病秧子？刚才是哪个痨症的差点把肺都咳出来了？"

"你——"郭文豪一口血差点吐出来，他挽起袖子朝多多冲了过去，"看我今天不撕烂你这个小瘪三的嘴……"

多多继续火上浇油："怎么，理说不过就要动手吗？你过来呀死人妖！"

很快，两人便扭打在了一起。"住手！"肖飞喝了一声，没起作用，只得上前一步，捉住两人手腕用力一搡，多多和郭文豪转了个圈，坐倒在地上，跟泄了气的皮球一样，上气不接下气地喘着。

眼见此景，张培觉得自己成了引人殴斗的罪魁祸首，于是赶紧出来解释道："刚才我也只是猜测，不能百分之百确定那就是王师傅留下的，你们不要再为这个吵了。"

"是啊。"肖飞也说，"6个数字对应的也未必就是座位号，兴许有着别的含义呢。"

"照你的意思，是我们过分解读了？"郭文豪缓缓站起来，两手拍打着身上的泥土。

"应该是我的解读不够准确。"张培想尽快息事宁人，说，"也许这一切都只是凑巧罢了。"

"天底下有这么巧的事吗？"郭文豪甩了甩头上的马尾辫，盯着张培。

"凑巧的事多了。"多多也慢慢站起来，他似乎已经习惯了和郭文豪抬杠，"就比如，本来属于热带的红尾山魈如今出现在这条隧道，还被我们撞上，这不是凑巧是什么？还有，这种红尾山魈虽然体型巨大、性情凶猛，但一般不怎么攻击人类，可碰巧今天它就改变口味，开始吃人了！"

"你的话只说对一半。"阿四倚在座椅靠背上，将手里的苹果核越过帘子扔到中厢，"本属于热带地区的红尾山魈出现在这里，有可能是从哪个动物园跑出来的，我们被困在隧道又撞上它们也算凑巧，但山魈吃人就不是凑巧这么简单了。"

郭文豪和张培同时"哦"了一声，表示愿闻其详。

"我还是比较倾向于张培的推测。"阿四边说边用手轻抠着脸上的疤痕，"王师傅临终前留下'病毒'的遗言和烟盒上的6个数字，已经清楚地说明感染者就在那些死去的人中间。也正因为红尾山魈吃了那些感染病毒的人，才会变得嗜血残暴，对我们大开杀戒。这样一来，所有的事情就都顺理成章了。"

"照这样的逻辑，那我还坚持自己的观点——病毒感染者就在我们6个人中间。"多多扶了扶自己厚厚的眼镜，"因为王师傅的通话时间很短，也就是说，感染者不可能有很多人。另外，人在生命危急关头，怎么可能选择比较累赘的排除法？这也太不合常理了吧？"

肖飞沉思了片刻，道："你们的话都有一定道理，但都没有讲到点子上。既然接到防疫部门的通知，对方势必会提到感染者的名字，王师傅当时不方便点出来可以理解，但最后关头既然有力气写出6个数字，为何不直接写出感染者的姓名？再者，目前我们尚未确定大家一定是按票就座，王师傅凭什么来判定这6个人，或者这6人之外的其他人中存在感染者？"

正说着，趴在右侧车窗边的袁富忽然叫了起来："别吵啦，别吵啦，那三只畜生好像走了！"

肖飞等人听了，纷纷朝窗外看去，果然，一直徘徊在附近的三只山魈不见了踪影。

"这回应该是真的走了吧？"多多撅着屁股，脸死死抵在窗玻璃上，"守了这么久，别说畜生，人也早就急疯了。它们完全没必要为了几个得不到的食物，把自己活活饿死在这里。"

阿四嘀咕了一句："怎么会饿死呢，外面那么多死尸，足够它们吃的……"

"山魈不吃死人，它们更享受捕捉猎物的过程。"郭文豪冷哼一声，"还是小心点的好，那东西很聪明的，刚刚吃过的亏不可能这么快就忘了……"

阿四迅速地回应，表达了自己的不服："如果山魈不吃死人，少了的那具尸体和穿在山魈身上的衣服又该怎么解释？"

4. 另寻出路

郭文豪哑然。张培见状忙替他解围："不管怎么说，小心点终究是没错。虽然车厢里缺吃少喝，环境也差了些，但至少暂时是安全的。大家都再忍耐一下，说不定救援队伍已经开始着手营救了。"

"算了吧。"袁富苦笑道，"从事发到现在已经过去 30 多个小时了，要是有人来的话我们早获救了。"

"是啊。"多多转过身来，"要是真有人来救，肯定又是呼喊又是挖掘什么的，动静很大，可现在外面连一丁点声音都没有。"

"车厢里资源有限，一直等下去也不是办法。"阿四也动摇了，"只怕最终非但没有等到救援队伍，反而错失了另寻出路的良机。"

"另寻出路？"张培怀疑地盯着对方，"你肯定有别的出路吗？"

阿四大大咧咧地抠着牙缝里的苹果渣子："不去试试怎么知道有没有？"

"试过就一定有吗？"张培看了袁富一眼，意指眼前就有个活生生的例子，"再说，万一我们刚走，救援队伍就到了怎么办？"

6 个人，反对继续留在原地的占了一半，于是袁富、多多、郭文豪、张培和阿四一起望向肖飞，这不单因为肖飞的表态关乎判断的天平，更重要的是他已经成为大家默认的领袖。

肖飞看看手机，给出一个折中的答案："再等半天，到晚上 11 点，如果救援队伍还没到的话，我们就另想办法。"

一锤定音，大家都不再说什么了。

焦灼中又等了十来个小时，终于熬到了晚上 11 点。这结果虽在预料之中，却又令人极其失落，手机也依旧没有信号，多多两个手机的电池也用光了。

肖飞兑现承诺，时间一到便亲自打开了车门。不过，在出发前，他让大家拆掉车厢的椅子，取下木板、铁架分别削尖和扳直，砸烂窗玻璃，将刀片状的碎片一端用布片包好。张培又打开工具箱，取出修车用的扳手、铁锤等，总之，所有能用上的都拿来作为防身武器，众人武装完毕才依次下了车。

为减少不必要的累赘，大家依肖飞建议，每人只带少量的衣物和日常用品，行李箱全换成容易携带的背包，里面用来盛放食物与饮料。谁都不知道隧道有多长，前端是否与外界连通，他们必须在寻找希望的同时也做好最坏的打算。

在阿四、袁富以及多多的要求下，张培打开了大巴车右下侧的行李舱，里面放着七八包失去主人的大件行李。在打开一只行李包前，多多弯下腰拜了几拜，嘴里念叨着"迫不得已万莫怪罪，他日必定加倍偿还之类"的话。

等他念叨完毕，终于战战兢兢打开一个行李包的时候，阿四已经找到五个充电宝和一只藏在电脑包里的军用手枪，郭文豪找到一条登山绳和两把 Fenix TK60 式强光手电，袁富则找到一台数码夜视仪。此外，他还乘人不备，偷偷藏起了一条银光闪烁的钻石项链。

就在众人忙着整理东西的时候，肖飞特意看了看王师傅的右手，果然，结有老茧的食指上残留着不少暗红色的血迹。也就是说，烟盒上的数字的确是王师傅留下的。那么，多多的分析就变得非常有道理：感染者极有可能就在 6 个人中间，可到底会是谁呢？

正想着，背后传来一阵咳嗽声，他回头看时，郭文豪已走到他身边。

"给你。"郭文豪将一把强光手电递给肖飞。

肖飞接过，又看看其他人，大家都已整装待发。

"我们走吧。"郭文豪说。

肖飞点点头，喊上袁富在前边带路，可袁富以害怕为由坚决不从，于是张培主动顶上。6 人摆出了 2—3—1 的阵型：肖飞和张培打头阵，袁富、多多和阿四紧随其后，郭文豪主动承担起断后的任务。

走了大约七八分钟，前方出现一弯道，路基也开始下沉，同时隧道壁上又出现了新的标语。

"留心坡道。"照例是郭文豪做的翻译。

多多探着脑袋往前看了看抱怨道："好好的隧道瞎绕什么弯，还弄了个斜坡出来，真不知道小鬼子怎么想的！"

"隧道如果作为民用工程，通常具有快捷、方便的特性，一般来说会建造得平直顺畅，极少存在弯道或落差。现在看来，这肯定是一个军事工程。"郭文豪捻着下巴上的胡子，"也就是我之前所说的——日军通过秘密行动，在后方修建了一条用于储存战略物资的隧道。这种隧道把安全隐蔽放在首位，其次才是快捷与方便。"

张培听了心里一沉："这么说，我们面临的状况要比想象中复杂得多。"

"没错。出于保密，这类军事工程通常结构复杂，岔道众多，而且尽头往往是条死胡同。"说话的时候，郭文豪本就实话实说无意吓唬对方，见张培柳眉紧蹙、花容失色，又赶忙改口道，"当然，凡事没有绝对，也有少数偏于实用，前后贯通，甚至存在多个出入口……"

"放心吧，前面一定有出口。"袁富左手端着夜视仪，腰里别着铁棍，右手则持一个 Zippo 打火机，"瞧这火苗扑闪扑闪的，明显有风灌进来。"

5. 日本兵

张培转过头，果然看见打火机的火苗在黑暗中左右摇摆，飘忽不定，顿时顾虑全消："那太好了！正所谓'天无绝人之路'，老天也不忍心看我们这些劫后余生者再遭新的变故啊。"

"有风并不意味着出路就在眼前，它很可能是从很远的地方或者很小的缝隙中灌进来的。"肖飞给张培浇了一瓢冷水，"郭先生说得对，这类军事设施一般结构复杂，甚至存在各种各样的陷阱，大家不可盲目乐观。"

张培"哦"了一声，心又沉了下去。

"你们是在哪儿碰到那只红尾山魈的？"肖飞转头问袁富。

提到红尾山魈，袁富哆嗦了一下，说："就在前面一架升降机旁。"

"大概多远？"肖飞站在弯口，持强光手电往前边照了照。

"转过这道弯，再走约四五十分钟的路程。不过，离升降机不远的地方还有一条岔道，当时我用打火机试了一下，岔道里没风出来，所以我选择了直行，没想到碰上了那只怪物，四个人瞬间没了三个，现场那叫一个惨啊！"袁富一副心有余悸的样子，"刚才没能杀死它，不知道那只怪物是否还在那里……"

肖飞没说什么，拿着手电继续往前走。袁富端着夜视仪紧紧跟在他后面，好像肖飞是他的挡箭牌一样。

走着走着，袁富突然停住，正在左顾右盼的多多一时收不住脚，撞到他身上，"呀"地叫出声来。

"嘘！"袁富做了个噤声的手势，继而示意肖飞靠近。

"怎么了？"肖飞疑惑地看着他。

袁富屏着呼吸，拿短粗的手指指了指夜视仪的屏幕。肖飞后退两步，多多也跟着凑过去。只见斜前方五六十米外的地方杵着一个不太清晰的影子，戴着钢盔，扎着皮带，看上去是个年轻的士兵。

这隧道里还有其他人？还是个当兵的？众人正在疑惑的时候，那人慢慢转过身来，与此同时，夜视仪的镜头一下子变得清晰了许多。

"日本鬼子！"袁富和多多一起发出惊诧的叫声。没错，此刻呈现在镜头中的，正是一个穿着旧时日本陆军军服的士兵！那人面色惨白，目光呆滞，动作机械，仿佛一个被上帝遗忘多年、尘封在岁月中的幽魂。

郭文豪也看见了，他和肖飞将两只强光手电朝斜前方照过去，那里除了一根断了的石桩，什么都没有。

两人再回看夜视仪，同样只剩下一根断了的石桩。

"奇怪，一眨眼的工夫，说没就没了。"袁富轻轻拍了拍手里的夜视仪，"不会是机器出啥毛病了吧？"

多多"切"了一声："开玩笑，机器有毛病还能多照出个人来？"

"这么荒凉偏僻的隧道怎么可能会有人呢！"刚才没凑到跟前的张培这时凑了过来，她拽了一下多多高高挽起的袖头，"会不会是你看花眼了？"

多多辩解道："好几个人都看到了，又不止我一个，总不至于大家的眼睛都花了吧？"

"会不会真有鬼子呀？"袁富一边说着，一边留意了一下所处的位置，突然发觉自己不经意间到了排头，于是很自觉地又退了回来。

"荒唐透顶！"郭文豪忍不住又要教训人了，"现在什么年代？21世纪了！即便真有鬼子侥幸存活，至少也八九十岁的年纪！而我们看到的那个士兵才多大？顶多20岁出头！"

"那、那就是鬼，我们都见鬼了！"多多指着袁富手中的夜视仪，"怪不得别人都说这玩意儿能看到肉眼看不到的东西，现在看来，果真如此啊！"

"闭嘴！"郭文豪呵斥完多多，转身对肖飞说，"怪力乱神愚不可信，刚才必定是有人作祟，要是把TA抓住，一定会有意想不到的收获。"

肖飞不置可否，转而问此刻处于队伍最后的那个人："阿四先生，你怎么不说话？刚才有没有看到或者听到些什么？"

"当然。"阿四吸了下鼻子，"我听到了一个人的脚步声，除此之外，我还闻到了一股属于女人的特别气息。我正通过脚步的重量、速度及方向判断她的年纪、身材包括长相，所以没加入你们的对话。"

"哟，"郭文豪略带揶揄地说，"阿四先生对女人颇有研究啊。"

阿四笑了一下，留有疤痕的脸因褶皱而更加丑陋。

6. 断桩

"我们走吧。"肖飞拿着手电前边开路,"后面的跟紧一点,不要掉队。"

张培与肖飞并排前进,袁富、多多和阿四紧随其后,郭文豪守在末尾,大家又恢复了原来的队形。

拐个弯走了 50 来米,到了那根残断的石桩前——也就是刚才从夜视仪里发现日本兵的地方。因为是石质地面,加上隧道内比较潮湿,多散布着碎石残屑,没有太多积尘,所以现场并未发现任何脚印。不过,石桩后的隧道更加迂回曲折,如果有人刚才看到来自远方的灯光快速藏匿起来,也未必不可能。

肖飞又看了看那根石桩,只见它紧靠隧道右侧的墙壁,断口距离地面大约一米左右,虽然材质、花纹跟隧道壁都非常接近,但细看还是有些不同,风化的程度也不太一样,说明它们并非同一时期建造,间隔至少在五年以上。

另外,肖飞还发现,石桩并非自然断裂,而是外力为之。他从裂口附近发现了几处子弹击中的痕迹,这些痕迹据他估算,距今顶多不超过三年。

他抬起头,隧道顶端隐约露出两根粗大的黑色电缆,电缆紧贴着凸凹不平的岩面呈弧状向下延伸,在石桩顶端的位置盘了几圈,下端似乎还坠着一个什么东西,不知是人为的还是自然形成的。

肖飞蹲下身,伸手捻了捻石桩周遭的残渣,又举着手电前后看了看,脑海里忽然闪过一串连续的画面。

他仿佛看到一个黑色的人影,从隧道外端跑进来,边跑边回头张望。TA 的脚步十分慌乱,似乎在躲避什么东西,手中的电筒随着胳膊的摆动上下忽闪。人影越来越近,终于到达石桩跟前,TA 朝后面看了看,熄灭手电,脊背紧贴石壁大口喘息着。

太近了,肖飞似乎能听到 TA 狂烈的心跳。他想看看 TA 是谁,却因为光线太暗怎么都看不清楚对方的面庞。人影在石桩后停留了片刻,撒腿继续往前跑。

很快,隧道外奔跑进来一个白色的人影,白色人影似乎受了伤,肩膀一颤一颤的。TA 脚步凌乱地奔到石桩边,喘着气停下来,然后俯下身子拿手电照向自己腿部,只见鲜血已经把右膝以下的裤管全部浸透了。

TA 捋起裤管查看伤势，发现膝盖内侧有个酒盅大小、三四厘米深的血洞——那分明是子弹留下的痕迹。TA 脱下外衫拧成一股绳，把伤口狠狠勒住，然后卷着裤管继续朝前方追去。

不多时，隧道外又跑进一个灰色的人影，相比前面两人，TA 的脚步更加急迫和匆忙。似乎发觉到什么危险，跑到石桩边的时候，TA 屈身在石桩后藏了起来。几乎同一时刻，一道橘黄色的光线从隧道里面射来，紧接着石桩进出明亮的火花，随即是爆裂和坍塌的声音，大把的粉尘和石渣从头顶散落。

由于那人就蹲在自己旁边，甚至部分身形和自己产生重叠，借助手电的余光，肖飞这次如愿看清了 TA 的面貌：对方是个年轻俊朗的男人，年龄不过 30 岁，肌肉刚劲，剑眉上挑，嘴唇紧绷，鹰隼般的眼睛里怒火如炽，不断喷射出仇恨的烈焰。

肖飞打了个冷战：眼前这男子不是别人，正是几年前的自己！难道自己之前真的到过这里？这条隧道里究竟发生过什么？

他正想着，又一道橘黄色的光线从远处射来，这次落在隧道和石桩顶端的交接处，电缆线发出一连串蓝色爆闪，一个碗状的金属物体坠落，叮叮咣咣滚出老远，紧接着，一股浓烈的硝烟和焦煳味扑鼻而来。

碎石渣飞洒中，肖飞情不自禁做了个抱头的动作。

"你怎么了？"张培轻轻拍了肖飞一下。

肖飞如梦初醒，眼前的画面也随之消失。他摆摆手，从石桩边站起来，做了个继续前进的手势。一路上，他不断尝试，却再也无法将刚才的画面衔接下去，连先前所看到的那一串真真切切的画面也变得遥远而缥缈。

7. 石字 8014 部队

"或许如郭文豪所说，这种现象属于典型的海马效应吧。"他只能这样在心里安慰自己。

迂回前行大约 300 米左右，隧道右侧又出现一根石桩，和前面发现的那根相比，这根基本是完整的。

跟之前看到的一样，隧道顶端垂下两根粗大的黑色电缆，电缆在石桩顶端的位置盘了几圈，下端有一个篮球大小、灰白色的碗状物，那玩意儿一瞧就知道不是现在的东西，甚至不是国产货。果然，碗上残留着暗红色的日文编号：警34#。下面是两行斑驳的小字，颜色已经发灰：石字8014部队、西支那防疫给水部。

多多把两部手机和从阿四那儿借来的充电宝交给张培，然后拿着铁棍将碗口敲得哪哪直响："这只破铁碗是干什么用的？"

袁富撇嘴讥讽道："这是老式的扩音喇叭，真他娘少见多怪。"

张培有点儿看不过去了，说："说话别这么尖酸好不好？他多大，你多大呀？"

"这倒也是。"袁富干脆将刻薄进行到底，"我拿着大喇叭赶潮下海那会儿，他小子怕是毛还没长齐呢。"

"骂谁呢你？！"多多将手中的铁棍狠狠抡向袁富。还差几厘米就要砸上对方脑壳的时候，肖飞伸手抓住了铁棍，冰冷的铁器和刚劲的骨肉相撞，发出"嗡"的一声颤响。

多多、袁富和张培都呆住了。肖飞却像没事人一样，将铁棍推开，然后问身旁同样目瞪口呆的郭文豪："隧道里连个灯都没有，你说说，小日本在这儿装个喇叭做什么？"

郭文豪赶忙整理了一下思路，回答说："我也留意到了，一路上都没发现任何照明设备，这进一步证明该隧道不是民用设施，而是一项秘密的军事工程。至于这喇叭，应该是用来传输讯号、发布警报的。由此推断，隧道里肯定有个行动指挥中枢。"

张培指着喇叭边的日文："石字8014部队和西支那防疫给水部，这就是这条隧道的建造者，对吧？"

郭文豪点头表示赞同："没错。"

张培皱着眉头，她心中的疑窦并未完全解开："防疫给水部是干什么的？搞医疗卫生和后勤服务的吗？"

"不不不。"郭文豪摇了摇头，"防疫给水部是日军为掩人耳目所设的称谓，实际上，它是一支专门从事细菌武器研究和实验的专业部队，干的全是见不得人的勾当。最著名的一个大家都知道，就是731部队。除了731以外，日本还有六大细菌战部队，分别是设于日本东京的陆军军医学校细菌武器研究室、长春的关东军100部队、北京的北支甲1855部队、南京的荣字1644部队、广州的波字8604部队和设于新加坡的冈字9420部队。"

张培还要问，这时肖飞接过了话茬："7支细菌部队多多少少都有所耳闻，只是8014部队好像从没听说过。"

"的确，石字8014部队并不曾在任何文献和记录里出现过。"郭文豪咳嗽着将药片和着矿泉水一起吞下，然后继续说，"这支部队我也是听一个叫宁小竞的朋友说的，他的哥哥宁小川以前在省地质队工作，2009 年 8 月的一次科考任务中，勘探队在贺兰山底发现了一座规模超大的日军基地，建造者就是石字 8014 部队。"

"这个我也听说过。"也许这个话题引起了大家的兴趣，多多从队伍后端插到前排，俨然忘记了此刻仍身处险境，"那个基地原本是一座未建成的西夏离宫，鬼子在搜寻西夏末帝李睍的宝藏时偶然发现，见那里空间开阔、位置隐蔽、质地坚固、水土适宜，于是鸠占鹊巢，在原址上造了一座军事基地。

"没想到，那地方邪门得很，自基地建起就事故不断，以至于后来整支部队都中了邪气，一夜之间数千人暴毙。最吓人的是，那些鬼子根本不知道自己已经死了，以至于后来变成了骷髅，仍然日复一日年复一年地做着生前的工作，该巡逻的巡逻，该实验的实验，该开会的开会，该发报的发报。"

肖飞皱起眉说道："这也太离奇了吧？"

"谁说不是呢。"多多讲得面色通红，唾沫星子乱飞，"之所以弄成这样，是因为离宫深处有一座铁壳坟，坟里镇着一只千年恶鬼。鬼子哪知道这其中的厉害啊，为了寻宝不择手段，什么枪弹、炸药全用上，结果把恶鬼的封印给解除了，最终害了自己不说，还让后来撞入隧道的整个勘探队全军覆没，一个比一个死得惨……"

"什么千年恶鬼，那是 SDi-N7 的变异型冠状病毒作祟。"郭文豪实在听不下去了，于是打断对方，"说起来这病毒还是鬼子自己研制出来的，那时候已经是 1945 年夏天，意大利和德国都已经投降，盟军准备进攻日本本土。日军本打算靠这些细菌武器在战争末期进行孤注一掷的反击，不料实验过程中发生意外，使整个基地的人受到了感染。

"这种 SDi-N7 病毒可以破坏人的大脑中枢神经，但同时也能强化隐藏在脊髓内的植物神经，致使其发生极端异变。所谓的'活死人'并不能像真正的活人一样吃饭、讲话和思考，它们的行为更多出自神经性的条件反射，没有传言中那么夸张。总之，这支石字 8014 部队归日军陆军总部直属，部队数千人的生命都做了日本侵略者在中国土地上最后的炮灰。"

第四天

1.升降机

"这么说来，眼下这条隧道是建在贺兰山那个军事基地之前了？"肖飞继续往前边走边问。

"应该是这样。"郭文豪快步跟上，"往深处走，肯定能发现与时间相关的蛛丝马迹，没准还能像宁小川那支勘探队一样，获得震惊世界的发现！"

张培紧追着郭文豪问："您这次到贺兰山探险，是不是也要重走当年勘探队走过的路？"

"也是，也不是。"见张培不明白，郭文豪又做了详细的解释，"贺兰山那条山底隧道极其凶险，勘探队当年之所以全军覆没，正因为对里面的环境缺乏足够的了解。相比人家，我们的业务素质和随身装备更不专业。探险诚可贵，生命价更高，安全起见，我们不可能完全另辟蹊径。

"不过现如今，有关那条隧道的很多事情已经公开和解密，近几年也不断有人前去探险。所以，简单重复别人走过的路很难再有新的发现。要想取得意想不到的收获，就必须基于原址纵向发掘，着眼于细节和深度，我想，只要用心，定能达到事半功倍之效。比如眼下这条隧道，只要我们……"

多多没好气地打断他："得得得，还是寻找出路要紧，我可不希望再生出什么波折，最后像勘探队一样稀里糊涂送了性命。"

"一码归一码，别无中生有。"张培照旧力挺偶像，"郭老师说得没错，既然是一个秘密军事工程，结构必定十分庞大和复杂，说不定还存在伪装与陷阱。但只要找到隧道内的指挥中枢，所有问题就能迎刃而解。就相当于守住了心脏，也就把握了全身的筋脉去向。对吧阿四先生？"

跟在身后的阿四只是咧嘴笑笑，仿佛知道什么，又仿佛什么都不知道。袁富则端着夜视仪这儿瞅瞅那儿看看，不知不觉落在了队伍最后。

如同袁富所说，又走了大约半个钟头的样子，前方出现一条岔道。

这期间，隧道右侧陆续出现多根石桩，石桩顶端均由粗大的电缆吊着跟刚才见到的一模一样的喇叭。

肖飞拿强光手电往岔道里照了照，光线射出五六十米即被一弯口挡住。这时，郭文豪喊了声："那边！"肖飞转过头，发现离主道不远处，一架老式的升降机正笼罩在郭文豪的手电光影里。

"大家都小心点。"肖飞一手握着强光手电，一手晃了晃玻璃片做成的刺刀，示意大家都提高警惕。

郭文豪、张培、多多和阿四陆续亮出家伙，跟在肖飞身后轻手轻脚朝升降机走去。袁富端着夜视仪亦步亦趋走了几步，突然脚底一绊差点摔了跤，低头一瞧，原来是右脚的皮鞋鞋带开了。

他把夜视仪夹在胳肢窝里，费力地弯下肥胖的身体，正系鞋带时，忽然听到岔道内传来"嗖"的一声，像是有风快速吹过，又像是有人在附近叹气。他战战兢兢循声望去，借助肖、郭二人的手电余光，隐约看见一条青色长裙在黑暗中飘摆。

"是、是谁？"袁富结巴着低吼一声，当他拿过夜视仪瞄向岔道里面时，又发现什么都没有。袁富急忙哆哆嗦嗦地往肖飞那边赶，更令他感到惊骇的是，原先躺在升降机附近的三个同伴的尸体不见了，现场只剩下一些被撕破的衣布和鲜血喷溅的痕迹。

肖飞也注意到了那些痕迹，但没有引起他太多的关注，此刻吸引他的是这台位于主道右侧、半藏在石壁凹槽里的老式升降机。相比同一时期常见的种类，这台算是型号比较小的，而且属于机械式，无需电力驱动。

肖飞拿着手电查看了一番，升降机及其周边未发现红尾山魈的踪迹，也没见那三具失踪的尸体。他伸出左脚踩上升降机试了试，底座虽然是木质的且有些年头，但还算结实，承载一两个人的重量应该没有问题。

透过底座的缝隙往下看，只见二三十米外的光柱尽头躺着一块漆黑的石板，石板上布满灰尘，灰尘下隐隐约约有些曲线构成的图案。

肖飞向袁富要来打火机，然后撕下一张稿纸折了两折点燃，通过底座的缝隙扔了下去。燃烧的纸片最开始垂直下落，将至地面的时候忽然右偏，最后落在石板右边缘，火苗向右扑闪了几下熄灭。

"有门儿！"郭文豪兴奋地打了个响指。

肖飞嘴角微微往上扬了一下，回头对张培、多多、袁富和阿四说："你们暂时留在原地，我和郭先生下去看看。"

"肖大哥！"张培拽住肖飞的胳膊，跟个孩子一样撒起娇来，"还是我跟你一起去吧，我轻，升降机的承重会相对安全些。"

肖飞还未答话，张培已把脑袋又转向郭文豪："谢谢您啦郭老师。"郭文豪无奈地摆摆手，意思是"去吧"。

张培眉开眼笑，抢在肖飞前登上升降机，两手抓紧一侧的铁链。肖飞再次叮嘱郭文豪等人原地勿动，一定要等他们回来，然后才跨上升降机。扳开略微生锈的咬口，两侧齿轮随即开始吱吱呀呀转动，升降机缓缓往下沉落。

大约降到地面（以隧道地面为基准）以下半米左右的位置，肖飞在左侧发现一条新的通道，通道内传出一连串脚步声。他的手电立即循声射了过去，只见一个穿着旧式日军军服的身影正快速朝通道里奔跑。

"站住！"肖飞大喝一声，纵身跳了下去。

"肖大哥！"张培紧跟着从升降机里跳下。因为没有手电，加上起跳时脚下的底座与通道地面已经产生落差，她这一跳脚尖直接踢在机井壁上，若非两手及时扒住机井边缘，必然随着升降机落到井底去。

肖飞听到身后的动静，忙停下脚步，转身将张培从机井边拽上来。当两人站定，再把注意力转至通道前端时，刚才那个日本兵已无影无踪。

在手电的光晕里，肖飞发现眼下这条通道比上面的略微窄一些，两侧呈对向装着一扇扇体型巨大、色泽黝黑、质地坚硬的金属门，门边挂着一个两个巴掌大小的木牌，木牌上均以"石字8014部队"为前缀，后面用白漆书写着每个房间的名称和编号。

通过那些半懂不懂的日文，肖飞猜测这大概是鬼子的一处办公场所，并且很有可能就是郭文豪所说的"行动指挥中枢"了。见不远处一扇房门虚掩着，肖飞决定过去瞧瞧。他把手电咬在口中，两手举着玻璃做的刀，张培则握着一根用椅子腿做成的铁棍，两人小心翼翼朝门口靠近。

然而，就在离门口还差三四米的时候，肖飞突然脚下一空，顿时坠入一个漆黑冷冽的深渊。

不知过了多久，肖飞从昏迷中醒来，发现自己躺在一堆破毡布上。他试着活动了一下，身体基本没有大碍，只是头疼得厉害。他看看左腕的手表，虽然表面破裂但功能还算正常，时间显示已经是事故发生后的第四天了。

2. 仓库

提供光线的是滚在两米开外的强光手电。借助手电的余光，肖飞看到张培仰面躺在不远处，身下的毡毯已被血液染红。

肖飞心里一紧，忙撑起身体挪到张培身边，将她从毡毯上托起来。他快速检查了一下，发现张培没有明显的外伤，也就是说，血不是她的。这就奇怪了，毡毯明明还是湿漉漉的，可不是自己也不是张培，那会是谁呢？莫非……肖飞隐隐感到背后一股凉意，他转身看去，赫然发现昏暗之中有一双眼睛正在盯着他。

肖飞左手揽着张培，右手顺势抄起张培身旁的铁棍，摆出以命相拼的架势。而对方却一动不动，甚至眼睛都不眨一下。肖飞小心翼翼用铁棍把手电勾到身边，拿起来射向那双诡异的眼睛。

只见那人背靠石壁坐在墙角，两腿夸张地分张着，头发蓬乱，眼睛因极度惊恐而瞪得老大，下唇往下包括下巴全都没了，只剩一个血淋淋的大洞。黏稠的浆液从洞里流出，浸透了褴褛的上衣和裤子，在屁股底下凝成一摊赤流。

原来是个死人！看衣服和身上的装备，应该是跟袁富一同走的其中一个。

这时，张培醒了过来，结果睁眼看到的第一个场景便是那具骇人的死尸。听到张培的惊叫，肖飞忙把手电光柱移向别处，然而张培的叫声非但没有停止，反倒更加惨烈。肖飞循光看去，这才发现，不远处的一只破木箱旁边还坐着两具尸体。其中一具整张脸皮几乎被揭掉，另一具腹部被扯开，曲曲弯弯的肠子在裆间积成一堆。

不难分辨，眼下这两具跟刚才那具一样，都是随同袁富另寻出路的同伴。

"没事，有我在呢。"肖飞揽着张培，低声安慰她。为避免她再度受刺激，他把手电垂直射向头顶的位置。这次，他看到一个方方正正的、大约一平方米大小的洞口，仿佛开在顶棚上的一扇天窗。

"这是什么地方？我们怎么会在这里？"张培喘息稍定，慢慢坐起身，大脑还有些混沌。

"我们就是从上面掉下来的。"肖飞用手电照照那个黑糊糊的洞口，之后又四下扫着周边的环境，"这里看起来像是一间仓库，不过东西基本上都被拉走了。"

张培的视线随手电的光扫遍整个空间，发现这里相当宽敞，算起来足有一两百平方米大小。四周的墙壁上刷着白色的日文标语，大概是一些安全的警示语，顶棚上缀着几个葫芦状的灯泡，灯泡上蒙着一层厚厚的灰尘。

随着呼吸逐渐恢复平静，张培的头脑也渐渐恢复清明："刚才那三个人，都是跟袁富一起走的吧？"

"没错。"肖飞的手电光柱重新落回三具尸体身上,"他们这副惨象,很显然是遭遇了红尾山魈的袭击。"

张培不忍再看那三具尸首,垂下眼皮说:"袁富不是说,他们是在升降机附近遭遇的袭击吗,怎么尸体会出现在这里?"

肖飞扶着张培慢慢站起来:"死尸自然不会自己行走,四周也没有拖行的痕迹,也就是说,把他们移到这里的不是红尾山魈,而是另有其人,只有人才可能在移动尸体的过程中不留下任何痕迹,而且这个人对这里的机关设施也非常熟悉。"

"你是说那个日本兵?"张培眉头轻皱,"我还是觉得那只是黑暗里的一种幻象,世界上根本没有鬼,这里也不可能有我们之外的其他人。如果真的另有其人,为什么我们一路走来都没看到人类生活过的痕迹?

"另外,隧道里的红尾山魈那么凶残,他就不怕遇到对方的袭击吗?再者,我们是意外被困进来的,跟他无怨无仇,他为什么要开启机关来害我们?还有,我们从第二层坠下到醒过来足足隔了几十分钟,如果对方的目的是要杀死我们,这其中有的是时间,可他为什么不下手呢?"

对于张培提出的一连串疑问,肖飞只能摇头苦笑道:"这我就不知道了。"

张培不是一个特别喜欢纠结问题的人,既然一时找不到答案,就暂且把它放到一边。她在肖飞搀扶下往前走了一步,发觉左腿的小腿肚有些痛,于是蹲身掀起裤管查看,只见小腿肚有些青肿。张培放下裤管准备起身时,这才发现刚才躺的地方有一摊血迹。

"你没事,血迹是他们留下的。"肖飞用手电扫了扫那三具尸体,"如果没猜错的话,他们是从天窗上被系着吊下来,然后又被扶到墙边的。"

张培仰头朝上面看去,脚下却不慎绊了一跤,身子向前一扑,两手按在毡毯上,这才发觉下面圆鼓鼓的盖着什么东西。

张培小心翼翼把毡毯一层层揭开,赫然发现下面是一颗人类的骷髅头,跟之前在主隧道看到的一样,丑陋狰狞,印堂处有一个樱花形的图案。

听到张培惊叫,肖飞赶忙上前把她扶起,同时用手电照向那颗阴森森的骷髅。凭直觉,他断定骷髅头不止这一颗。果然,随着毡毯的揭起,成堆成堆的骷髅从下面显露出来,每一个都跟刚才所见的一样,在印堂处有一个樱花图案。

肖飞继续揭开毡毯，边揭边往后撤。

几分钟后，所有的毡毯都被揭起来了，呈现在眼前的是一座高约一米、长宽各有十几米、表面起伏不平的骷髅山。

"天啊，怎么有这么多骷髅？估计得有上千颗吧？"张培偎在肖飞身旁，瞠目结舌。

肖飞没说话，而是提着手电弯腰走近观察，发现那些骷髅一个个龇牙咧嘴，腐朽程度跟在主隧道看到的那颗差不多，也就是说，它们基本属于同一时期的产物，死亡方式也大致相同。

张培看得毛骨悚然，她不敢上前，可独自一个人留在后面也感到不安全，犹豫片刻，她最终还是硬着头皮凑到肖飞身边问："它们怎么都只有脑袋没有身体啊？"

"很难说。"肖飞缓缓直起身来，"可能是某种仪式，也可能只是为了方便堆积存储。"

"他们都是战死的日本人吗？"张培猜测道。

"不一定。"肖飞摇摇头，"虽然日本人喜爱樱花，但据我所知，他们并没有单把头颅取下来留存或祭祀的习惯。另外，战死的人员也不可能出现这种一模一样的表情，除非……"

"什么？"张培问。

"除非这些是被害的中国人。"肖飞做出一个大胆的推测，"他们遭遇了某种相同或相似的杀戮方式，比如731部队搞的细菌或毒气实验。由于手段极其残忍，这才导致死者产生如此痛苦扭曲的表情。"

张培仍然持有疑虑："如果是中国人，为什么要在脑门上刻樱花图案？"

"因为杀害他们的是日本人啊。"肖飞耸了耸肩，"日本人有很深的樱花情结，去过日本的人都会发现，以樱花为素材的家具、服装、工艺品比比皆是，不少人还用它来纹身。如果这些骷髅被集中起来祭祀或者用于表现某种图腾，那刻在上面的图案势必十分工整细致，但眼下这些非常潦草粗犷，依我看可能只是做个记号罢了。"

这样的解释并非没有道理，张培不由自主地点了点头："照这么说，我们所处的隧道跟郭老师说的贺兰山地下隧道一样，也是一座秘密军事基地了？"

肖飞再度用手电四下扫了扫："暂时还不好判断，但至少不是他所说的'普通军事设施'这么简单。"

提到郭文豪，张培忽然想起他和多多等人还在上面等着，于是轻轻碰碰肖飞的手说："咱们赶快回去吧，别让郭老师他们等急了。"

肖飞点点头，转身将手电照向出口处，见那里竖着两扇漆黑而厚重的铁门。他走上前，先侧身撞了几下，直到门板掉下不少铁锈并且有所松动，他才把手电和铁棍交给张培，两手插进门缝，用尽全力尝试将门掰开。

随着嘎嘎吱吱的响动，铁门开启一道五厘米左右的缝，透过缝隙可见外面拴着一条粗大的铁链，铁链上挂着一把锈迹斑斑的锁。肖飞拿过铁棍，在张培的照明下用铁棍用力打击链子跟锁，然而，别看那东西历经数十年风霜，外表锈蚀不堪，但内里还坚固得很，连敲了十几下，除了掉下一堆碎铁渣、形状稍微有些变形外基本没有任何损坏。

就在肖飞努力开锁时，张培隐约察觉身后有动静。她借助手电照在门板上的反光回头去看，只见骷髅山上有几颗头颅在左右摆动，与此同时，原本倚靠在墙角的一具死尸好像伸了下懒腰，紧接着身子往前一扑，似乎要朝这边爬过来。

"肖大哥！"张培大惊失色，慌忙靠到肖飞身旁，同时将手电调转方向。

肖飞顺着光柱看去，只见那具死尸两肘撑地，脑袋高高扬着，脊梁不停上下拱动，大有一副要尸变的架势。肖飞顿时后背出了不少冷汗。就在他举起手中的铁棍决定迎敌的时候，从死尸嘴巴底下钻出一只一米来长的灰色东西。

那东西圆耳豆眼、尖嘴长须，肖飞仔细一瞅，原来是只老鼠！但两人提起的一口气只松了一半，因为那家伙的体型太大了，几乎是常见老鼠的几十倍。灯光照射着，那老鼠非但毫无惧怕之意，反而还龇了龇尖如刀子且带着血沫儿的牙齿。

尽管硕大似斗，但终归只是鼠辈，肖飞并不视之为强敌，也无心恋战，只是为了照顾张培的情绪，决定把对方驱走了事。于是，肖飞弯腰从墙边捡起一只烂木箱，用力朝硕鼠砸过去。

由于距离不远，加上肖飞动作飞快、眼力奇准，木箱的棱角刚好砸中硕鼠的嘴巴，只听"吱"一声惨叫，硕鼠原地跳了起来。这一跳力气超猛，硬是把那死尸顶得翻了个儿，周边的骷髅也随着冲击叽里咕噜滚了下来。

随着死尸外衣的破裂，肖飞和张培这才发现，尸体腹部皮肉已被啃掉大半，各类残缺不全的脏器都在外面露着。不多时，整座骷髅山剧烈摇晃起来，紧接着，从骷髅堆里陆续钻出十来只个头儿跟刚才那只差不多大小的老鼠。

4.枪械

那些老鼠被灯光一激,继而全都红着眼,贪婪地望向肖飞和张培。

肖飞这下算是明白了,那个日本兵把他们引诱到此处,正是要喂食这些硕大的老鼠!

不过面对人类这样的天敌,老鼠们也表现得相当谨慎,对峙了几分钟才从四周慢慢聚拢起来,逐渐形成一个半圆形的包围圈。

眼看包围圈越来越小,肖飞和张培背靠铁门,已经没有丝毫的空间可退。常言说"擒贼先擒王",肖飞觉得这话放在老鼠身上也同样适用。于是他先发制人,将铁棍猛地砸向位于队伍中间、体型最大的那只老鼠。一棍下去,只见老鼠四肢伸展、脑浆迸裂,其余同伴受到震慑,暂时停止前进。

就在肖飞暗喜行动奏效的时候,鼠群突然发起了全面攻击。肖飞把张培掩在身后,自己则举起铁棍左抢右砸。虽说肖飞眼疾手快,几乎棍棍致命,可老鼠实在太多,仍有几只越过防线,照着肖飞的鞋子和裤角拼命撕咬。

大敌当前,不能让肖飞孤军奋战,何况到了这个时候,恐惧早已化为拼死一搏的力量。因此,张培从肖飞身后闪出,抱起铁门后堆积的烂木箱朝老鼠猛砸。砸着砸着,她忽然觉得新抱起的一只特别沉。来不及多想,她直接丢了出去,结果,木箱没扔出多远就掉在地上,里面的东西也随之撒了一地。

肖飞定睛一瞧,散在地上的竟是十几把黑色的枪支,而且是电视剧里常见的那种三八大盖。他捡起一支拿在手里,感觉沉甸甸的,似乎里面装有子弹,除此之外地上还散落着几十发子弹和几颗带着拉环的手榴弹。

肖飞甩掉趴在背上的一只老鼠,用手里的枪替代铁棍继续抢打,然后趁着空当"咔嗒"一声将子弹上了膛。未等鼠群开始新一轮反击,他就"啪"的一声扣动了扳机,一股刺鼻的尘烟在火花中腾起。

等尘烟散去,地面上横了只半死不活的老鼠,其余均逃得不知去向。肖飞并没有追剿到底的心思,此刻他们需要尽快离开。

肖飞从地上拾起一颗手榴弹,拽下拉环,塞到大门的链子和铁锁中间,然后拉着张培后退几步匍匐在地。几秒钟后,手榴弹竟真的爆炸了,只听"轰"的一声,碎壳和粉渣从天而降。肖飞起身走到门前一瞧,链子和铁锁已经被炸断了。

肖飞用力一扳,将其中一扇铁门打开。离开前,肖飞和张培各自拿了一杆三八大盖，肖飞还将一把子弹和几颗手榴弹塞进了随身携带的背包。

出了大门，肖飞发现这里的通道比第二层要宽敞一些（跟主隧道的宽度差不多），大概是为了过车方便。而且，这里的门不像上一层那样对列，而是单开，门也更大、更黑、更沉重，门边不再挂木牌，而是直接用白漆直接将编号喷在门上，仍然以"石字8014部队"为前缀，后面是每个房间的名称和编号。比如，他们刚才所待的那个房间的编号即为"兵工34#"。

"看来我们猜得没错，这里是鬼子的仓库重地了。"肖飞边走边拿手电四下照着。

张培跟在后面问："每个房间都锁着门，里面的东西差不多都已经搬光了吧？"

"也不一定，就像刚才那间，大堆的骷髅和一些军械都还留着呢。"肖飞走到一间标明"兵工39#"的仓房前，用手电朝门缝里照了照，"你瞧，这里头也是乱七八糟的，看样子还剩不少东西。"

张培没有过去看，而是看着隧道尽头说："一定发生了什么紧急状况，以至于鬼子撤离得十分仓促，慌里慌张间落下了这些东西。"

"嗯，分析得有道理。"肖飞后退两步，将手电照向隧道尽头，"想必最后一段时间里，那台升降机起到了非常大的作用。"

说到升降机，两人眼前同时一亮：那可是他们从这里离开的既快捷又安全的绿色通道！二人加快脚步赶到隧道尽头，却发现那台升降机根本没有落下来，而是停在二层与三层中间的位置，离他们头顶还有两米多。

张培想到郭文豪等人还在上面，于是挨个儿喊他们的名字，希望能通过上端的人工控制设施把升降机放下来，但却迟迟无人回应。

"不是说好了等着我们吗？怎么能不守信用呢？"张培沮丧地抱怨着，"那我们现在怎么办？"

等了一会儿，不见肖飞回应，她低头一瞧，发现肖飞正在地上蹲着。

"你在看什么？"张培也蹲了下去。通过明亮的手电光线，她看到脚下是一块四方形、通体漆黑的石板。石板中央雕刻着一只巨大的飞鸟，那鸟脑袋激昂，尾端上翘，两腿伸直，羽翼舒展，看起来似雁非雁，似鹰非鹰，在它周围燃烧着朵朵烈焰。

沿石板四周的边框内雕刻了许多个头很小的人，那些人皆面朝大鸟跪着，模样毕恭毕敬。大鸟正上方有两个模样古怪的人手拿小槌和铃铛在绕着祭坛跳舞，看不出是在祈福还是在祭祀。

5. 穿越

肖飞把枪夹在腋下，左手拿着手电，右手轻轻擦拭供坛中央的一块图案。那块图案大约巴掌大小，且线条非常纤细，不仔细看很容易被忽略。随着覆盖在上面的灰尘被渐渐抹开，他们这才发现那不是图案，而是一串从左到右排列的文字。

起初，张培还在辨别是哪个时期的文字，后来越看越觉得熟悉，当最后一个字符出现时，张培瞪大眼睛，倒吸了一口凉气。她不由得从头到尾又看了一遍，那些文字虽然有些斑驳，书写得也不甚规则，但并不难识别，可她直到看完第三遍才难以置信地发出惊叫："T-SA2N9？！"

肖飞拍打着右手上的灰尘，默不作声。张培知道，对方跟她一样，早就认出来了，只是一时难以接受。

"这怎么可能？"张培实在无法理解，"700多年前的古物上怎么会出现英文字母和阿拉伯数字？而且还跟王师傅在电话里讲的一模一样？"

肖飞用右手食指点着石板："你确认这是700年前的东西？"

"确认。"面对肖飞疑惑的目光，张培再一次肯定自己的观点，"我爷爷是搞古玩的，对古物鉴定我也了解一些。况且这类辽金时期的文物在通枰一带并不算罕见，这一点绝对不会搞错。"

肖飞微微颔首，意思是说下去。

张培继续道："这是一块典型的、晚金时期的墓门砖，中间的大鸟叫海东青，古肃慎语称之'雄库鲁'，意为飞得最高和最快的鸟，有'万鹰之神'的含义。海东青是女真人的图腾，就像汉族的皇帝崇拜龙一样，女真皇族对海东青的崇拜也是有过之而无不及。这两个跳舞的人是萨满巫师，他们拿着惊天槌和摄魂铃正在为死者祈福。

"从这块墓门砖的质地、纹样和规格来看，墓主的地位相当高，如果没猜错的话，应该出自一座皇陵，即便不是皇帝、太后，至少也是一位公主或者王子，一般的平民百姓包括王公大臣是无权使用的。"

"这么说，这块石板是鬼子从附近某座墓葬里弄过来的？"见张培点点头，肖飞又有了新的疑惑，"如果真是一座皇陵，鬼子为什么不取金银玉器或是玛瑙宝石，却单单弄来这么一块沉甸甸的石砖放在这里，究竟是图什么？"

"鬼子那么贪婪，要是有值钱的东西肯定不会放过的。或许他们搬来了很多东西，但把那些值钱的都运走了，最不值钱且又笨又重的石板就丢在了这儿。"张培的答案听起来合情合理。

"那你看看这串文字。"肖飞终于把话题切到了双方关注的焦点上,"它跟周围的图案是同一时期的,还是后来有人加刻上去的?"

张培仔细辨别一番,实事求是地回答:"从雕刻的深浅、笔画的走势、板面的结构、斑驳的程度看,这些文字跟周围的图案浑然一体、毫不突兀,如果非要说是后来加上的,那只能说这人的水平也太高了。"

由于石板太过沉重,且跟四壁拼接得严丝合缝,想带走是不可能的。所以肖飞只能拿出手机对着它拍了几张照片,并对有文字的局部做了特写。拍完照片刚站起身,一阵风从隧道里端吹来,扑在脸上凉飕飕的。

肖飞这才想起,几十分钟前他跟张培下到这里的目的,于是转过身做了个往回走的手势。

"我们好不容易死里逃生,怎么又要回去?"张培一时没反应过来。

"留在这里一样走不了。"肖飞的脚步丝毫没有放慢,"与其困死在这儿,不如主动出击,另外寻条路。"

张培犹豫片刻,快步跟上。为防硕鼠袭击,两人轻手轻脚,屏住呼吸,同时端紧手里的枪,保持高度警惕。

经过那间仓房门口的时候,肖飞下意识拿手电往里面照了下,出乎意料地,除了横在地上的几具老鼠尸体外,没有看到一只活物,剩余那些大老鼠似乎跑到了别的地方,又或是重新钻回了骷髅堆里。但不管怎么说,这是件好事情,至少避免了又一场恶战。

又向前走了200多米,道路在一面高大的石墙前戛然而止。石墙高4米左右,下连地面上接天顶,由一块块巨大的青石砌成。青石表面十分粗糙,拼接处没有用水泥填充,风正是从那些缝隙中吹入。

6. 标本

肖飞伸手拍了拍石墙,又拿手电往缝隙里照了照,希望之火瞬时熄灭:"这墙结实得很,每块石头至少有两三百斤,没有专业的爆破、挖掘和起吊设备,凭人力根本无法拆除。"

"你不是还有手榴弹吗?"张培给肖飞支招,"几个合在一起能不能把它炸开!"

"没那么容易。"肖飞四下察看着,"首先,没有合适的爆破点;其次,手榴弹威力有限,即便几个合在一起也很难奏效;再一次,如果爆破失败，再次惊动了那些老鼠，我们的处境会更加不妙。"

"好好的路，小鬼子把它封起来干吗？"张培气急败坏地往石墙上踹了一脚。

"可能是要阻止某些东西出去。"肖飞来到最近那扇标有"兵工57#"的仓房门前。

"你是说……那些大老鼠？"张培飞快地跟了过去。

"也可能是要阻挡某些东西进来。"肖飞把铁门推开一条缝，将手电穿过链子朝里面四下探射。

"你在看什么？"张培把脑袋凑到门缝前问，"里面有出口吗？"

"往后退。"肖飞往后摆了摆手，直到张培退到二三十米外的石墙边，又把手掌往下示意，"趴下别动。"

张培有些迷茫，但也没有异议，经历这几天所发生的事情，她对他已经产生了十足的信任。只见肖飞从背包里取出一颗手榴弹，塞进链子和铁锁之间的缝隙中，然后拽下拉环，跑到20米开外伏下身子。几秒钟后，随着轰隆一声巨响，两扇铁门之间的锁链断开了。

很快，肖飞跑到满是黄色浓烟的仓房门口，高声冲耳朵嗡嗡直鸣的张培喊："快进来，快进来！"张培急忙爬起，踉踉跄跄奔过去。肖飞伸手把她拽进门里，然后迅速抵住大门。

张培刚要发问，门外随即传来纷乱的动静和吱吱的尖叫。肖飞让张培暂且顶着门，自己跑到房间一个角落。张培这才注意到，那里叠放着十来个空汽油桶。

肖飞搬了四只汽油桶顶住门，将张培解放出来，随后他又把剩余的汽油桶竖直叠放起来，摆在仓房正中央的位置。张培起初不明白他要干什么，直到肖飞攀上油桶，扯掉仓房顶端的电灯，从屋顶上拨开一扇"天窗"的时候，她才恍然大悟。

"你怎么知道这间房子有机关？"张培不可思议地望着肖飞说。

肖飞丢下枪，弯腰朝她伸出一只手："这间仓房的格局，尤其是顶部的设计跟我刚才看过的34号和39号是完全一样的，电灯四周的凹槽虽然看起来像是特意制作的装饰线，却恰恰暴露了石板底下另有玄机。"

"照这么说，估计其他房间都是同样的设计。"张培拉住对方的手，用力爬上油桶砌成的高塔，"只是好好的仓房，鬼子弄出这些天窗来做什么？"

肖飞继续朝塔顶上爬："从这层隧道的宽度来看，最初的设计是可以通车的，只是后来隧道一端因故被封闭起来。而这些天窗的功能很可能跟升降机井一样，都是特殊情况下的垂直运输点和便捷出入口。"

张培依然留在底层："那我们现在准备做什么？"

肖飞已经攀至高塔的顶端，他指着近在咫尺的长方形孔洞说："到第二层，看看有没有别的出口，如果有，自然是好事，如果没有，我们就回到主隧道跟郭先生他们会合，继续寻找别的出路。"

张培点点头，眼下似乎也只能如此。肖飞伸手把张培也拉到高塔顶端，接着攀住孔洞边缘向上轻身一跃，自己先爬出去，然后又将张培拉了上去。

钻出孔洞，肖飞拿手电照了照，发现此刻所处的位置已经过了那片办公区，离他们最近的两扇门旁分别标注着"理化分析3#"和"标本1#"，其中"标本1#"的门半开着，露出几段木质的桁条和许多大小不一的瓶瓶罐罐。瓶和罐都是透明的，里面似乎还装着什么东西，只是由于灰尘和反光看不太清楚。

见肖飞提起枪，眼睛死死盯着门内的某个地方，张培带着几分不安问道："你打算进去吗？"

"看到那条灰色的布幔了吗？"肖飞用枪指着其中一段桁条的后面，"它在飘动，这说明里面有风。"

张培也看到了，但心中仍有疑虑："可还没到这层隧道的尽头，即便是有出口，也不该在室内啊。"

"进去看看再说。"肖飞似乎拿定了主意。

"肖大哥……"张培拽住了肖飞的胳膊。

肖飞停下步子，转头轻轻拍了拍她的手臂："不用害怕，有我呢。"

张培迟疑了片刻，终于点了点头。

两人一前一后端着枪向"标本1#"靠近，鉴于之前的教训，这次两人都格外小心，他们没走道路中央，而是沿着墙根慢慢往前挪。

进入门里，肖飞这才渐渐看清，那些瓶瓶罐罐里装着的都是动物和人体标本。它们浸在微微发黄的液体里，跟正常的动物和人类看起来一样又不太一样。说一样，是因为它们保留了所属物种最基本的特征，这使得人们第一眼就能准确分辨其身份。说不一样，是因为相比同类，它们某些特征得到强化和升级，身上或是多或是少了某些东西。

7. 异形

比如，有一只老鼠身材十分矮小，脑袋却非常巨大，几乎是同类的三倍；一头猪生了三只眼睛六条腿，两张嘴巴四只耳朵；一个女人下半身长满了鱼鳞，指甲变得异常锋利；一个无面婴儿全身呈半透明的紫红色，五脏六腑皆清晰可见……总之，那些标本看上去一个比一个荒诞离奇、诡异可怖。

肖飞径自走过去，用枪管慢慢挑开搭在桁条上的灰色布幔，出乎意料，后面竟是一面空荡荡的墙！

"真是见鬼了！"肖飞的眉毛拧了起来，"刚才明明看到布幔被风吹得一动一动。"他一把扯下布幔，仔细检查后面的石墙，看是否隐藏着什么机关，这时，身后突然传来张培的尖叫。

肖飞转过头，只见张培端着三八大盖，握枪的手和身体不住地哆嗦。他持手电朝张培直盯的方向照去，赫然发现一米开外的地方站了只双目圆睁、龇牙咧嘴的红尾山魈！不过，肖飞很快就镇定下来，因为那家伙被装在一个特制的大玻璃瓶内，并非一只可以伤人的活物。

"没事，标本而已。"肖飞放下枪说。也许对红尾山魈的凶残和狡猾心有余悸，张培仍保持着高度警惕。

肖飞隔着玻璃瓶仔细观察："这是一只成年的红尾山魈，但毛色没有我们见到的那些华丽，体型也不算大，应该是鬼子生化实验的早期产物，而我们遇到的，则是加码升级后的半成品。"

"难怪这种热带生物会出现在通枰一带，而且还那么凶残狡猾，原来都是鬼子造的孽。"张培愤愤说道，"幸好那帮混蛋败亡得早，否则，一场可怕的生化危机就在所难免了。"

"可不是嘛。"肖飞移开视线，拿着手电环顾四周，"这里的标本大部分是鬼子实验的半成品或者原始材料，我们遇到的红尾山魈，极有可能是在鬼子紧急撤离时从实验室里逃出来的。"

张培不无担忧地说："要是这样的话，经过这么多年，恐怕不止我们所见到的那几只了。"

肖飞没有说话，他的视线被远处一颗硕大的头颅吸引了过去，那颗头颅被装在一只特制的玻璃瓶中，整体呈类三角形，外表布满厚厚的鳞片，鼻孔外张，嘴巴扁阔，灰黄色的眼睛凸起，既像远古时期的恐龙，又像淡水河里的鳄鱼。

这颗脑袋之所以吸引到肖飞，并非它有多么巨大，或是样貌有多狰狞，而是那双圆鼓鼓的眼睛在手电照射时似乎也跟着转动了一下，尽管幅度很小，但在这死气沉沉的环境里，还是没能逃过肖飞敏锐的眼睛。

"你在看什么？"张培疑惑地问肖飞。

肖飞做了个噤声的动作，然后朝门口的方向扬了扬下巴。张培从对方的神色中意识到了危险，她深吸一口气，慢慢朝门口退去。一步，两步……走到第五步的时候，她在好奇心的驱使下，忍不住朝肖飞手电照射的方向看了一眼。

结果，她看到那颗脑袋的鼻孔动了动，喷出一股热气，瓶体随即变得模糊起来，与此同时，不远处的另一条布幔被风吹动。就在肖飞填好子弹拉上枪栓，瞄准玻璃瓶准备撤退的时候，那颗脑袋慢慢从瓶子里伸出，越伸越高，小山一般庞大的躯体也随之露出。

原来，那颗脑袋并非装在瓶子里，而是一直躲在瓶子后面，之前看到布幔被风吹动，则是它鼻孔喷出的气流造成的。

张培还未惊叫出声，肖飞已经拽住了她的手："走！"两人穿过纵横交织的桁条朝门口跑去。

怪物仰头嘶吼，同时用脑袋猛烈撞击身侧的架子，架子倒塌牵动另外两列桁条翻倒，肖飞和张培的退路被封住了。

面对凶猛扑来的怪物，肖飞端枪开始射击，子弹穿透玻璃瓶罐，发出"噼里啪啦"的爆响，标本和着防腐液体泼洒在地上，一时间"肉浪"翻滚，"玉片"飞溅。肖飞担心震慑力不够，又朝怪物所在的方向丢了一颗手榴弹。

"轰"的一声，木渣、玻璃和着浆液散了一地，还有几块碎肢落在手边，也不知是那些标本的，还是那只怪物的。肖飞和张培从地上爬起来，穿过刺鼻的硝烟，跨过散了一地的桁条，拉开房间大门匆忙逃了出去。

如同肖飞所担心的那样，怪物并没有被炸死，它在二人后面紧追不舍。奔到隧道尽头，肖飞看见升降机就停在机井口，便纵身跃了上去，又返身将脸色苍白气喘吁吁的张培拉上去。

"郭老师，多多，快把升降机摇上去！"张培也不管上面是否有人，只顾拼命叫喊。

怪物此刻也赶了过来，它在升降机向上升起的一刹那，张开大口咬住了底座边缘。肖飞开枪射击，却只听到"啪嗒"一声，竟然是空膛，他刚才在标本室竟然把子弹射完了。续装子弹已经来不及，肖飞干脆拿起枪托对准怪物的嘴巴使劲砸，连砸十几下之后，怪物终于松口了。

第五天

1. 凹槽

升降机徐徐升了上去，奇怪的是，井口空无一人。

难道郭文豪等人把他们摇上来之后就悄悄离开了？可为什么呢，这么做完全不合乎情理。但如果不是郭文豪等人，又是谁把他们给摇上来的呢？

肖飞拿着手电照了照，发现前方 20 来米处的岩壁两侧各开着四个椭圆形的凹槽。由于凹槽不深，中间又分别嵌着一扇黑漆漆的门，之前并没有被发现。

走到凹槽跟前，肖飞目测了一下，每个凹槽高约 90 厘米，宽有 50 厘米，从反射光线的强度来看，内嵌的门也是金属材质，具体是什么材质就不得而知了。不过，可以确定的是，这跟之前在隧道二层和三层看到的那种黑色大门属于同一种类型。

八扇黑门上写着各自的编号，从防 019# 一直排到防 026#，编号下方均有一行白色的小字：石字 8014 部队。凹槽离地面一米二到一米三的样子，没有台阶，手脚利索的一抬腿就可以上去，个子小或年纪大的可能得需要攀爬。

肖飞发现，黑门的手柄以及门下的石板被磨得锃光发亮，即使覆盖了一层灰尘也掩盖不住经常有人出入的痕迹。他还发现，防 022# 的凹槽前有一串杂乱的脚印（此处不似隧道前端那么潮湿，地面上有灰尘积累），门前石板边也有攀爬摩擦的新痕，而其他七个则没有。

张培也注意到了，她问肖飞："你看这些脚印，会不会是郭老师他们留下的？"

肖飞没有说话，用枪口谨慎地对着紧闭的黑门。

"郭老师、多多、袁富、阿四，你们在吗？"张培冲黑门喊了几声，但却无人应答。

张培想要爬上去，肖飞阻止了她。就在此刻，远处的岔道口传来一声沉闷的嘶吼，肖飞把手电光束朝声音传来的方向照去，发现隧道二层的那只怪物不知从什么地方钻出，看到亮光，那东西尾巴一甩，撞断了附近一根石桩，扯着上端的喇叭断线朝这边飞奔过来。

肖飞把张培推上凹槽，然后填装子弹瞄准怪物。同一时刻，张培把枪夹在腋下，两手拽住黑门的手柄使劲往外拉，门没有开；她又往里推，黑门依旧纹丝不动。眼看怪物马上就要扑过来，张培万分焦灼中试着往左侧一拨，门终于开了一条缝。

在怪物距离自己只差十多米的时候，肖飞开枪了，子弹击中怪物左前肢。但怪物的身子只是稍稍颤了一下，似乎并没有给它造成多大伤害。肖飞再次开枪，这次打中怪物右眼，只见怪物脑袋一偏，发出凄厉的惨叫。

肖飞一个箭步跃上凹槽，和张培一起把门打开。张培先钻进去，等她反身准备接应肖飞的时候，怪物巨大的身影已重重压了上来，在肉体撞击金属的闷响中，黑门"咚"的一声合上了，张培眼前顿时一片漆黑。

怪物的撞击仍在继续，黑门被撞得嗡嗡直响，每一下都重重撞击着张培脆弱的心脏。大约两三分钟后，眼前终于又出现亮光，淡淡的光晕中映出肖飞棱角分明的脸。

"肖大哥！"张培又惊又喜，"原来你已经进来了，我还以为……"说着，竟抽噎着哭起来。

"别哭了，我这不是好好的吗？"肖飞揽住张培安慰道，"我命硬，没那么容易挂掉，只是可惜了那把强光手电。"

张培抬头望向黑门，神情相当沮丧："怪物看样子一时半会儿不会离开，我们该怎么办？"

肖飞扭过头，把手机电筒打开照向黑门。他发现门板非常厚，光突出门框的部分就有 20 来厘米，比之前见到的黑门要厚上好几倍，具体材质不太清楚，可以肯定的是非常坚固，怪物力气虽大，但一时半刻还冲不进来。

"这黑门结实得很，撑半个钟头不是问题，那怪物恐怕没那个耐性。"说完，肖飞站起身，用手机电筒照向里面的空间。

出乎意料，门内的空间非常大，至少能容纳百十来人，地面布满尘土，到处都是密密麻麻的脚印。由于四周是封闭的，很难判断这些脚印来自几十年前的鬼子还是郭文豪等人。但张培很快在左前方的角落发现了一块香蕉皮，她用手捻了捻，还是新鲜的，由此判断，郭文豪他们的确进来过。

肖飞的目光却滞留在四周的墙壁上。那些墙壁呈黑青色且光滑平整，很明显经过特殊的打磨和化学处理。墙面有不少锐器刻画的痕迹，乍一看像是小孩的涂鸦，仔细观察又发现不是涂鸦，而是有人用行书写下的日文。由于很多日文跟中国的汉字比较接近，所以肖飞能够分辨出那些文字多为一些人名和地名，比如藤野浅川、迦叶子、松岛、奈良井等，其中秋山弘一、松本蕙兰这两个人的名字还被人用心形圈了起来。

但最终把他的目光死死勾住的，是刻在正对着黑门那面石壁上的一串英文和阿拉伯数字互相交织的字符。尽管字体潦草、笔迹轻浅，且淹没在众多文字中间，肖飞还是用他敏锐的眼睛从纷繁复杂的线条中将其剥离出来：T-SA2N9！

2. 亡妻

之前在升降机井底端的石砖上发现，现在又在鬼子防护槽的墙壁上看到，这究竟是什么人留下的？肖飞打开手机，调出在隧道底端拍摄的照片进行比对，发现两种笔迹差异很大。不过，他并没有就此断定书写者不是同一人，而是像上次一样把那串字符拍了下来。

"肖大哥，我在墙角发现了香蕉皮，还是湿的，说明郭老师他们的确进来过。"张培走到肖飞跟前，看他正在拍摄墙上那串符号，于是凑过去说，"这会不会是他们中的某一个人留下的？"

肖飞拍摄完毕，眼睛却继续盯着石墙说："这串文字什么意思都还没弄明白，谁留下它做什么？再说，他们怎么知道咱俩一定也会进来？另外，从笔画痕迹来看，它跟石墙上的其他文字至少表面看起来属于同一时期，没有明显的叠加特征。这一点，跟我们在升降机井底端的石砖上所看到的一模一样。"

张培轻轻点了下头，又问："郭老师他们不按约定守在井口，躲到这凹槽里做什么？会不会跟我们一样，也是为了躲避某种危险？"

"从我们乘升降机下到井中再到重新出来这段时间，主隧道里肯定发生过什么，但恐怕只有找到郭先生他们才能弄清楚了。"说完，肖飞转身看向凹槽门口。

怪物已经停止撞门，但是否离开谁也不知道。安全起见，肖飞决定过些时候再出去。

"找个地方休息一会儿，吃点东西。"肖飞的肚子早就饿了。

他举着手机四下看了看，发现根本不用找，因为这里根本没什么干净的地方。反正衣服已经脏了，也无所谓讲究不讲究，于是取下背包靠着石墙坐了下来。

张培也跟着坐下来。她早就饿得前胸贴后背，只是精神一直处于高度紧张状态，饥饿感暂时被恐惧和疲乏所代替，现在稍稍放松下来，突然觉得胃一阵强烈的痉挛，顺着筋脉蔓延向全身，整个人都仿佛被抽空了，她几乎是摇晃着软瘫在地。

肖飞从背包里取出一袋卤猪蹄和一瓶矿泉水递给张培，自己则撕开一包牛肉干，抓了满满一把塞进嘴里用力嚼着。张培接过卤猪蹄，犹豫了一下，那是她平日里为保持身材坚决拒绝的东西。但现在她也只犹豫了两秒钟，就撕开包装袋就着矿泉水不顾形象大口啃起来。

吃完那把牛肉干，肖飞又喝了一罐红牛，然后把背包封起来。他当然没有吃饱，只是眼下情况不明，不得不作长期打算。

他看看手机屏幕，还剩近 60% 的电，他把手机背侧靠在背包顶面，取出稿纸铺在膝盖上开始书写。

"你在写什么？"张培吃完猪蹄，用湿巾轻轻擦着嘴。

"没什么。"肖飞的动作并没有停下来，"早年养成的习惯，想到一些事情就用笔把它记下来。"

"记它做什么？"张培把用过的湿巾和装猪蹄的包装塞进背包空余的塑料袋里。

肖飞没有回答。

张培也没有继续追问，她发现手机有些倾斜，射出的光线也跟着有所偏移，于是伸手去扶，手指触到屏幕，被设为屏保的照片立刻亮了起来。

"哟，这个美女是谁呀？你女朋友吗？"张培盯着照片上那个年轻美丽、颇有明星范儿的女人，语气里带着调侃的意味。

肖飞愣了一下，随即点点头："是我太太。"

"你……结婚了？"张培脸上流露出一丝意外和失望，随即淹没在黑暗中，但语气中浓浓的酸味却无处可藏。

"我都三十好几了，还不该结婚吗？"肖飞忍俊不禁。

张培把手机放回原处："你老婆很漂亮，她……是个演员吗？"

肖飞只管埋头书写："她是个幼师。"

"幼师好啊。既温柔体贴又有耐性，也只有这样的女人才配得上肖大哥。"张培由衷地赞叹着，"常言说'佳偶天成，如影随形'，这次旅行怎么没见嫂子跟你一起？"

肖飞停下笔，但没有应声。

张培隐隐感到说错了什么，就在她思考着如何转换话题的时候，肖飞开口了："她已经不在了。"

张培错愕，她不知道该如何回答，只能等着对方继续说下去。

"三年前，她被一个恶棍残忍地杀害了。"肖飞继续说道。

张培的视线投向手机屏幕，照片已经变暗，但那张近乎完美的脸却深深映在她脑海里，她情不自禁为之感到惋惜，开口问道："凶手找到了吗？"

肖飞再度陷入沉默，他的手颤抖着，以至于钢笔在稿纸上顿出豆大的墨点。

张培不忍再问，两臂交叉搭在膝盖上，然后将头枕在上面。她的视线一直胶着在肖飞脸上，似乎要看穿这个深沉而隐秘的男人，看着看着，竟不知不觉睡了过去。

凹槽虽然是封闭的，温度却并不高。肖飞担心张培着凉，把自己的外衣脱下披在她身上，自己则继续书写。不知过了多久，肖飞抵不住困意，也睡着了。当他醒来的时候，已是 22 日凌晨。

3. 关卡

肖飞看着手机屏幕苦笑了一下，他这还是在不吃安眠药的情况下第一次自然入睡，而且睡了这么久。

可能因为这几天都不曾好好睡觉，身体无法承受负荷，再加上这里环境相对安逸的缘故吧，他想。

就在这时，外面传来一声枪响。肖飞下意识抓过靠在身侧的三八大盖，据他所知，隧道内暂时只有 6 个活人，有枪的只有自己和张培（肖飞不知道阿四还有一把手枪），而张培就在身边，那么外面开枪的会是谁呢？

听到枪声，张培也醒了。她下意识往肖飞身旁靠了靠，说："外面有枪声，会不会是郭老师他们？"

肖飞没有说话，站起身把耳朵贴在门板上听了听，然后小心翼翼推开黑门。

怪物已经离开，门前留下很深的刨挖痕迹。肖飞举着手机，在电筒可见的范围内没有任何人，也听不到任何声音，遗落在外的强光手电也消失不见。

毕竟事先约好在升降机井口会合，郭文豪等人不应该单独行动，即便这中间发生了意外事件，他们也一定会回来。可肖飞转念一想，万一他们等的时间太久，认为自己和张培已经找到出口，干脆离开也不是没有可能。他正犹豫着是走还是留，远处突然传来金属的敲砸声。

肖飞侧耳细听，发现那声音不是随机的，而是带着一定节奏，也就是说这不是自然碰撞，而是有人刻意敲击，更有可能，是有人正通过敲击金属的方式发送联络信号。

张培已经从凹槽里钻出来，两人十分默契地循着声音走过去。走了大约200米的样子，右前方出现一个弯道，转过弯不远处有个岗哨，岗哨前斜插着一根红白交织的横杆，横杆后面则是一扇漆黑沉重的金属门。

很显然，这是鬼子为对过往车辆进行检查所设立的关卡。此刻大门紧闭，从材质硬度和结构判断，根本没有徒手打开的可能。敲击声仍在继续，听上去离门岗不远。可这门该如何打开呢？

肖飞走进岗哨。时隔多年，岗哨里的哨兵及设备早被搬离一空，除了一张三条腿的破木桌和散落一地的草纸外，几乎什么都没留下。肖飞转了一圈后发现，靠近木桌右侧的墙壁上有个被灰尘覆盖的红色按钮，他试着按了几下，可惜隧道里没有电，无法验证这是否为开启门禁的装置。

肖飞连续打开两只抽屉，里面跟预想中一样空空如也。其中一只抽屉的底板还破了个大洞，由于时间太久，破洞边缘已经呈碎末状，看不出是自然损坏还是被老鼠给咬的。关上抽屉之前，他被破洞里的某个东西吸引了注意。

那东西半掩在草纸堆里，露出的部分有寸把长，整体呈黑青色，乍一看像是枚古代的刀币，仔细观察会发现其中一侧有规则的锯齿，尾端还有个圆形的孔洞。肖飞弯腰把它从地上捡起来，那东西总共两寸有余，另一头比较窄小，拭去表面覆盖的灰尘后显得明光闪亮，似乎常被摩挲。

肖飞忽然灵机一动。他走到金属门前，在布满灰尘和锈渣的表面仔细寻找着。果然不出所料，他在大门中下段、靠近左侧墙壁的位置找到了一个高约9厘米、宽半厘米左右的孔隙。他将"钥匙"插入使劲一拧，随着吱吱嘎嘎的响动，金属门在灰尘中缓缓打开了。

等门完全打开，肖飞才拿着手机小心走进去，确定里面没有危险后，他冲身后的张培招了招手。

两人穿过一条幽深的过道，后面的空间陡然开阔。左侧有一片千余平方米的空地，像是体育场，却没有相应的设施，又像是停车场，却看不到地面的线路规划。广阔的水泥地上堆积着不少破烂的木箱，箱体残缺，露出几乎破成碎片的旧式日军军服。

右侧向里凹进大约 20 米的位置，是一列单开的黑门，格局跟地下三层有些相似，每扇黑门旁边由小木牌标注着相应的名称和编号。肖飞大致看了一下，这片区域主要为声波分析、激光脉冲和机械化工实验区。

而那条承载着众人生存希望的主隧道，则一路迂回向下，应该是通往地下二层去了。

不知什么时候开始，敲击声停止了，失去目标的肖飞与张培只能对眼下的房间进行逐一排查。

距离最近的是配电室，门是虚掩的，推开的瞬间，一股缆线、灰尘和铁锈所混合的气息扑面而来。空间不大，顶多 20 平方米，里面所有的东西在手机电筒的光亮中尽收眼底。

肖飞和张培一眼便注意到对面那几排巨大的、向下扳落的闸门。电，对此时此刻的他们来说，就如同太阳之于数天不见阳光的禾苗。只不过隔了半个多世纪，谁也不知道这些电闸还是否能够让这死气沉沉的隧道重现光明。

走到电闸前，肖飞深吸一口气，抓住上端最靠左侧的闸门使劲往上一推。推动过程中，他的眼睛是闭着的，他希望再次睁开的时候能够看到电光。然而，他没有听到预想中电火相激发出的噼啪声，睁开眼睛，世界也仍旧是黑暗的。

张培不甘心，陆续推上所有闸门，但四周依旧是一片黑暗。肖飞转过头，看到房间的角落有架向上的梯子，梯子是木头做的，看样子还比较结实。他走到跟前，顺着梯子朝上看了看，发现顶上还有一片深深凹入的空间。

肖飞示意张培原地等待，自己则顺着梯子往上爬。当他接近梯子顶端时，手机光亮赫然照出一个黑影，TA 穿着一双破旧的黑色长靴，身上的旧式日军军服满是窟窿，头上戴一顶略微发扁的钢盔，大半张脸隐没在黑暗里，手中端着一支三八大盖，黑洞洞的枪口正对着肖飞的脑袋。

4. 陈如

虽然看不清黑影的面孔，但肖飞凭借直觉认定，这就是他们在夜视仪里看到的那个日本兵。

且不管是人是鬼，先把 TA 制服再说！没想到，肖飞还未出手，黑影便"噗通"一声自己倒在了地上。

离顶端还有两级阶梯,肖飞抓住凹槽的边沿直接跃了上去。端着枪轻手轻脚走到跟前,蹲下身试探着摸了摸日本兵的鼻息,发现对方没有大碍,只是晕了过去。

肖飞摘掉日本兵的钢盔,只见一头乌黑卷曲的长发倾泻而下,长发半掩着一张清瘦苍白的脸。如同郭文豪所言,并非什么耄耋老者,而是个顶多只有20岁的年轻人,又如阿四判定的那样,是个女人。

女人中等身高,体态纤瘦,肖飞拂去她遮蔽在面前的长发,只见柳眉轻皱,睫毛微颤,鼻翼翕动,粉唇半抿,整张脸不施脂粉,倒也显得清秀可人、文雅纯净。

肖飞快速检查了一下,女子除右脚脖有少量血渍外,其他地方没有明显外伤。他推测,对方昏迷的原因大概是由于疲劳、饥渴和高度紧张。他取下背包,拿出一瓶矿泉水,拧开盖子送到对方嘴边。

由于灌得太猛,有不少水从女人的嘴角溢出,顺着颈窝淌下去。肖飞放下水瓶,从背包取出纸巾,解开对方的领扣帮忙擦拭。

"你在干什么?"张培的声音从身旁传来。

肖飞抬起头,见张培站在梯子边,脸上满是意外。他这才意识到自己的举动,赶忙把探进衣领的手抽回来说:"哦,水洒了,我帮她擦一擦。你来得正好,帮我看看她身上还有没有别的伤口。"

"她是谁,怎么这副打扮?哦,想起来了,她就是你们在夜视仪里看到的那个日本兵对吧?"张培疑惑地走到女子跟前,看清她的脸后不禁"咦"了一声。

肖飞抬起头问:"怎么了?"

"有点眼熟,好像是……"张培示意肖飞把手机靠近些,目光在女子脸上来回打量,"好像是在服务区下车的9号乘客。"

说着,张培快速在她上衣和裤子口袋翻了翻,什么都没有。肖飞拿过放在不远处的一只紫色旅行包,拉开拉链,里面装着几本医学方面的书和一只纯金怀表,此外,还有一个粉红色的女士钱包。

肖飞打开钱包,找到夹层里的身份证,得知钱包的主人名叫陈如,1998年11月生,通宁人。他又在书本的夹页里找到一张学生证和一张汽车票,学生证显示她是升达医学院的学生,汽车票则证实这个大二学生就是那个中途掉队的9号乘客。

"果然是她。"张培凑过去看了看,嘴里嘀咕道,"年纪不大,心眼可不少。"

肖飞把东西一一放回原处,问:"何以见得?"

"你想啊,一个十几岁的女孩子孤身一人忽然消失,然后又莫名其妙出现在这地狱般的隧道深处。还有，她干吗要穿小鬼子的衣服，还千方百计躲着我们？最令人不解的是，我们遭到了红尾山魈的袭击，差点丢了性命，为什么她却好好的？"张培在陈如身上仔细检查着，与其说是查看对方的伤势，不如说是在寻找支撑问题的依据。

肖飞转过身子摩挲手里的枪支："你想说什么？"

张培停下手里的动作："直觉告诉我，这是个危险的女人。"

肖飞哧的一声笑了："一个十八九岁的姑娘，怎么就威胁到你了？"

张培认真地说："你别不信，女人的直觉很准的。"

正说着，陈如慢慢醒了过来，看到肖飞和张培，她睁大惊恐的眼睛，像只刺猬一样缩成一团。

"别害怕，都是自己人。"肖飞尽量用温和的语气安抚对方，"我是6号座的肖飞，她叫张培，是车上的乘务员。"

陈如一边整理自己被解开的衣服，一边通过手电筒的反光观察二人。这种充满戒备和抵触的眼神让张培感到很不爽："是我们救了你，别防狼似的盯着我们。要不是等你，我们也不会遇到泥石流，更不会被塌方困在这鸟不拉屎的破地方。"

肖飞示意张培不要再说下去，然后从背包里取出一个卤鸡蛋，剥好后递给陈如："饿坏了吧，来，吃点东西。"

陈如看看张培又看看肖飞，肖飞冲她点了点头。

陈如小心翼翼接过卤鸡蛋，浓重的咸香顺着鼻孔侵入，深深刺激着味蕾，使她暂时放弃了戒备，直接狼吞虎咽起来。肖飞担心她噎着，又把刚才那瓶矿泉水递给她。

"哎，你倒是说说，为什么在服务区不声不响就离开了？又干吗跑到这条隧道里？怎么一副鬼子的打扮，还千方百计躲着我们？"待陈如吃完鸡蛋又喝了几口水之后，张培开始发问。

陈如好不容易放下的戒心又提了起来，她喉咙一哽，继而哆嗦着瞄向四周，仿佛黑暗之中隐藏着某种可怕的东西。

5. 次声装置

"看来她受了很大的刺激，脑子有些不太好使，暂时不要问她问题了。"肖飞又看了看陈如的穿着，然后对张培说，"鬼子的服装沉积多年，不太干净，她里面的衣衫很薄，你背包里还有别的衣物吗？有的话先给她换上吧。"

"在车上的时候她不还好好的吗！"张培有些不乐意地打开背包，"这件外套是我从达芙妮买的，花了我大半个月工资呢，一次都没舍得穿过。"

话虽如此，张培仍然把衣服拿了出来，递给一旁的陈如："给你。"

"你帮她换一下。"肖飞叮嘱道，然后起身走下梯子，"我在下面等你们。"

约20分钟后，肖飞、张培和陈如三人依次从配电室走出。

随后的三个房间都是铁将军把门，透过门缝，可以看到里面堆放着各种各样的机器设备。那些设备虽然破旧不堪、积满灰尘，但外表无一例外，都是奇形怪状、神秘莫测。由于手机光线照射范围有限，只能看到房间的局部，更多地方则埋没在黑暗中。

第四个房间的门是开着的，通过门边的木牌，肖飞大致分辨出这间屋子是个"声波分析室"。张培怀疑之前听到的敲击声就是从这里发出的，她喊了几声郭文豪和多多的名字，但却无人回应。

张培看看肖飞，肖飞犹豫片刻，决定进去看看。

在手电筒的照射下，可见这间屋子相当宽敞，至少有百余平方米。正对着门的一侧墙角有一大片空置留白的痕迹，说明那里原来停放着机器设备，但随着鬼子的撤离已经搬空了。

肖飞转而看向右手边，那里放着一只墨绿色的大"碟子"，"碟子"直径足有5米，上面压着一个颜色与之接近的木质手柄，看起来很像电影里常见的老式留声机，但体形要大出几十倍。肖飞试着拨了一下，"碟子"慢慢转动起来，发出一阵尖锐刺耳的声音。

那声音仿佛带着极强的穿透力，撕裂皮肤，扯得五脏六腑痛不可耐，肖飞赶忙停手。接着，他发现"碟子"后面还连着一台监测仪和状似雷达的东西，紧挨"雷达"的是个直径约1米的镜筒，镜筒下有个可以调整开合角度的支架。

肖飞拿手机照了照机器上的日文，想弄清楚它们到底是做什么用的，张培却被墙壁上一张破旧的表格吸引了注意力。

"你看这个。"张培拽拽肖飞的袖子。

肖飞转过头去。鬼子的语言虽然晦涩，但阿拉伯数字却是通用的，仗着这些数字，结合半懂不懂的符号文字，肖飞和张培很快就搞懂了表格的用途，同时也明白了这台神秘设备的功能。

"原来是次声波的制造、搜集和发射装置！"肖飞不禁倒吸一口凉气。

张培也十分吃惊："真想不到，鬼子竟在几十年前就已经开始进行这方面的研究了！"

　　根据表格上的记录，每 10 小时就要进行一次次声波发射试验。这使肖飞想到了主隧道里每隔不远就会出现的碗状喇叭、岩壁上的八孔椭圆形凹槽以及整个隧道（含二层、三层）无处不在的黑色大门。现在看来，那些都是为避免次声波伤害而采取的防护措施。

　　接着，肖飞和张培又发现，房间最里端的墙壁上并列镶着两只金属横杆，横杆上各带一排铁钩，上面挂着四五件黑色"雨衣"，每件"雨衣"领边还配有一副耳塞，也是黑色，造型显得有些丑陋和笨拙。

　　张培拉过其中一件"雨衣"摸了摸，感觉挺厚，借着手机的光线，她发现"雨衣"分表、中、里三层，表层皮质，手感相当细腻；中层滑滑的像是丝棉，但比丝棉密度大，应该是人工合成的特殊材料；里层是粗麻，摸上去涩涩的。由于年代久远，"雨衣"已被腐蚀出很多大小不等的孔洞。

　　"鬼子每天都要做放射实验，看来，这些就是他们的防护服了。"张培摘下手里那件"雨衣"朝里面看了看，"还别说，鬼子的设计挺人性化的，不仅收腰、裹腿可松可紧，膝盖的软垫肥瘦相宜，裤裆还有尿袋。"

　　肖飞没说话，他后退几步回到"碟子"跟前，盯着那台"留声机"快速搜索着。

　　"怎么了？"张培把"雨衣"挂回去。

　　肖飞的视线最终在"碟子"边缘的某个位置停下来。张培顺着他的视线看去，看到"碟子"左侧靠近边缘的位置有一圈巴掌大小、外表呈椭圆形的裂纹，中间是个三四厘米深的洞，洞内有明显的烧灼痕迹。

　　张培刚要发问，肖飞的视线又转到了"留声机"的木柄上。木柄一端紧贴"碟子"，另一端的顶面则微微翘起，翘起的部分有些开裂，裂纹边有液体喷溅的痕迹，由于时间久远，已看不出本来的颜色，只剩下黑糊糊一片。

　　肖飞弯起腰，从"留声机"下找到一条皱巴巴、脏兮兮的绳带一样的东西，展开后发现，竟是一件白色的对襟褂子，褂子上污迹斑斑，颜色跟刚才看到的木柄上的痕迹差不多。

6. 幻觉再现

　　"肖大哥……"张培有些紧张地盯着肖飞。

肖飞依旧不说话，他的视线仿佛有人牵引一样，从"留声机"旁又移到悬挂"雨衣"的墙角。墙角的地面上，躺着一根金属横杆和几件跟挂钩纠缠在一起的破烂"雨衣"。

　　如同之前在石桩边一样，肖飞的幻觉又出现了。

　　他先是"看到"那个黑色的人影从门外闯入，由于太过仓促，TA进门后直接撞到离门口不远的"留声机"上，手电筒也滚落到房间中央的空地上。TA来不及捡回手电，急忙跑向黑暗的墙角，躲在悬挂的几件"雨衣"后面。

　　不多时，白色人影赶到了，TA跌跌撞撞跑到"留声机"旁，伏在"碟子"上大口喘息，但眼中一刻也没有丧失警觉。很快，TA发现了屋子中央那只已经摔坏的手电，于是以更加警觉的姿态巡视四周，最终把目光锁定在墙角横杆上悬挂的雨衣上。

　　TA持着手电小心翼翼走过去，刚要伸出右手掀起那件微微抖动的"雨衣"，里面黑影抢先出手了。随着眼前寒光一闪，TA的手臂发出剧烈的痛楚，手里的电筒也落在地上。黑影伺机想要逃跑，TA忍着剧痛上前死死抱住了对方。

　　黑暗中，两人进行着激烈的搏斗，借由躺在地上的手电筒的光，只能看到两双脚你进我退、交替徘徊。一开始，双方的力量尚能平衡，但很快，穿着白色裤子且腿上有伤的那个开始处于下风。

　　"咣"一声，墙角的横杆被撞掉了一根，悬挂在上面的"雨衣"也落在地上，在两人推搡中被扯破。这时候，灰色人影赶到了，他的手电似乎已经损坏，只能借助地上那只手电筒，通过衣服的颜色区分敌友并加入战斗。灰白两人联合，力量的天平开始慢慢倾斜。

　　十几个回合后，黑影被仰面压在"碟子"上，匕首也被灰影夺走。灰影操起染血的匕首，毫不犹豫朝黑影咽喉处扎下去。危急中黑影踢开压在身上的白影，同时两手用力拨了一下，匕首往上偏移，正刺中他的面部。

　　由于光线昏暗，看不清具体刺在什么位置，刺入有多深。灰影拔出匕首，准备再补一刀。这时，枪声响了，灰影身子一晃，扑倒在"碟子"上。黑影不顾疼痛爬起来，对着灰影又是一枪，这一枪打在"碟子"边缘，碎渣四下飞溅。

　　黑影不敢恋战，趁此机会夺路狂逃。没想到，白影从后面拽住了TA的衣服，黑影拼命挣脱，只听"刺啦"一声，衣衫被撕裂，TA整个人光着上身随惯性扑倒在地。白影奋力追赶，脚却被地上的绳带绊了一下，踉跄中，裤子口袋的怀表甩出去老远。

　　白影犹豫了一下，还是先把怀表捡了回来，待TA返身去追时，黑影早已无影无踪。白影走到灰影身旁，把他从"碟子"上扶起来，在手电的照射下，发现他胸前的衣袋被打出一个大洞，若非装在里面的一块特制的金属牌作为缓冲，那一枪将是致命的。好在现在只是皮肉受了伤，没什么性命之忧。

借助灯光，肖飞终于看清了白影的面孔，那是一个有着花白胡楂、年纪稍显苍老的男人，模样黝黑、瘦削，头发刺猬般根根竖立，嘴角有些倔强地向上勾起，眼神中却是老朋友般的和蔼与关切。肖飞觉得他十分熟悉，却一时想不起他的名字。

至于狼狈逃脱的黑影，肖飞自始至终没能看清 TA 的面貌，只在对方衣衫撕裂的时候，发现 TA 后背文着一颗青色的狼头。

"肖大哥！"张培又喊了一声。

肖飞分散的思想慢慢聚焦，幻影里白影的面目渐渐切变为现实中陈如的脸。

"你叫我？"肖飞用右拳轻轻敲着有些涨痛的脑壳。

陈如摇摇头，目光侧向一旁的张培。

"你怎么了？"张培从背包取出纸巾，上前帮肖飞擦拭额前的冷汗，"看你的脸色不太好，是不是哪里不舒服？"

"没什么。"肖飞拨开对方的手，他不知道两次奇怪的幻觉该从何说起，只能如实表达此刻的感受，"我还是觉得曾经来过这里，这种感觉随着主隧道的深入越来越强烈。"

张培怔怔地说："郭老师不是说，这叫海马效应吗？也许是你——"

"谁！"肖飞猛然一声低喝打断了她。

张培吓了一跳："你、你看到什么了？"

肖飞的目光在门外的黑暗里快速巡视："好像有个人，穿着青色的长袍，一眨眼就不见了。"

张培急忙转身去看："在哪儿？"

7. 生死一瞬

"就在那堆木箱旁边。"肖飞抬起右手，用手机照向门外空地上的木箱，"刚才，TA 就站在那儿死死盯着我们。"

张培顺着光线的方向看去，见薄薄的光源尽头的确有一摞半人多高的木箱，木箱周围还散布着不少空油桶样的东西，总而言之，那地方并不十分适合藏匿，即使有瞬移的本事，也难保在杂物堆里不发出一点声响。

"什么都没有啊。"张培往前走了几步，在靠近门口的地方停了下来，"会不会是幻觉？长时间在黑暗环境中很容易出现幻觉的。"

"你照顾好陈如，我去去就来。"刚才所见也只持续了一两秒钟的时间，听张培这么一说，肖飞也有点儿拿不准，为证明不是幻觉，他决定过去看看。不料，他刚跨出大门，脚步便顿住了，下一秒钟迅速屏住了呼吸。

"噗！"一阵强风突袭，把肖飞的头发都吹了起来。接着，一颗巨大而丑陋的脑袋从上方缓缓探下。

张培刚要发出惊叫，陈如立刻捂住了她的嘴。在张培惊恐万分的目光里，怪物张开血盆大口，用粗糙腥臭的舌头舔向肖飞面颊，一时间，黄褐色的黏液顺着肖飞的发梢与鼻尖往下滴落。

肖飞闭着眼睛，右手保持照明的姿势，左手悄悄摸向三八大盖的扳机：枪膛里还有几发子弹，他虽然没把握打死怪物，但肯定能在成为对方美餐之前先结束自己。当然，有机会的话，他更愿意从背包取出手榴弹，与其同归于尽。

肖飞刚碰到扳机，枪声便响了。怪物身子一震，接着咆哮着将脑袋转向张培的位置。

肖飞转头望去，见张培端着三八大盖站在那里，枪口还冒着丝丝缕缕的青烟，原来是她救了自己。

怪物肩胛处中弹，鳞甲缝中往外冒着鲜血，它立刻丢下肖飞朝惊魂未定的张培扑去。慌乱中，张培又开了一枪，这枪正中怪物咽喉。怪物吃痛，向后倒退了两步，肖飞乘机冲进"声波分析室"，并在怪物追进来之前连发两枪，成功将其阻止在外。

肖飞把门关上，三人在里面死死顶着。他正拿手机寻找门后的锁扣，门"轰"的一声被撞开了。三人被猛烈的冲击弹出老远，张培爬起来，第一时间躲在"留声机"下，肖飞和陈如则藏在墙角的"雨衣"后面。

怪物嘶吼着闯进来，站在撞掉的门板上环视一周，随即把脑袋转向右侧的"留声机"。张培手里的枪早已不知去向，背包也从肩膀上甩了下来，毫无还手之力的她只能躬起身子，抱着背包和步步逼近的怪物围着"巨碟"绕圈圈。

张培的心脏剧烈跳动着，好几次，怪物鼻孔喷出的气流都拂到了她的刘海。绕着绕着，张培脚底不慎踩在倒在地面的金属杆子上，听到声响，本已经转过头的怪物立刻调转身体，三两下撞翻"留声机"，把张培从"碟子"下叼了出来。

"嘿!"肖飞不知何时从"雨衣"后走出,他冲怪物大喊着,同时拿着手机不断挥舞。怪物发现亮光中新的猎物,立刻丢下张培,朝肖飞靠近。肖飞的枪和背包刚才都被抛到一边,现在他只能用脚尖挑起附近的金属杆子,抓在手里摆出决一死战的架势。

虽说肖飞的身高不及自己肩膀,但吃过几次枪支和手榴弹的亏之后,怪物已不敢小觑眼前这个年轻壮实的汉子,只是偶尔将脑袋前伸试探一下,不敢贸然采取扑食行动。

面对眼前这只丑陋凶残的庞然大物,说不怕那是假的。但肖飞竭力保持着冷静和淡定,至少没有在气场上输给对方,就在他犹豫着要不要先发制人,采取主动进攻的时候,怪物竟首先结束对峙,慢慢后退几步,最后悻悻地退了出去。

担心怪物杀回马枪,肖飞死死握着手里的金属杆子,直到怪物从黑暗里完全消失之后,才转过头,发现陈如不知何时站在了他身后。

"你怎么出来了?就不怕怪物吃了你吗?"说着,肖飞做了个吓唬的动作。

陈如非但没有害怕,反而笑了出来,她的笑很浅,却使人感到很温暖亲切。肖飞看着这样的笑容,眼睛里不禁流露出一丝爱怜,陈如也望着肖飞,眼中闪烁着崇拜和依赖。

忽然,有人将沉甸甸的背包重重砸到肖飞怀中,肖飞接过来,扭头看去,见张培正涨着一张红红的俏脸。

"怎么了,一脸不高兴。"肖飞并非木讷之人,他已经猜出七八分,但眼下只能装作毫不知情。

"灾祸不断、朝不保夕的,我高兴什么?"张培气道。

肖飞丢掉手里的金属杆子,把背包背到身上说:"你应该这么想,咱们是再一次劫后余生啊。"

"有的危险是在表面上,有的是在暗地里,你说的那只是表面的危险,暗地里,我们现在的处境只怕比之前更加凶险。"张培没好气地顶了他一句,然后跛着脚往外走去。

看到张培受伤的腿,肖飞才想起刚才惊险的一幕(被怪物咬住腿凌空叼起),于是急忙上前拽住她:"你的腿怎么样?快让我看看。"

第六天

1. 箭头标记

"不必了。"张培甩开他的胳膊赌气说，"我是死是活不关你的事，陈如小姐平安无事就行了。"

肖飞用力一拽，张培后退几步，正好倒进他怀里。张培挣扎了两下没有挣脱，脸涨得通红。

肖飞抬起张培受伤的右腿，发现膝盖以下都被鲜血染红了，他慢慢卷起对方的裤腿，看到膝盖附近呈环状分布着几个深深的牙印。

因为没有医用纱布和止血的药物，肖飞干脆扯掉外套里面的白背心，折成带状沿着伤口慢慢包扎。尽管肖飞的动作很轻，但张培还是疼得直吸凉气，不过心里却是暖暖的，也就不像刚才那样闹脾气了。

"那东西虽然厉害，好在没有毒。先坚持一下，等找到郭先生他们，再吃点抗生素，就不会感染了。"肖飞包扎完毕，同时安慰道，"我们应该很快就能找到出口，伤口顶多十天半月便会痊愈，恢复好的话应该不会留疤。"

张培点点头。

三人走出"声波分析室"的大门，肖飞四下看了看，确定没有危险后，才示意张培和陈如跟着他继续往前走。

之后经过的几个房间的门都是锁着的，有的朝里，有的朝外，朝外锁的一般都留有缝隙，通过门缝朝里看，只见大部分设备都已撤走，只留下个头较大且破损严重的机器还放在原地，设备和地面都布满厚厚的灰尘，看不出短期内有人逗留过的痕迹。

因为没再进房间里面查看，所以三人很快就到达了主隧道的尽头。

"看来，出口不在这一层，郭老师他们也不在这里。"张培问一旁的肖飞，"下一步我们去哪儿？"

肖飞皱着眉头说："可几个小时前明明听到附近有敲击声和枪响，

会不会我们检查的时候有所遗漏？"

正说着，陈如忽然大声尖叫起来。

肖飞右手迅速端起枪，左手则把陈如揽在怀中。顺着她的目光看去，肖飞发现主隧道的转角有一根特别的柱子，大约 1 米高，整体呈灰白色，外表凹凸不平。他将手机电筒凑近些，这才看清原来柱子是由之前见过的那种樱花骷髅构成的。

肖飞拍拍陈如的肩膀，安慰她不要害怕，然后上前几步仔细观察。他发现，每层有 4 个骷髅，一共摆放了 11 层，所有骷髅的眼窝都朝着同一个方向，那个方向正好是隧道的第二层入口。

另外，肖飞还在柱子四周发现一片片的空置留白，最大的有一平方米，最小的仅一颗骷髅大小。肖飞推测，这些骷髅原本应当是被随意堆在地上的，后来被人刻意摆成一根柱子，因为所有痕迹都是新的，所以这应当是不久前发生的事。

"你看这个。"张培不知何时也跟了过来，她指着骷髅后方石壁上的一个黑色箭头，"这种箭头我在椭圆凹槽和声波分析室附近都看到过，之前以为是鬼子留下的，现在看来，很可能跟堆砌这根骷髅柱的是同一帮人。"

"你是说，郭文豪他们？"肖飞再度皱起眉头。

张培肯定地点点头："他们是想在经过的地方留下标记，以防迷路，同时也能给随后到达的我们作出提示。"

对于张培的推断，肖飞未作评价，他弯下腰，伸手摸了摸那只黑色箭头。箭头的形状很不规则，像是徒手画出来的，颜色从左到右也呈现出先深后浅的变化。由于箭头画在暗色的石壁上，不太明显，所以肖飞根本不曾注意到。

"有股烧焦的味道。"肖飞将摸过箭头的手指放到鼻子前嗅了嗅，"应该是有人蘸着纸灰徒手画下的。"

"这么说来，肯定是郭老师了，只有他带了那么多稿纸。"张培的眼睛里闪烁起兴奋的光芒，"肖大哥，我们快去找他们吧！"

肖飞站起身，站在主隧道转角处，朝着第二层的方向弹了弹粘在手上的灰烬，灰烬微微拂起，一半落向地面，一半飘向他表情冷峻的脸颊。

三人顺着主隧道来到第二层，这是怪物最早现身的地方，也是跟踪"日本兵"时坠落的地方，因此肖飞和张培格外警惕，他们端着枪沿道路两侧慢慢往里走，同时注意着墙壁上是否留有箭头标记。

走了没多远，箭头果然再次出现在道路右侧的石壁上，根据门边木牌上的日文，肖飞大致明白这地方叫"军务秘书处"，奇怪的是，

"军务秘书处"的门是关着的。

肖飞抬手敲了敲门，里面无人回应。张培喊了几声"郭老师"，也没有动静。肖飞刚要举起枪托砸门，门开了，露出郭文豪憔悴不堪的脸。

"郭老师，真的是你！"张培兴奋地叫起来。

郭文豪则小心翼翼做了个噤声的手势，他侧身把肖飞和张培让进去，然后赶紧把门从里面关上。

2. 会合

"等等。"肖飞拉住郭文豪，示意后面还有一个人。

看到陈如的时候，郭文豪愣了一下，随即将询问的目光投向肖飞。

"自己人。"肖飞简短介绍道，"9 号位的陈如。"

尽管郭文豪仍旧心存疑惑，但什么也没说，待陈如进去后把门关好锁死。

借助郭文豪的强光手电，肖飞快速察看了这个"军务秘书处"：整体面积不大，也就三四十平方米的样子，正对着门的墙上悬有一面已经破烂发黑的太阳旗，两侧的石壁贴有所谓"大东亚圣战"的宣传画，除此之外，还有一些工程项目的进度表和研究图，至于其他物件，眼下只剩两个变形的铁皮文件柜和一个破旧的赭红色多人沙发。

多多和袁富也在，两人一个靠着铁皮柜啃苹果，一个坐在沙发上抽烟，阿四则有气无力地躺在屋子中央的地板上。

看到肖飞和张培，多多和袁富喜出望外，但看到陈如的时候，他们也露出了跟郭文豪一样的表情。

"你们怎么搞成这样？发生了什么事？"望着肖飞和张培蓬头垢面、伤痕累累的样子，郭文豪惊讶地问道。

"先是在底层被一群大老鼠围攻，然后在二层一间实验室遇到一个怪物，两次都差点儿成为它的美餐。"说到这里，肖飞举起手中的枪拍了两下，"之所以能死里逃生，还要多亏了这玩意儿。"

"三八大盖？"郭文豪更加惊讶了，"这不是鬼子的东西吗，哪儿弄来的？"

"在底层的一间仓库里。"肖飞取下背包，将装在里面的子弹和手榴弹掏出来，"除了枪之外，还有这些。"

郭文豪掩着口咳嗽道："都七八十年过去了，这些东西还能用吗？"

"能用,已经试验过了。"肖飞将子弹和手榴弹一一装起来,"不然,就没有机会站在这儿跟你讲话了。"

张培进一步解释说:"可能是一直封在木箱里的缘故,这些枪支和手榴弹才保存得这样完好。"

见张培右腿缠着白色绑带,走起路来一瘸一拐的,多多立刻丢掉吃剩的小半个苹果,迎上前去:"你的腿受伤了?怎么弄的?要紧吗?快给我看看!"

张培被对方突如其来的热情弄得有些尴尬,她往后退了一步说:"一点磕碰而已,我没事,谢谢关心。"

听到张培受伤,郭文豪赶紧取下背包说:"我这里还有些抗生素,你赶紧吃一些预防感染。"

张培接过药板和一瓶还未开封的矿泉水说:"谢谢郭老师。"

"可惜没有纱布了,你先坚持一会儿,我们应该很快就能得救。"郭文豪看着张培受伤的腿部,语气带着几分鼓励。

听见"得救"二字,坐在沙发上的袁富噌地起身,将烟头拧灭踩在脚下:"你们去了这么久,找到出口了吗?"

"暂时还没有。"肖飞摇摇头,然后问他,"你们呢?有什么收获吗?"

郭文豪还没回答,张培抢先开了口:"你们怎么搞的?说好了在上面等我们,为什么不声不响离开了?害得我们差一点儿把小命搭在里头。"讲这些话的时候,她没有对着郭文豪,而是冲着多多。

多多一时红了脸,袁富则装作没听懂,最终郭文豪开口解释道:"你们刚下去不久,我们便遭遇了红尾山魈的袭击。为了保命,我们躲到主隧道的一个凹槽里。在那里边待了差不多两个钟头,确定红尾山魈离开后才敢出来。

"后来,我们又回到升降机旁,一边等一边朝底下喊你们的名字,可一直没有得到回应。我们以为你们已经找到出口先走了,或者通过下层的隧道到了别的地方,这才从井口边离开。当然,事情都有个万一,为防止你们上来后找不到我们,我在每个经过的地方都留下了记号。"

"我看到了石壁上那些黑色箭头,没有它,我们恐怕找不到这里。"肖飞说。

"黑色箭头画在暗色石壁上不是很清楚,为了吸引你们的注意,我又做了别的记号,比如主隧道转角的那根骷髅柱,就是我搭起来的。"多多插了一句,像是在邀功,说完后特意看了张培一眼。很可惜,张培没有给他点赞，甚至没有正面瞅他。这让多多很是灰心丧气。

"但事实证明，在这种黑暗封闭的环境中，传递信号最有效的还是声音。"一旁的袁富也没忘给自己脸上贴金，"要不是我建议用敲击金属的方式传递信号，想要成功会合，恐怕还得折腾好一阵子呢。"

肖飞恍然大悟，但还有几件事他不是很明白："几个小时前我们听到一声枪响，那是怎么回事，你们知道吗？"

"哼，那就得问他了！"袁富侧开身子，让躺在地上的阿四出现在肖飞眼前。阿四的眼睛半睁半闭，四肢和脖子时不时抽动一下。

"你打他了？"张培通过强光手电看到阿四脸上的瘀青和嘴角的血迹。

3. 多多的推测

"是我打的。"见众人齐齐望向自己，多多得意地理了一下头上的黄毛，"在主隧道的'声波分析室'休息的时候，这货突然发起疯来，老郭和老袁两个都按不住他。扭打的时候，这货不知从哪儿弄了把手枪想杀人，幸亏我反应快，一下子夺他的手枪，把他揍到服帖为止。"

"我呸！你要不要脸？"袁富吐了口唾沫，"要不是老子的铜拳铁腿，就凭你那两下子，早被打进娘胎重造了，哪有机会在这儿瞎吹牛！"

"你怎么能期望一个小报记者说实话。"郭文豪冲袁富微微一笑，随即将矛头指向多多，"若不是阿四犯了毒瘾，五个你都不是对手。另外，要不是我关键时刻撞了他一下，使子弹偏了几厘米，那一枪早送你跟祖宗团聚了。"

"没想到，阿四先生竟是个瘾君子。"望着阿四，肖飞忍不住摇头叹息道。

"要只是个瘾君子，事情倒还简单了。"此时此刻，多多急需转移话题，见肖飞并没有特别关注自己，他顺势把话题重新拉回到阿四身上。

"什么意思？"张培听出他话里有话。

多多很享受对方关切的目光，他径自走到阿四身旁，蹲下身将他左臂的袖子猛地向上拉起。

肖飞看到，阿四的前臂上布满了密密麻麻的针眼。

张培也看到了，不由得起了一身的鸡皮疙瘩："那是……"

"注射的痕迹。"多多盯着张培的眼睛，像是在启发对方，"可能是海洛因，也可能是别的毒品。"

张培没有兴趣跟他打哑谜："有话直说，别卖关子！"

　　多多没有顺从张培的意愿，而是继续摆弄着阿四的手臂，目光也转向在场的所有人："大家都看到了吧，除了前臂之外，手腕和后臂外侧也有针孔，这些针孔的大小、痕迹也不太一样。稍微懂点医学知识的都知道，针孔的形状，尤其留下的痕迹，除了和时间长短有关外，还跟注射的方式与内容物有关。

　　"比如前臂，针孔大小不一、颜色却呈统一的黑色。这说明注射者的手法极不专业，但注射的却是同一种物质，可能就是刚才说的毒品。而手腕处的针孔小而少，颜色呈咖啡色，这是很明显的皮试痕迹，一些抗生素都会留下这种痕迹。再看后臂外侧，这些针孔大小十分均匀，颜色却五花八门，有的呈红紫色，有的呈青色，有的则是墨绿色。

　　"这说明，注射者手法非常专业，但注射的并不是同一种物质。像是一些专用药物、镇定剂、疫苗等。总而言之，我的判断是，阿四先生不只是个资深的瘾君子，还是个从某专业机构逃出来的特殊病人。"

　　"你是想说，他就是那个潜藏在我们队伍里的病毒感染者？"肖飞皱着眉头说道。

　　"肖大哥英明！"多多冲肖飞竖了竖大拇指，"我早就说过，病毒感染者很有可能就在我们6个人中间，但大家都觉得我危言耸听，其中反应最激烈的就是这位阿四先生。说实话，我从一开始就看他不顺眼，你看他表面上健康结实，其实骨子里透着某种不足之症。

　　"人常说'做贼心虚'，当真相不幸被我说中的时候，他果然第一个跳出来激烈反对。从那开始，我就对他特别留心，我相信总有一天可以拿出让大家信服的证据。终于，在一次换衣服的时候，我看到了他胳膊上那些奇怪的针孔。"

　　"所以，你认为他随后的发疯不是犯了毒瘾，而是病毒发作？"没等多多接话，张培话锋一转，又说，"只是，仅凭一些针眼就下这样的结论，未免太武断了吧？"

　　"岂止武断，依我看是恶意中伤！"郭文豪捻着下巴上的胡须，"那些针眼，我这么近的距离，戴着眼镜还看不清楚，你戴着比我高几百度的镜片，怎么连针孔的形状、颜色都看得那么仔细？难道你是趴到人家身上去看的？"

　　多多气得面红耳赤，反驳道："刚才说了，我是特别留意了的……"

　　郭文豪冷哼一声："怕是别有用心吧？我算把你小子看透了，凡是得罪过的人，你都要找机会倒打一耙以泄私愤……"

　　"放你娘的狗屁！"多多跳起来，右手指着郭文豪的鼻子叫道，"要是照你所说，我就该第一个把你揪出来！别以为你自个儿就干净了，敢不敢把你治痨症的药拿出来给大家看看？"

"好，看就看！"郭文豪扯下背包，从里面掏出几个纸盒扔在多多脸上，"拿去！好好看个清楚！"

多多弯腰把纸盒捡起来，发现都是些克拉霉素分散片、止咳定喘口服液、金莲花颗粒之类的药物，除了药盒之外还有一份病历表，诊断书上清清楚楚写着：钩端螺旋体肺炎。

4. 疑点

多多的脸上红一阵、青一阵、白一阵，精彩极了。

"这就叫恶人先告状。"袁富用短粗的手指指着对面的多多，"装腔作势，混淆是非，一味指责他人，企图转移目标，其实真正有问题的恰恰是你自己！"

"你居然在怀疑我！"多多走近两步，居高临下地逼问袁富，"来来来，说说你的依据，就因为我瘦得不正常是吗？"

"当然不是！"袁富迎着对方的目光，"我想让你解释一下，你的脸跟脖子上那些斑斑点点是什么？别告诉我这是黄疸。"

"你他妈是在逼我揭丑啊！"多多咬牙切齿地将手中的病历本甩在地上，"老子患了白癜风，盖百霖没涂匀不行吗？"

"白、白癜风？"袁富疑惑地看着他。

多多抓过铁皮柜上喝剩的半瓶饮料浇在自己脸上，拿袖子来回使劲擦拭。果然，有些地方的小麦色渐渐褪去，露出一片白。

袁富理屈词穷，望向别处，但多多并没有打算放过他。他抹了一把湿漉漉的头发，猛地蹲下身，坏笑着将袁富左腿的裤子向上拉起："既然你对斑斑点点的这么在意，那现在该我来问你了。告诉大家，你腿上这红一块紫一块的是什么？"

袁富怒不可遏，一脚踹过去："那是几天前塌方时被石头砸的，你眼睛瞎了吗，这么明显的外伤看不出来啊？"

多多按住他肥胖的腿："睁眼说瞎话的是你吧？有这么规则和均匀的外伤吗？别这么看着我，我可没说一定是病毒感染造成的，除此之外，也可能是天花或梅毒哦！"

袁富抽不开腿，于是拿手掌去推对方的脸："胡说什么！看我不抽死你个小王八蛋！"

"够了！"肖飞呵斥二人，"能不能消停一会儿！"

袁富住了手，又使劲踢腾了两下，多多这才松开他的腿。

"把阿四先生扶起来，地上太凉了。"肖飞压低了声音说道。袁富和多多对视一眼，起身把阿四扶到一旁的沙发上。

肖飞接着问郭文豪："主隧道末端的门锁着，没有钥匙，你们是怎么进来的？"

郭文豪解释说："我们进来的时候门是打开的，因为担心红尾山魈追来，这才把门从里面给上了锁。"

肖飞认真想了一番，仔细琢磨其中的逻辑："照这么说，把我们从井底拉上来的不是你们了？"

郭文豪诧异地睁大了眼睛："你们是乘升降机从井底上来的？我还以为你们一直留在这一层呢。"

多多抱着胳膊靠在铁皮柜上："不是我们，那会是谁呢？这隧道里还有其他人？"

"不管是谁也该打个照面呀，就这么不声不响地走了？"袁富斜倚着沙发，慢慢把裤腿放下来。

郭文豪的视线从肖飞移向陈如，最后又回到肖飞脸上："9号是跟你们一起上来的？"

"不是。"张培替肖飞作了回答，"我们在主隧道的配电室里发现了她。"

"还有最后一个问题。"见陈如又开始发抖，肖飞挡在了她的前面，"你们所走的路线是遵循了一定的规律，还是随便走的？"

郭文豪思考了片刻，答道："都有吧。为了躲避红尾山魈的袭击，一开始我们慌不择路，觉得哪儿安全就往哪儿钻。后来，为了尽快找到你们，就开始有针对性地进行方向选择。

"比如，我们会留意哪里有脚印，哪里的门是开着的，哪里有人类活动的痕迹。但总体上，我们是沿着主隧道往里走的，一来，我们需要通过它寻找出口；二来，你们是从升降机直接跳进二层的。

"在主隧道尽头留下标记的时候，我们听到下层传来金属物的敲击声，以为是你们反馈的联络信号，都感到十分振奋。只可惜，还没弄清楚声音的来源，敲击声便消失了。我们只能凭大致的感觉继续往前走，然后来到了这里。"

"不是我们制造的声响，我们也没有到过这儿。"肖飞说道，"为避免再度招致红尾山魈和不知名怪物的袭击，我们并没有采取同样的方式来作回应。"

肖飞的回答让郭文豪登时充满了寒意，他猛烈咳了一阵，才喘着气说："是的，我们没有在这儿发现你们的身影，甚至没有发现有敲砸过的痕迹，这使我感到非常疑惑和焦虑，更令我惶恐不安的是……"

5. 信件

郭文豪又咳起来，上气不接下气，他不得不俯身捡起刚才扔在地上的药物，一一吞服下去。

多多扫了郭文豪一眼，接过话茬道："老郭是想说，他担心红尾山魈将计就计，试图通过制造声音的方式引诱我们，把我们骗入它们的巢穴。"

肖飞果断地摇摇头说："即使红尾山魈感染病毒产生变异，但还没有聪明到这个程度。郭老师所担心的，是潜藏在暗处的某种神秘力量，TA 或者 TA 们对我们的一切了如指掌，企图等待时机，通过某种特别的方式引诱我们，以达到其不可告人的目的。"

郭文豪涨红着脸点头，表示肖飞猜对了。

多多转着眼珠："会不会是之前我们看到的那个日本兵？"

"她就是那个日本兵。"张培朝肖飞后示意，"只可惜她怎么都不肯开口，不然，很多谜团都能迎刃而解。"

众人再度把目光望向陈如，陈如缩在肖飞身后，像只受惊的小猫。

"肖老弟，这到底怎么回事？"郭文豪问道。

"她的确就是那个所谓的日本兵，之所以穿着鬼子的衣服，也许只是随手拿来御寒而已，大家不必产生过多的联想。"肖飞毫不遮掩对陈如的袒护，"她也是我们中的一员，发现她的时候，她因饥饿和疲倦晕倒在配电室。虽然没有经历塌方，但她独自一人困在这里，也受了很大的精神刺激。我们想知道的她未必清楚，而且，现在她更需要关怀和帮助，大家暂时就不要给她施加压力了。"

对于陈如为何独自一人在这黑暗荒凉的隧道里，为何众人伤痕累累她却能够独善其身，郭文豪等人有一连串的疑问，可碍于肖飞的态度，他们也只能暂时作罢。

"那好吧。"郭文豪又喝了几口水，"接下来，我们该怎么办？"

肖飞看看左腕的手表，又看看四周的其他人：阿四斜倚在沙发上，已经睡过去，发出轻微的鼾声，袁富也坐着睡着了，多多的单眼皮已经熬成双眼皮，张培则掩着口直打哈欠。

"这间屋子相对还是安全的，我看大家都很疲惫，先都睡会儿吧。"肖飞拿过郭文豪手里的强光手电，"我不困，这儿先由我守着。"

郭文豪确实困得不行，对肖飞的人品和能力也信得过，也就没再强撑着发扬风格，顺从地点点头说："那就辛苦你了。"

肖飞继续吩咐："为节约有限资源，做好长远准备，除了多多留一部手机之外，大家的手机全部关掉。"郭文豪第一个响应，多多紧跟着把连接在充电宝上的手机关了一部，张培则帮忙把袁富和阿四的手机关掉。

肖飞看向张培："陈如就麻烦你照顾了。"张培眼睛里掠过几丝不满，但最终也没说什么。肖飞刚转过身，陈如便抓住了他的手臂。

"让张培陪你休息一会儿，听话。"肖飞轻轻拍了拍她的胳膊。陈如这才不情不愿地松开手，跟着张培到了沙发那边。

多多跟过去，在沙发上占了一席之地。因为没有多余的位置，郭文豪只好背靠沙发一角，席地而坐。他看到肖飞拿着手电站在铁皮柜前，似乎在翻找什么东西，看着看着他的眼皮便沉重起来。

不知过了多久，郭文豪醒转过来，看看表，已经是第六天的上午。张培、陈如、多多、袁富和阿四都还在沉睡，肖飞正单膝跪地蹲在铁皮柜前，胳膊下夹着电筒，手里拿着一厚沓残破的牛皮纸信封和发黄的信纸，身体周围也散落了一大堆文件。

郭文豪伸了个懒腰，轻手轻脚走到肖飞身旁。肖飞并未察觉，仍在认真地看着信纸上潦草的日文。

"咳咳。"郭文豪发出两声轻咳，一来喉咙的确有点不舒服，二来是为提醒肖飞，以免惊吓到对方。

"看看这个。"肖飞头也没抬，顺手抄起屁股边的一沓文件递过去。

郭文豪也蹲下来，接过文件开始浏览。他发现都是些油印的表格，表格是黑色的，抬头印着几行旧楷体日文，内容大致为实验项目、时间、效果对比、负责人签字一类，表格里用蓝黑色钢笔填写着相应的内容。由于除时间外的内容全用代码表示，看起来枯燥乏味、晦涩难懂。

"你让我看什么？"郭文豪疑惑不解地问，"有什么不对的吗？"

6. 肉金刚

"你再看看这个。"肖飞又把手里的部分信封和信纸递过去。

郭文豪接过，他先看了最上层的一张信纸，由于内容多为回忆往昔、儿女情长之类，他快速浏览了一下，但看到落款人的姓名时，他不禁倒吸一口凉气："秋山弘一？"

肖飞立刻抬起头："你知道这个人？"

郭文豪点点头说："听我的朋友宁小竞说过。这人是著名的超自然现象研究专家，同时也是共济会成员。2009 年和孙女秋山美惠子一同来到中国，和枰州市公安局第四特侦组一起探查贺兰山脚下的神秘空间，最终死在那里。"

肖飞扬着剩余的信封和信纸说："这些信都是从东京寄来的，写信的是同一人，即秋山弘一，收信的也是同一人，叫松本蕙兰，这两个人的名字，我在主隧道凹槽的墙壁上也看到过。"

"哦？"郭文豪开始浏览信封上的文字，"这个我在凹槽的时候倒没有注意，不过听宁小竞说过，当年探查贺兰山底隧道时，在日军基地的凹槽里也看到过秋山弘一的名字。除此之外，在日军基地的军务秘书处也发现了大量信件，同样是秋山弘一写给松本蕙兰的，不知道这中间有没有什么联系。"

"至少说明两点，一、贺兰山底的日军基地跟这条隧道的建造者是石字 8014 部队的同一拨人；二、松本蕙兰跟秋山弘一是情侣关系，同时也是军务秘书处的重要成员。只是这些私人信件……"肖飞看着手里的信封和信纸，"为什么松本蕙兰会选择把它们留下而不是带走或者销毁？"

郭文豪扶了扶鼻梁上的眼镜，说："贺兰山基地是因为病毒暴发，人员来不及撤离，全部死亡，这里的情况跟那里也有点相似，估计也是因为人员仓促撤离没来得及带走吧。这个松本蕙兰可能本身就是个粗心大意的人，你看这门都没锁。当然，还有一种可能，就是松本蕙兰觉得这些信件不够重要。"

"不。"肖飞果断地摇摇头，"想要进入这种性质的部队，尤其是他们的机要部门，都要经过苛刻的资质审查，你说的那种糊涂蛋根本混不进来，而且恰恰相反，信件里透露了非常重要的信息。"

"什么信息？我怎么看着都是些儿女情长、家长里短的废话？"郭文豪翻阅着手里的信件。

肖飞示意了一下散落在身旁的材料，说："起初我也这样以为，后来看了那些流水账式的实验记录，才明白他们通篇都使用了暗语，虽然我看不大懂日文，但从信件和记录表上找到了一些代码的共通之处，顺着这些逻辑特征举一反三，也就不难明白他们讲的是什么了。"

郭文豪听罢，又开始翻那些被他丢在地上的材料。

肖飞没有给他时间细细琢磨，而是直接将答案说了出来："我从中间得到三个信息：一、眼下这条隧道并非功能单一、设施简陋的工程项目，而是跟贺兰山底隧道一样，是个规模宏大、配套完整的军事基地。二、鬼子利用动物和人体做了大量实验，他们研制出一种奇特的病毒，该病毒不仅能够大大延长人类和动物的肌体续航时间，使它们在不吃不喝不眠的状态下连续几星期甚至几个月战斗，而且能将它们的各种潜能发挥到极致。

"他们把这种病毒命名为 T-SA2N9，为方便识记，又取了个比较通俗的名字，叫做'肉金刚'。"肖飞伸出食指阻止了对方的疑问，"可惜，实验即将成功的时候发生了意外，部分变异的人类和动物实验体逃脱，尽管进行了大规模的捕杀，但还是存在漏网之鱼。最后，他们将残存的脱逃者驱赶到地下三层的延伸段，用石墙把入口封了起来。"

郭文豪忍不住插嘴问道："王师傅所说的 T-SA2N9，是日本人研发出来的？"

肖飞反问道："我们在隧道第三层一块晚金时期的石砖上也发现了 T-SA2N9 字样，这又该怎么解释？"

"有没有可能是后人故意刻上去的？"见肖飞一脸严肃，郭文豪更加惊骇了，"如果真的这样，那不是穿越了吗？"

"此外，我们在主隧道凹槽的墙壁上也发现了 T-SA2N9 字样。"肖飞说。

郭文豪思考了一会儿，指出："我从你的话中总结了两点：一、松本蕙兰的确是个不靠谱的女人，虽然在信里使用了暗语，但还是把部队的机密给泄露出去了。这些信还是秋山弘一写给松本蕙兰的，如果是她写给秋山弘一的，恐怕会泄露得更多。

"二、红尾山魈和你们所说的不知名的怪物，现在看来极有可能是当年那些残存的实验体的后代，不然，在这空荡荒凉的隧道，它们靠什么支撑庞大的身体？另外，那道石墙并未起到应有的作用，那些怪物最终还是逃出来了，它们的子孙给我们制造了极大的麻烦。"

肖飞换了个姿势，继续说道："可那道石墙我见过，现在依然十分完整。"

"哦？"郭文豪惊讶道："那一定还有别的岔道通往这里。"

肖飞陷入了沉思。

"哦，还有一点。"郭文豪突然兴奋地说道，"如果照你所说，T-SA2N9 具备长期续航、激发超能力的特征，这恰恰说明病毒感染者不在我们 6 个人中间。你想，咱们几个，谁会有几周不吃不喝不睡的本事或者神秘的超能力？"

"你的意思是，王师傅采用了排除法？或者说，感染者已经全部死了？"肖飞问道。

出乎意料，郭文豪有些支吾地说："或许……还有一个……"

肖飞目光一凛："谁？"

7. 黑匣子

郭文豪迅速朝张培的位置看过去。

"这不可能。"肖飞果断否决。

"有什么不可能！"郭文豪身体前倾，压低声音说，"难道你没注意吗？现在资源这么紧缺，她宁可少喝一口水也要不断地洗手，而她的手已经很干净了。另外，她经常口中念念有词，我仔细听过一次，发现她好像在数数。你说隧道里就咱们几个人，她数什么呢？"

"这说明不了什么，万一人家有强迫症呢？"肖飞不以为然地说，"关键是，她也不具备 T-SA2N9 病毒的基本特征啊。"

"人是可以伪装的，病毒携带者想要伪装成正常人再容易不过。"见肖飞依然不愿接受，郭文豪的语气妥协了，"当然，我只是猜测，从个人感情角度来说，我也不希望是她。"

"或许我们的思路走进了一种误区，如果非要照此逻辑推断，恐怕任何人都逃脱不了嫌疑，包括我。"见郭文豪有些发愣，肖飞指着自己苦笑了一下，"了解我的都知道我患了失眠症，不了解我的，如果非要说我有超能力，可以几天几夜不睡觉，我又有什么办法呢？"

郭文豪干笑了两声："说得没错，照这种逻辑，只怕人人都有嫌疑。对了，你从书信中得到的第三点信息是什么？"

肖飞将剩余的信件全部递给他说："信中透露，自从基地开工建设以来，尤其是地下三层延伸段开工之后，隧道内就不断发生怪事，不少人看到穿着古代服装的人影从黑暗中飘过，他们甚至还遭遇了远古神兽的袭击，几乎每天都有巡逻队员在隧道里失踪，正常工作不断受到干扰。

"虽然做了几次大规模排查，但却没有任何发现，于是部队里传出两种说法，一种说是日军建设基地挖断了中国的龙脉，遭到了报应；一种说施工炸毁陵墓，从而侵犯了墓主的英灵，中了诅咒。恰巧此时又发生了病毒泄漏事件，军务秘书处将情况报告给陆军总部，总部下令寻找新的基地作为替代。"

"昭和十六年十一月。"郭文豪翻着手里的信纸，"换算成公历为 1941 年 11 月，很显然，这个基地先建，后来才转移到了贺兰山一带，因为那里发现的通信日期在昭和十九年间，即公元 1944 年。"

这回轮到肖飞不解了："鬼子把基地建在通枰一带还能理解，毕竟这里接近日占区，但贺兰山一带远离日占区，还离通枰这么远，为什么会用它作为替代基地？"

"这个宁小竞曾跟我讲过，只是听起来有点匪夷所思。"郭文豪把手中那些信件收起来，"按照他的说法，鬼子占领山西后，曾多次秘密派人到贺兰山，最初的意图不是为了选取新址，而是查探西夏末帝李睍的宝藏。很快，他们在山底的一个洞穴内发现一座半途废弃的西夏离宫，离宫尽头有两扇石门，其中一扇是西夏人留下的，另一扇则是蒙古人留下的。

"两扇石门上分别刻着西夏文和蒙古文，两者字形大相径庭，内容却完全一致，翻译过来就是'严禁开启'。鬼子出于好奇心把两扇门都打开了，结果，里面是无边无际的黑暗，黑暗中有一座如梦如幻的缥缈之城。鬼子起先以为那就是藏宝之地，多次派人前去打探，但每次去的人都失去了音讯。后来，他们又怀疑那是苏联建在中国的神秘基地，派出更大规模的人员，同样是有去无回。

"鉴于多次打探均毫无结果，鬼子不敢再轻举妄动，他们在两扇石门旁边建起了第三扇石门，上面刻了日语用来警示后来者。虽然李睍的宝藏没有找到，但贺兰山底隧道的发现同样令鬼子十分兴奋，因为它独一无二的地理位置、神秘广阔的内部空间和绝对可靠的隐蔽性能，恰恰是一座军事基地，尤其具有特殊功能的军事基地的必备条件。于是，贺兰山底隧道最终成为后来8014部队新址的不二之选。"

肖飞的思路还停留在郭文豪那番话的前半段："离宫是一项规模极其庞大的工程，既然开建，为什么会半途而废？蒙古人在中间插了一脚又是为了什么？另外，你刚才说的缥缈之城，究竟是什么来头？"

郭文豪掩着嘴咳嗽一阵，拿出瓶子咕咚咕咚喝了几口水，接着道："据宁小竞所说，当年的西夏离宫是没藏讹庞主持修建的，在工程进行到大约一半的时候，发现了那座缥缈之城，西夏人以为打开了地狱之门，赶紧把洞口封了起来。离宫的建造被迫停止了，但没藏讹庞得到一只沉重的黑匣子，打开之后，里面有5本厚厚的书籍，文字近似当时的汉文，还有一沓绘制精密的图纸。除此之外，他还在夹层里发现了7枚造型奇特的金属卡片。

"没藏讹庞在历史上的口碑不好，但他十分聪明，将黑匣子里的东西带回去潜心研究，不过两三年时间，便为西夏政权制造出一大批先进的武器装备。李元昊之所以能逐大宋败北辽，降回鹘服吐蕃，创下'东尽黄河，西界玉门，南接萧关，北控大漠'的宏图霸业，全都仰仗于此。没藏讹庞死后，他创造的尖兵利器被保留下来，成为后继君王在与辽、宋以及后来的蒙古、金之间周旋和抗衡的资本。"

第七天

"成吉思汗早就听闻西夏'一夜强国'的秘密，但他根本不以为意，在收拾完辽国之后，便率兵一路南下，妄图把西夏一口吞掉。不料，骄横的蒙古人被狠狠反咬了一口，成吉思汗也在六盘山受了重伤。弥留之际，他把窝阔台叫到身边，命他哪怕掘地三尺，也要得到那个神秘的黑匣子。如果最终无法获得，就一把火烧了西夏王宫，然后杀尽宫人及兴庆府内的所有百姓。这样的神物，若不能为蒙古所用，就让它永远沉睡在地下。

"后来，蒙古人以极其惨重的代价攻下兴庆府，抓住西夏的王孙公子以及文武大臣，用各种手段威逼利诱，然后又摧毁宫殿，掘地三尺，最终依然一无所获。再后来，蒙古人发现了位于贺兰山底的西夏离宫，他们通过打开的石门看到了黑暗深处的缥缈之城。窝阔台以为那是西夏人最后的堡垒，于是派兵攻打，结果可想而知。几次失败之后，蒙古人也害怕了，就在西夏人建造的那扇石门旁边建起另一座石门，警告后来人不要接近。

"至于黑匣子的下落，宁小竟讲得非常笼统，我只知道没藏讹庞死后，西夏的国师马元曾到他的府中寻找，最后在一间密室里获得了黑匣子。为保西夏皇族血脉不绝，他曾把部分图纸和其中 6 枚芯片装在黑匣子里，拿去跟窝阔台谈判，窝阔台假意答应对方的条件，等图纸和芯片到手之后，立刻对西夏皇族展开了屠杀。幸好马元早有防备，他在屠杀来临之前，带着李睨唯一的血脉和黑匣子里剩余的图纸与芯片，逃到了南宋安庆一代。

"窝阔台得到黑匣子之后，就开始照着图纸打造尖兵利器，使本就勇猛彪悍的蒙古军队如虎添翼。6 枚芯片则被当做无法解读的天外之物，陪葬在成吉思汗陵寝，后被勘探队的宁小川等人开棺取走，可惜，那帮人全都惨死在贺兰山隧道和缥缈之城，最终没能带回来。传说剩下的那枚芯片一直在西夏李氏手中，2009年8月，他们勾结日本人秋山弘一，企图利用共济会的资源，通过时间机器修改人类历史。"

肖飞看看表，催促郭文豪道："前两个问题我已经清楚了，你直接说说缥缈之城。"

"好。"郭文豪讲了一长段话，很是口干舌燥，他仰起脖子又喝了几口水，继续说道："按宁小竞的说法，所谓的缥缈之城实际上是一个海底之国，那里住着一群非常聪明的人，他们通晓天地自然和宇宙的一切奥秘。后来，由于某种原因，他们不得不离开那里，离开前留下了一只黑匣子。

"黑匣子里装有5本书，分别记录了天文、地理、历史、宗教及医学方面的秘密，还有一大沓代表当时最尖端军事科技的图纸资料。除此之外还有7枚芯片，依次记录了人类从起始至衰亡的7个阶段。其中，最为重要的是被命名为'七号档案'的第七枚芯片，也就是李氏后人和秋山弘一试图用来修改人类历史的那枚。"

"原来是这样。"肖飞点点头，还是觉得有点复杂，他需要一点时间来消化。

郭文豪显然意犹未尽，他活动活动发麻的双腿，坐在地上接着说："8014部队以分批转移、逐渐渗透的方式，由通枰一带转到贺兰山，他们不死心，对缥缈之城又进行了几次探查，结果跟之前一样有去无回。这时候，他们开始怀疑那片幽幽发光的城阙是一个极其发达的未知文明。在他们看来，有更先进的文明和军事力量存在，对自己的霸权主义是一种威胁。

"为了接近甚至拿下那座神秘城阙，解决潜在的威胁，鬼子关起石门，大搞新式武器开发。按照规划，除了A区的核裂变基地、B区的生物变种基地、C区的细菌培养基地、D区的声波分析基地、E区的激光脉冲基地、F区的机械化工基地外，计划建设的还有天气影响、人机复合、基因改造、消声隐形基地等。幸亏后来病毒扩散，摧毁了整座基地，不然历史可能真的要改写了。"

这话倒是提醒了肖飞，他起身拿手电照向墙壁上的进度表和招贴画。

"那些我都看过了，没什么研究价值和意义。"郭文豪丢下手里的信件，跟着站起来。

肖飞没有说话，他左手握着电筒，右手在那些图表和招贴画上仔细摩挲着，厚厚的灰尘随着他手掌的移动不断落下。

就在郭文豪忍不住想要开口询问的时候，肖飞的动作停了下来。

他在那张招贴画上又摩挲了一遍，然后慢慢揭起画的一角。郭文豪看到，招贴画底下还有一层东西。很快，两人一起将招贴画小心翼翼扯下，一张陈旧、脏污但基本完整的鸟瞰图便呈现在眼前了。

鸟瞰图比压在上面的招贴画略小，由手工绘制而成，但十分精密细致。虽然几乎看不懂上面密密麻麻的文字，但通过繁杂的布局仍可很清楚地看出，眼下这条隧道跟贺兰山底那条相同，也是一座规模庞大的军事基地！而他们，此时此刻就站在位于基地西侧的机要办公区中！

2. 出口

"你怎么知道这底下有我们需要的图纸？"郭文豪吃惊地望着肖飞，仿佛他有不为人知的特异功能一般。

肖飞拍拍手上的灰尘，走上前一步，左手执手电，右手食指从所在的位置沿着地下二层的通道向外指去："有两个原因，首先这里是军务秘书处。军务秘书处是一支部队的要害部门，相当于基地的运作头脑和行动指挥中枢，像这类布局规划图肯定是必备的，尤其在基地建设的初期。之所以这张图被盖在招贴画后面，是因为到了基地建设后期，主人已经对它牢记于心。

"另外一个就是那些信件。松本蕙兰在信里曾提到过，司令官要求军务秘书处把基地的布局规划图贴在墙上，每个人每天都必须临摹和背默，并有专员对他们进行审查与考核，这给她带来极大的心理负担和工作压力。因为审查不过关，她曾多次遭到上司的批评。这导致她对那张图又怕又恨，以至于后来终于考核达标后，就把它糊在了招贴画的下面。为保证图纸的完整性，我没有直接将墙上的招贴画全部撕掉，而是采取触摸的方式慢慢寻找。"

郭文豪早已迫不及待地开始寻找出口："在这黑暗的隧道困了一个星期，总算是熬到头了！有了这张图，我们就稳操胜券！"

肖飞的手指和郭文豪的目光几乎同时在地下三层的尽头停了下来，那里画着一扇门，门被一只标有"出口"的黑色箭头穿破，箭头钻过两座山体，连接着谷中一条弯曲的公路。

"苍天有眼，我们得救了！"郭文豪不禁喊道。

张培、多多、袁富和陈如被他叫醒，纷纷朝这边张望，阿四则继续半死不活地躺着，听到喊叫声也只是耳朵动了动。

"你说什么？找到出口了？"多多抹了抹嘴角的哈喇子，一骨碌爬起来。

"真的假的？让我看看！"袁富也兴冲冲地跑了过去。

张培本来也想过去瞧瞧，但看到身旁的陈如，她的身子又缩了回来。

相比郭文豪，肖飞要冷静很多，因为他知道，那扇门已经被石头封死了，没有百十公斤的 TNT 炸药，想把它弄开是不可能的。另外，门后除了向右弯曲的黑色箭头，还有两条垂直向前的虚线，他知道，这便是信中提到的诡异的隧道延伸段。

其中，延伸段与出口有一部分是重叠的，按信中所说，那里曾关着许多被感染的实验体，现在看来，红尾山魈和未知生物的老窝很有可能就在那儿。也就是说，即便石墙能被打破，出去的路上也会遇到很大危险。当然，雨下这么大，山上到处崩溃坍塌，道路是否畅通还不得而知。

"你怎么一点都不高兴？"郭文豪看出了肖飞脸上的顾虑。

肖飞实话实说："出口的那扇门我跟张培之前到过，已经被石头堵死了。"

郭文豪这才忆起肖飞的确跟自己讲过这番话，但他仍不甘心地问："你不是有手榴弹吗，把它炸开不就完了？"

话音刚落郭文豪就觉得自己蠢：要是此法可行，肖飞早就到外面搬救兵去了，怎么还会困在这儿继续遭罪？但他还是不甘心地说："只管去看看，兴许还有别的办法。"

"是啊。"多多插嘴道，"已经 7 天了，仍然没有救援人员过来，这可是咱们自救的唯一一希望，不能让一堵墙截断了大家的生路啊。"

"对对，能否逃出生天，全看你的了。"袁富谄媚地说道。

肖飞思考了一会儿，终于点了点头，他小心翼翼把布局规划图撕下来，折好装进口袋，然后环望了一下四周，做了个出发的手势。

郭文豪紧随其后，多多刚走两步就被张培拽住，她示意了下阿四，意思是让他背着阿四走。

多多耸耸肩摊开手，表示自己人微身轻，扛不动重包袱。无奈，张培只得又叫住袁富。袁富自然也不买账，指着自己对张培说："我也是伤员啊，我还想找人背着走呢。"

张培不得不把目光再次看向多多，多多还没有走远，他似乎料到袁富那厮会拒绝。这回，他没等张培开口，就主动上前把阿四背起。张培看得出来，多多内心是不情愿的，刚才的拒绝完全出自本能，而最终答应下来，或许只是为了一个赞赏和肯定的眼神。于是她满足了他，多多果然大嘴一咧，屁颠屁颠走了。

肖飞打开黑门，用手电朝走道两侧照了照，确定没有危险才冲身后招了招手。基于之前的教训，他带着大家沿走道两侧行进，到了走道尽头，他才想起升降机已升到了井口顶端。

好在郭文豪背包里有一条足够长的登山绳，他拿出来，一端由肖飞和郭文豪牵拉，其余人则一一抓着绳子滑到第三层。剩下肖飞和郭文豪两人的时候，肖飞让郭文豪先下去，之后自己收起绳索，纵身跳了下去。

3. 机关

在肖飞的引领下，众人一路有惊无险地来到地图上标注的那道门（石墙）前。

"好家伙！"多多放下阿四，摸了摸墙上那一块块巨大的青石，"这么大的石头来砌墙，用得着如此夸张吗？"

张培瘸着伤腿白了他一眼说："见过那只怪物后，你就知道用不用得着了。"

"有风。"郭文豪拢了拢耷在前额的一缕头发，脸上的表情依旧乐观，"说明墙体砌得并不十分严实，找工具沿着缝隙凿开一个足够大的窟窿，再把手榴弹塞进去引爆，应该问题不大。"

肖飞听了却摇摇头说："有缝隙并不意味着不坚固，即便是一堆散石，只要有足够的面积和重量，一样能限制爆破的威力。现在谁也不知道墙体有多厚，万一爆破失败，反而惊动了那群大老鼠，会招致更大的麻烦。"

"不试试怎么知道不行？试了起码还有一半的胜算。"袁富明显有些不爽。

张培忍不住插嘴道："那谁为另一半的失败买单？"

"照你们的意思，大家只能在这儿坐以待毙了？"袁富眼泡一鼓一鼓的，像只蛤蟆。

"少安勿躁，肖老弟既然愿带大家过来，肯定还有别的办法，咱们不妨听一听。"郭文豪插入一脚，不动声色将皮球踢给了肖飞，"你说呢肖老弟？"

"说实话，除爆破外我也没有更好的办法。不过……"肖飞顿了一下，接着说，"我在想，作为基地唯一的出口，鬼子真的甘愿永久封死，没想过要再次打开？"

张培灵机一动："你是说……这面石墙里有机关？"

针对张培的猜测，肖飞谨慎地答道："这个问题我上次就考虑过。只是，这么大的重量，无论左右移动还是上下升降都存在很高的机械难度。而且为了便于开启和关闭，机关必须装在显眼的位置，但现在看来，我们并没有发现任何机关按钮，或是运载轨道存在的痕迹。"

郭文豪捻着胡须说："把机关设置在显眼位置，从操作的角度来看的确具有很大便利性。而把机关藏匿起来至少说明了两个问题：一、实验体的逃脱程度非常严重，很可能基地内就有感染者；二、实验体的智能极其发达，它们已经学会了自己开启机关。"

"郭老师分析得没错。"张培赞同道，"我们碰到的对手，无论红尾山魈还是不知名的怪物，的确很高的智能。"

"既然如此，我们就先找找看，实在找不到机关的话就爆破。你说怎么样？"见肖飞仍若有所思地盯着石墙，郭文豪开始按照他的计划进行分工，"多多和袁富就近寻找类似铁锤、钢管的工具，张培、陈如跟我一起查探机关的位置。"

多多看了张培一眼，有些不太情愿地启动手机的电筒功能，转身开始行动。袁富站着没动，他被红尾山魈给吓怕了，虽说此次任务有多多作伴，但在他看来，跟自己单独行动没什么差别，多多增加不了多少安全感。

郭文豪和张培各自顺着石墙的边缘仔细查看，陈如则站在通道中央默默地望着肖飞，只见肖飞左手执手电，右手高高举起冲着石墙不断比划着。突然，手电熄灭了，周围顿时一片漆黑。

"肖大哥？"张培轻声叫道。

"怎么回事？手电坏了吗？"是郭文豪的声音。

紧张之余，袁富赶快去取背包里的夜视仪。等他摸出夜视仪，准备环顾四周的时候，赫然发现前面的石墙上出现了一幅巨大的樱花图案。那图案直径约一米，顶端距地面两米左右。由于"做工"的缘故，樱花的边缘显得毛毛糙糙。

郭文豪和张培也发现了，只是碍于角度，他们只看到一片模糊的光影。

这时，黑暗中传来肖飞的声音："郭先生、袁先生还有张培，快过来搭把手！"

郭文豪迅速响应，张培愣了一会儿，才摸索着走过去，等她终于触摸到石墙上那朵樱花的时候，肖飞和郭文豪已经蓄势待发了。

袁富最后一个来到跟前，当他踮着脚尖把双手慢慢探向樱花的过程中，也明显感受到了风的拂动和光的变化。

"听我的口令，大家一起往里推。"肖飞尽可能地压低嗓门，"一、二、三，推！"

所有人随着口令一起用力。肖飞感到手下的樱花图案猛然一震，紧接着开始慢慢往里陷，与此同时，耳畔传来咯咯吱吱如同履带转动的声响。樱花图案陷入十五厘米左右，又像是碰到什么东西，慢慢弹回来，随后石墙内部发出巨大的轰鸣。

"往后撤，快！"肖飞喊道。

声音刚落，一道刺眼的光线便撕破浓重的黑暗，炫目的亮光扑进隧道，将来不及躲藏的四人迅速吞噬。

4. 天光

光亮之中，肖飞再次产生幻觉。

他看到之前那个黑色人影举着手机从旁边擦身而过，由于他对白影和灰影的状况已经有所了解，这次特地趁着光亮观察黑影的样貌。可惜光线实在太强，对方脸上一片模糊，再加上脚步匆匆，他只看到一个飘忽而过的黑色剪影。那是个身高一米六五左右、体格健壮的汉子，虽然看不清他的面孔，但能明显感受到两道犀利的目光。

黑影在离肖飞不足两米远的位置停下，回头张望片刻又继续往前跑，很快便消失在亮光之中。随后，白色人影拿着电筒赶到，他的脚步有些踉跄，扶着门框喘息片刻（此时的门洞是敞开的），朝黑影的方向继续追去。

不多时，灰色人影也出现了，他举着一支熊熊燃烧的火把从隧道内冲出来，与肖飞撞了个满怀。肖飞本能地后退两步，对方则一个趔趄栽倒在地，手里拿着的枪也掉在地上，滑到几米之外。随着一股浓烈的焦煳味，肖飞的上衣燃烧起来了，他赶紧扑打身上的火苗，但火却越烧越大。在难以忍受的灼痛中，肖飞看到不远处有一口波光粼粼的水潭，立刻纵身扎了进去。

顿时，前一秒钟的烈焰炙烤化作刺骨的冰冷。肖飞匆忙浮出水面，却发现衣服并没有着火，灰色人影也消失了，只剩下一把黑色的手枪躺在水潭边的草丛里。张培、郭文豪、袁富、陈如和刚刚缓过精神的阿四都站在水潭边，诧异地看着他。

"肖老弟，7天没见太阳，再兴奋也用不着往水里跳啊！"说完郭文豪哈哈大笑起来，笑着笑着又咳嗽起来，咳得满脸通红。

"这个凉水澡洗得舒服吧？"袁富也笑得前仰后合，"看不出，肖老弟也是性情中人啊！"

"水里冷，别冻感冒了！"唯有张培表达了真心的关怀，"把手给我，我拉你上来！"

肖飞没有伸手，也没有离开只及胸口的水潭，他的确需要冷静一下：几分钟前，他通过感知风向找到了机关的奥秘（樱花形的活动石砖），打开两层石墙后，他又产生了跟之前两次类似的幻觉。当然，他宁愿相信那是确确实实发生过的事情。

幻象中，那道石墙是打开的。也就是说，后来又有人把石墙给封闭起来了。这就说明掌握石墙机关秘密的还有其他人，这个人或者这些人到底会是谁呢？他们这么做的目的又是什么？

肖飞抬起头，他发现垂直向上大约三四百米的高处有一片椭圆形的蓝天，太阳就悬在右上角的一个旮旯里。这是事故发生7天来他第一次见到天光，虽然已经放晴，阳光也不是直射，但依然把他的眼睛刺得酸痛。

肖飞闭了会儿眼睛，再次睁开，视线清晰很多。他看到四周近乎垂直的山崖上生满了藤条野树，葱翠的林间时不时有鸟飞起。没有林木的地方则怪石嶙峋，个个姿态万千。

他的视线继续往下，基底处大约有万余平方米，大约长130米左右，宽70米有余，右侧是起伏不定的石林，左侧是破烂不堪的延伸隧道，中间是个月牙形的水潭。这些构成了一个上窄下宽、四周呈弧状、大致呈瓮形的天坑，而自己就在坑底的水潭里。

肖飞忽然想起衣袋里的布局规划图，他赶忙掏出来，还好，虽然已经浸湿，但并没有模糊成一团。他按图纸标注朝出口路径看去，只见那里完全被塌下的石头堵死，而且年长日久，大部分石头的缝隙中已生长出茂盛的灌木和藤蔓。

"怎么样？找到出口了吗？"郭文豪站在岸边喊。

肖飞慢慢蹚过去，把图纸递给急不可待的郭文豪。

郭文豪接过，看看图纸又看看基底的状况，不禁一声长叹："老天爷，你这是要绝我们呀！"

"操他娘的，这运气也忒背了，好不容易找到这儿，结果还是死路一条！"看罢图纸的袁富又开始哭诉，"看来，我袁某注定要在这儿做只孤魂野鬼喽！"

相比几个男人，张培倒显出几分冷静，她用脚踩了踩附近一块严重开裂的石头，说："看这些石头的风化程度，至少有五六十年了吧，也许鬼子刚撤出不久，这岩壁就坍塌了。"

"现在分析这个有什么用！"郭文豪把图纸还给肖飞，取出手机说道，"还是先打开手机看看有没有信号实在！"

此言一出，耳畔皆是此起彼伏的开机声。之前一直在封闭的隧道里，现在终于逃了出来，开放的空间意味着更大的希望。然而，阿四却一动不动地靠着石壁，脸上掠过一丝冷冷的笑。

肖飞拧干身上的水，在旁边的一块石头上坐下来，取出手机，小心地放在太阳能照射到的地方。

"救命啊！快救救我！"隧道里忽然传来多多的声音。

肖飞立刻站起来，警觉地拎起枪支。不一会儿，多多拿着一根铁锥从隧道里跑了出来，边跑边朝身后张望。在他身后不远处，跟着一群体型巨大的老鼠。

5. 分工

肖飞的位置离隧道口最近，多多一出来就本能地躲到肖飞身后。但他只在那儿待了几秒钟就又跑开了：虽然肖飞勇猛过人，可他那些拳脚功夫和枪支、手榴弹仍无法给予多多足够的安全感。

看到汹涌而来的巨鼠后，郭文豪等人大惊失色，除了张培和陈如原地未动外，其余人全部退向右侧的石林。

张培没跑是因为肖飞还留在原地，另外，她之前已经见识过那些巨鼠的本事，认为肖飞有足够把握解决当前的危机，而陈如则看上去更像是被吓呆了。

肖飞开了两枪，先把两只排头兵打死。鼠群受到震慑，暂时停止前进。但很快它们便反应过来，趁肖飞续装子弹的空当将其团团围住，有几只还蹿到肖飞身上。肖飞用力将其甩掉，继续开枪射击。

"肖大哥！"张培一瘸一拐前去帮忙，陈如愣了片刻也跟着跑过去。鼠群四散开来，又迅速聚拢，将三人围在中央却不再主动攻击，似乎在等待什么，又似乎在忌惮什么。

肖飞目测了一下，这群巨鼠足有数百只，就是对方一动不动让他打，把子弹打光也消灭不完。所以干脆敌不动我也不动，双方在一条直径不到八十厘米的环线上对峙起来。

两个女流之辈尚且临危不惧，身为一个大男人却逃之夭夭。藏在一丛灌木后的郭文豪有些汗颜，就在他犹豫着要不要挺身而出的时候，不可思议的一幕发生了：鼠群从外围开始慢慢后退，两分钟不到的时间里，它们全部撤回隧道。

"这就撤了？"多多蹲在一块大石头上仍心有余悸，"还会再回来吗？"

郭文豪走到肖飞跟前，疑惑不解地问："肖老弟，你是用了什么办法让它们退走的？"

张培白了陈如一眼，说："问她。"

郭文豪和肖飞一起望向陈如，后者则是一副惊魂未定的样子。

"兴许老天爷对咱们还有一丝眷顾吧，不管怎么说，撤了就好。"肖飞打了个哈哈，适时引开话题，"对了，快看看手机有没有信号？"

郭文豪失望地摇摇头："刚看过了，还是没有。"

"我这儿也没有。"张培晃晃手机又看了看，"不会是联通信号差的缘故吧？谁是移动的？"

"我是移动的。"袁富从远处的石林里走过来，"可他娘的也没有信号。"

多多似乎刚刚反应过来自己已经呼吸到了自由的空气，他兴冲冲地拿着两部手机，左联通右移动，手臂举得不能再高，可仍然一格信号都没有，气得他差点把手机给摔了。

"出口被堵死了，我们下一步该怎么办？"郭文豪又把手机关掉，他的手机电量已经不多了。

肖飞望望头顶上椭圆形的天空，再四顾周边的环境，说："这里有柴火有泉水，有山果野味，也是离自由最近的地方，建议大伙暂时在这儿安顿下来，一方面设法对外取得联系，一方面养精蓄锐就地待援，先坚守两天，实在不行再做别的打算。"

郭文豪叹了口气说："从地图上看，顺着左侧继续往前是基地的延伸段，那些虚线并没有标明通往何处。通枰一带全是大山，前方是无底洞还是断头路都说不定，眼下也只能这样了。"

"就地待援？"多多在不远处扶了扶厚厚的眼镜片说，"万一那些大老鼠再来怎么办？"

"是啊。"在一旁的袁富也忧心忡忡地说，"还有那什么红、红尾山魈……"

"躲在隧道里就能保证安全了？"张培反问道，"这么多的石头和树木，我们白天可以搭建临时房屋，晚上在边上点起篝火，无论大老鼠还是红尾山魈，它们总是怕火的对不对？"

"对对对！"多多急忙附和道，"白天我们可以多弄些湿柴，制造烟雾作为求救信号，晚上多弄些干柴，用火光作为求救信号！"

"那好吧。"袁富显得有些无奈,"但愿有人能尽快发现我们。"

"阿四先生有什么意见吗?"肖飞把视线投向石林间的阿四。

阿四坐在石头上,两手揉着太阳穴说:"一切听你安排。"

"好。"肖飞点点头,"既然大家都没意见,现在就开始分工。袁先生和阿四先生选一块开阔平坦的高地,用石头和树枝搭建临时小屋;张培和陈如负责采摘山果,挖些野菜,寻找工具,生火做饭;多多继续盯着手机,同时设法对外发出求救信号。"

"那我呢?"郭文豪问。

肖飞拍拍他的肩膀:"我们探查一下谷底深处的环境,顺便打点野味回来,给大家改善一下伙食。"

郭文豪把手搭在肖飞手上说:"好,我听你的。"

6. 信号

天色渐黑的时候,每个人所负责的工作都取得了不错的进展:袁富和阿四用石头砌了间八九平方米的房子,不仅置了石头座椅和垫有蒿草的床铺,还装了一扇简易的木栅门。张培和陈如把找来的两个钢盔刷洗干净,拿铁锥穿起来,架在石头搭建的炉灶上开始点火烧饭,"饭锅"里滋滋响着,不断冒出野菜的香气。

肖飞和郭文豪也未空手而归,当他们把两只野兔和一只山鸡提溜到灶前时,多多那边也有收获了。他用空易拉罐和铁丝做成一个简易的信号放大器,然后爬上一处高台捕捉信号。功夫不负有心人,一番折腾后信号竟然被他"逮到"了!

"有信号啦,有信号啦!"多多举着手机大声呼喊。

正在烧火的张培本能地取出自己手机,打开一看,仍然一点儿信号也没有。她半信半疑地望向多多,这时候,肖飞和郭文豪也爬上那处高台。

"你们瞧,有信号了!"多多兴奋地展示着他的成果。

肖飞和郭文豪齐齐把视线投向手机屏幕,虽然只是一格时有时无的信号,但还是让他们备受鼓舞。

"快拨110,让警察来救我们!"郭文豪激动得声音都发抖了。

"好,我这就打!"多多拿着其中一部手机,快速按下了110。

等待接通的过程中,郭文豪忽然又问道:"待会儿人家问起具体地址,我们该如何回答?"

这的确是个问题，多多也愣住了：报警求救，总得告诉人家在什么位置吧？可这荒山野岭的，连他们自己都不知道究竟是在哪里。

"不碍事。"肖飞淡定地说，"警方有卫星定位设备，只要通话超过五分钟，他们就能锁定我们的位置。"

"对对对！"郭文豪恍然大悟，拍了下脑袋，"我怎么把这茬给忘了！"

大约七八秒钟的忙音后，电话自动切断。多多又拨了一次，这一回很快就接通了。当听筒里传来接警员的声音时，多多竟激动得讲不出话来。

"瞧你个没出息的！"郭文豪夺过手机，对着话筒大声说，"警察同志，我叫郭文豪，是通宁开往枰州的一辆大巴上的乘客。7天前我们的车在通枰山路段一个隐蔽的隧道内发生事故，全车四十多人只有7人幸存。目前我在隧道深处的一个天坑内向您求救，由于具体位置不明，请求卫星定位，尽快实施救援！"

声音洪亮、吐字清晰、目标明确、言简意赅。郭文豪对自己一气呵成的表达很是满意，讲完后，他把手机紧紧贴在耳畔，倾听对方的回应。然而，一阵杂音之后，听筒里传来了接警员支离破碎的话语："你说什么……我听不清楚，信号不是很好，请再说一遍。"

郭文豪有点儿泄气，就在他酝酿好情绪和措辞准备再次开口时，电话断了。遗憾的是，这次断线之后，电话再也没有拨通过。

信号仍旧只有一格，且时有时无。肖飞试了一下，网页无法打开，微信、QQ也无法登录，就连编辑好的短信息也迟迟发送不出去。

天彻底黑下来的时候，谷中起了风，而且越刮越大，几次都差点儿把易拉罐给刮跑，手机上仅剩的一格飘忽不定的信号也渐渐消失不见了。

多多垂头丧气地坐下来，几个小时前，他先通过放烟和呐喊的方式试图对外取得联系，之后才开始制作天线寻找信号，如果这招还不能奏效，那可真是死路一条了。

不过肖飞却保持了乐观。在他看来，如果位置再高一些，信号放大器再稍微改进一下，在风和日丽的情况下，拥有一格稳定的信号还是很有希望的。

郭文豪的看法介于二人之间，他既没有完全绝望，也不像肖飞那么乐观。他想了想，最终没有把希望放在第三方（施救方）身上，而是指出一条非常具有挑战性却自认为比较靠谱的办法："这山崖的垂直高度也就三四百米的样子，如果大家愿意冒险，我们可以试着爬出去！"

肖飞仰起头，只见四周乌黑的山壁与夜空连在一起，既虚无缥缈又似乎近在咫尺，触手可及。

"不行！"多多果断拒绝了这个提议，"崖缝里到处都是灌木和荆棘，石头上又全是湿漉漉的苔藓，这几十米的高度都弄得我遍体鳞伤，何况三四百米的垂直距离！我们又不是专业搞户外运动的，也没有专业的装备，照你的办法，咱们7个能有一个活着出去就不错了！"

"不需要全都出去，能出去一个就足够了！"见多多一副不屑的样子，郭文豪把目标转向肖飞，"由于天气、环境、装备、体力等条件的限制，所有人一起出去是不现实的，我的建议是，大家集中资源，先协助身体条件最好的一人出去，让他去找救援队来搭救我们！"

对于郭文豪的提议，肖飞没有立即表示赞成，他想了一会儿，谨慎地说道："这也是个办法，不过还没到山穷水尽的地步，多多的信号放大器就蛮好用的，明天先继续尝试，如果有更安全的途径，就先不要冒这个风险，你说呢？"

郭文豪还想坚持，这时，张培在底下喊他们下去吃饭。

"我们走吧，今儿晚上改善改善伙食，吃饱肚子明天接着努力。"肖飞拍拍郭文豪的肩膀。郭文豪有些失望地站起身，扶着石头小心往谷底走去。

肖飞又喊了多多几声，多多不甘心地站在依然冒烟的柴堆边，手握成筒状朝天喊了几嗓子才离开。

7. 醋意

野菜炖兔肉，山菌野鸡汤。虽然没有盐巴和佐料，但这已经是这7天来最好的伙食了。

没有筷子，就折树枝代替，没有碗，就直接就着钢盔吃起来。就在大家围着火堆大快朵颐的时候，作为主厨之一的张培却啃起了方便面。

多多起身挪了半圈，蹲到张培身旁问："你怎么不吃肉？"

张培往一边挪了挪，说："胃不好，不容易消化。"

"我刚尝了尝，肉挺烂的呀！"说着，多多拿"筷子"夹了块肉放进张培的方便面桶，"吃点肉，有营养。"

"都说了胃不好，真是的。"张培又把那块肉给夹了回去。

多多没接好，肉掉在了地上，他的心也跟着裂成了几瓣。

更令多多感到懊恼的是，张培当着他的面把装方便面的空桶递给了肖飞，然后端起钢盔，将里面的肉汤往桶里倒了点："喝点汤，很香的。"

肖飞道了声"谢谢"，他抱着纸桶暖了一会儿，便递给了一旁的陈如："来，山谷里晚上冷，喝点汤驱驱寒气。"

陈如接过纸桶，目光瞄向张培，后者妒火中烧，迅速转身，恰巧多多又堵在跟前，她没好气地低喝了句"让开"，多多慌忙把身子侧到一旁。

张培一拐一拐走到潭边，蹲下去洗手，然后又用凉水洗了把脸，深吸了几口气，才慢慢平定下来。她站起身停了片刻，独自一人走向砌造好的石头房子。多多本能地向前追了两步，似乎有所顾忌，又停了下来。

"你也太会借花献佛了！"多多终于忍不住向肖飞抱怨。

肖飞眨着眼睛，好像对自己的过失还茫然不知。

郭文豪则嗤笑着回了一句："你这吃的又是哪门子醋呢？"

"死人妖，关你什么事！"多多破口骂道。

袁富瞧瞧拂袖而去的多多，又瞧瞧摇头叹息的郭文豪，再瞧瞧无所适从的陈如，视线最后落在肖飞身上："那个……我有点累，先回去歇息了，你们继续。"

袁富走后，陈如把手中的方便面桶搁在地上，也站了起来，她望着肖飞，似乎有话要说，嗫嚅良久，最终没有开口。

"实在喝不下就算了，时间不早了，你也回去休息吧。"肖飞对她说。

陈如点点头，转身从火堆旁离开。

陈如前脚走，阿四后脚便到了，他弯腰抄起那只方便面桶，仰起脖子喝了个精光，之后抹抹嘴，连个招呼也没打便走了。

火堆边只剩下肖飞和郭文豪。

郭文豪移开铁锥串着的两只钢盔，在尚且发红的炭火上添了几把干柴，浓烟过后，火堆又熊熊燃烧起来。

"肖老弟，你那张地图还在吗，能不能借我看看？"郭文豪问道。

"当然可以。"肖飞把晒了半天、吃饭前才收起来的地图从背包里取出来，递给郭文豪。

郭文豪接过来，展开铺在膝盖上，借着火光仔细察看。虽然由于浸过水的缘故，图纸上部分区域的文字与线条有些模糊，但基本脉络和条理还算清晰，他没费多少工夫便找到当前所在的位置，可惜有关这个天坑，地图上没有任何的文字标注和说明。

他又仔细想了想，这也在情理之中：鬼子的图纸毕竟针对基地而绘，不可能像行政区位图那样把每座山、每道岭甚至村村寨寨都标得那么详细。可活了四十多年，他也从没听谁说过眼下这个天坑。

他忽然有问题想问问肖飞，转过头，却见肖飞正把晾干的稿纸垫在膝盖上，拿钢笔沙沙写着什么。

"你在写什么？"郭文豪将身子往前倾了倾。

"没什么，瞎写。"肖飞不遮不掩，大大方方挪开胳膊给他看。

"肖老弟舞得了棍棒挥得了笔杆，真是文武全才呀！"话虽如此，郭文豪的视线却并不在纸面上，而是看向肖飞搁在身旁的手机，手机的屏幕亮着，上面的女人照片吸引了他的注意。

盯了许久，郭文豪才小心翼翼地开口问道："你……你认识这个女人？"

肖飞停下笔，顺着对方的视线扫了一眼自己的手机，说："当然，她是我老婆，怎么了？"

"啊，没什么。"郭文豪慢慢把身子缩了回去，"就是觉得有些眼熟，好像在哪里见到过。"

"是吗？"肖飞随口应道，然后继续在稿纸上书写，"是人三分像，眼熟不一定就见过。我老婆在一家私立幼儿园做幼师，平时吃住都在学校，只有周末才回家，即使假期也很少出门，你大概是搞错了。"

"不不不，一定见过的。"郭文豪却非常认真，"你们是不是住在通宁市紫台东路的花半里小区？"

肖飞抬起眼，手里的笔却未停下："你怎么知道？"

郭文豪的双腿不自然地抖着，同时眼神也有些飘忽："哦，我一个朋友住那儿，我经常找他玩，好像在小区里碰到过你老婆两次。说实话，你老婆还真挺漂亮的，可惜……"

"可惜什么？"肖飞再次停下笔。

郭文豪尽量避开肖飞的视线，腾出一只手往火堆上加着柴："听说，三年前她被人……奸杀了。"

肖飞沉默了。这种沉默令空气都为之凝结，郭文豪只觉得有些窒息，大气也不敢喘。突然，耳畔"砰"的一声响，木柴在火堆中炸出一朵火花，不偏不倚刚好落在郭文豪右手背上，他一激灵，腿上的地图便朝火堆中滑去。

第八天

1. 循循善诱

尽管郭文豪很快把地图抢救了回来,上面还是烧出个拳头大的破洞,没烧到的地方也被熏得焦黄一片。

"肖老弟,你看我这……咳咳……"郭文豪借咳嗽来掩饰自己的尴尬。

"烧了就烧了。"肖飞轻描淡写地说,"我们应该很快就能脱离险境,留着它也没太大用处。"

"肖老弟这么大度,倒叫我更不好意思了。"郭文豪把破了的地图小心叠起来递还给肖飞,"说句不吉利的话,万一我们的行动失败,下一步怎么走还得靠它。"

肖飞将地图接过来装进衣兜,的确,刚才的话不过是安慰对方,明天的自救能否成功,其实他心里也没有百分之百的把握。

见肖飞埋下头继续书写,郭文豪再度把视线移到他的手机上,屏幕已经黯淡下去,上面的女人化作一团橘黄色的火光。

"看得出,你很爱你的老婆。"见肖飞默认,郭文豪又接着说,"三年了,你始终还是放不下她。"

肖飞轻叹道:"一日夫妻百日恩,几年的感情,哪能说放就放?"

郭文豪点点头:"你们有孩子吗?"

"没有。"说完,肖飞又补充了一句,"我们二人聚少离多,另外,她年龄比我小,出于职业和身材的考虑,也想晚一些再要孩子。"

"哦。"郭文豪不禁有些惋惜,"我能理解你对你老婆的感情,可你还年轻,日子总得往长远考虑,三年了,是时候向前看了,以你的条件,不愁找的。"

肖飞苦笑道:"一个要文化没文化、要模样没模样的糙汉子,谁会看得上呢。"

"肖老弟过谦了。"郭文豪朝石头房子望了一眼,压低声音道,"难道你没看出来张培对你有意思吗？"

肖飞当即否认道："她是个热情、开朗的女孩，对谁都很好，这种行为出于职业和秉性，与感情无关。"

"人家对你那份心连我这种后知后觉的人都能看出来，你这当事者能不知道吗？之前的就不说了，就说刚才，人家那肉汤可是给你一个人盛的。在你借花献佛转给陈如之后，就没注意到人家的脸色吗？"说到这儿，郭文豪故意用力吸了吸鼻子，"好家伙，那醋坛子翻的，现在空气里还留着酸味呢！"

肖飞掀过一页，笔却停住："你说了这么多，不会只是想跟我讨论张培吧？"

郭文豪的笑也慢慢消失了："肖老弟以为呢？"

肖飞道："我肖飞是个直来直去的人，说话做事从不会拐弯抹角，也希望郭先生能够开门见山，有话直说。"

"那好吧。"郭文豪索性将话匣子打开，"前边做了那么多的铺垫，其实我真正想跟你讨论的对象是9号，再说具体一点，就是你跟9号之间的关系。"

这个话题够直接的，幸亏肖飞早就做好了心理准备："你觉得我对陈如有意思？"

郭文豪继续往火堆里加着柴："你确定没有吗？"

肖飞盯着郭文豪，火光映着他冷峻的脸："我承认，我对陈如有一种特殊的感觉，这种感觉使我控制不住想要照顾她和保护她，但它是自然的、纯粹的，就像兄长对于妹妹，老师对于学生，不是你想的那种男女之情。"

郭文豪加完柴，拍了拍手上的灰尘，继续说："就因为她跟你老婆长得有几分相似？"

提到自己老婆，肖飞的眼神变得柔软起来："有外形方面的因素，但最主要的，还是两人具有同样的特质，都很单纯、善良、柔弱，就像一只惹人怜爱的小鹿，让人有种奋不顾身想要保护的冲动。可惜我空有一身好本领，最终却没能保护好自己的女人。"

"说到底，这一切还是源于你对你老婆意外身亡的自责。"郭文豪表示自己能够理解肖飞对陈如那份特殊的感情，"不过，看得出她对你也很依赖。"

肖飞长长呼出一口气，将稿纸慢慢折起来："是我救了她，又在面对集体质疑的时候公开保护她，她肯定把我当成是唯一的依靠。"

"凭什么那么信任她？"郭文豪问得很直白，"你不觉得她是个满身疑点的女人吗？"

肖飞从容地答道："她身上的确有些疑点暂未解开，但她跟我们一样，也是事故的受害者。"

郭文豪轻轻拍了拍肖飞的胳膊，说："肖老弟，人是可以伪装的，不要对自己的直觉太过自信了。"

"她伪装什么？"肖飞将自己的右手拍在对方手背上，"她能从事故中得到什么利益，还是她具有未卜先知的本事？"

郭文豪感到了来自对方的压力，他费了一些力气才把手掌抽出来："但愿肖老弟的自信是出于公义，而非私情。"

肖飞淡然一笑说："其实，大家的疑点我也都有发现，只是她现在不想说，我也不好逼她。但我相信，这其中肯定存在难以启齿或者复杂曲折的隐情。另外，我承认，我对陈如的确存在那么一点私心，原因刚才已经说过了。但我也在这里向你保证，针对大家所有的疑问，我一定会在最短的时间内给你们一个满意的答复。"

2. 冒险

两人聊到很晚才回到石头房子里休息，茅草铺就的"床"上已经留出两人的位置。郭文豪是真的困了，不一会儿便鼾声如雷。

而对肖飞来说，这注定又是一个难以入眠的夜晚。他盘腿坐在"床铺"上，胳膊下夹着一只亮度明显减弱的强光手电。他左手托稿纸，右手握着钢笔，却半晌写不出一个字，脑子里不断回想着刚才跟郭文豪在火堆旁的谈话。

有山风吹来，穿过木头制作的栅门钻进石头房子。肖飞抬起头，望向陈如的方向，她离门最近，被风一吹，冷得打了个哆嗦。肖飞下"床"，悄悄走到陈如身边，脱下外套轻轻盖在她身上。

张培翻了个身，醒了，看到肖飞刚要说话，突然一道闪电划破夜空，紧接着大雨倾盆而至。 由于"屋顶"是树枝搭起来的，雨水轻而易举穿透枝叶的缝隙，将熟睡的人们浇醒，大家慌里慌张从"床铺"上爬起，睡眼惺忪地开始咒骂该死的天气。

"我操，怎么说下就下！老子正做美梦呢！"袁富一把抓起枕边的夜视仪装进背包。

"可不是嘛，睡觉前还好好的，老天爷也太任性了吧！"多多下床才发现脚上只有一只鞋子，于是单脚在地上跳着，"谁见我另一只鞋子了？"

旁边的张培一个劲儿在鼻子前扇风："也不瞧瞧这什么地方，谁让你脱鞋子啦？整间屋子都被你熏得臭烘烘的！"

多多本能地为自己辩解："我又不是故意脱的，再说，要脱也不能只脱一只呀……"

"哎呀！"袁富忽然怪叫一声，继而从屁股下捡起一个东西扔到多多头上，"给你的臭鞋！"

多多登时冒了火："死胖子，凭什么打人啊你？"

袁富也不甘示弱："打的就是你这种屙屎不掩土的腌臜东西！"

多多还想再还嘴，被郭文豪厉声喝止："都别吵吵了，赶紧折些树枝和蒿草加固顶棚吧！"

"没用的，雨势太大了。"肖飞用手电光柱朝几十米外的洞口指了指，"还是暂时到隧道里避一避吧。"

郭文豪迟疑了一会儿，抓起背包顶在头上说："走，我们先到隧道里去！"

"站住！"一旁的阿四伸手拽住郭文豪的后襟，接着冲肖飞低喊，"把灯熄灭！"

郭文豪本能地停下，肖飞也下意识熄灭了手电，虽然隔着木质栅栏和密集的雨幕，但他还是从空气中嗅到了来自洞口的危险气息。果然，下一秒的雷电光照里，从隧道口探出一颗巨大而丑陋的脑袋。

袁富和张培也看到了，袁富张大嘴想要尖叫，被张培快速掩住了嘴巴。

郭文豪慢慢退了回来，阿四则上前检查了一下木栅门是否拴好，其余人在肖飞的示意下全都待在原地。凝神屏息中，一阵狂风吹来，飞旋的气流将多多放在"床头"的信号放大器吹倒，易拉罐从"床头"滚落，顺着木栅门的缝隙滚了出去。

"我的宝贝！"多多低叫一声，推开肖飞和蹲在门口的阿四的阻拦，打开木栅门去追仍在往前滚动的易拉罐。由于石头房子建在高处，易拉罐在坡度和惯性的双重作用下，转瞬就滚到了二三十米外的一处坑洼。

多多疯了一般顺着湿滑的岩石表面溜下去，就在他伸手抓向易拉罐的同时，一道犀利的目光从洞口射到了这边，紧接着，那只庞然大物从隧道纵身跃出。

肖飞暗叫一声"糟糕"，随即抓起三八大盖冲出石头房子。他穿过几丛灌木，纵身跃入洼底，拽住多多就往岩石上爬。多多正沉浸在"宝物"失而复得的喜悦里，不知危险临近，对肖飞的"粗暴"行为还颇为抗拒，肖飞来不及解释，一口气将他拖回石头房子。

进屋后，多多一个没站稳扑倒在地。阿四则迅速将木栅门拴上，又将仍在门口张望的郭文豪往后拽了拽。多多从地上爬起来，摸索着捡起眼镜戴上，他浑身上下都是泥，嘴也气歪了。刚才与肖飞拉扯的过程中，他摔了好几跤，"宝贝"也掉在了半道。

多多瞪着肖飞，他酝酿了好几秒钟，刚说出个"你"字便卡了壳。因为，闪电乍亮中，一片巨大的阴影投射在了他的脸上。

随着"啪"的一声脆薄金属碎裂的声音。多多循声慢慢转过头，惊骇地看到一只小山一般、样貌类似恐龙鳄鱼结合体的怪物，那怪物垂着硕大的脑袋，正对着木栅门虎视眈眈，它的左前脚底下踩着的，正是那只被用作信号放大器的易拉罐。

3. 暗河

所有人在石头房子里抱成一团，大气都不敢出。肖飞右手端着三八大盖，左手伸向背包，做好随时拿手榴弹轰炸的准备。

怪物仰天嘶吼，继而逐步逼近，很快便抵达木栅门跟前。它伸长脖子，用鼻头抵触木栅门，厚厚的鳞片与粗糙的树皮互相摩擦，发出"沙沙"的响声。多多想往里边挪一些，可惜两腿已经不听使唤。

这时，一个炸雷响起，地面被照得煞白，怪物受到刺激，猛然发力，木栅门轰然破碎，房屋也被掀翻一角，石头夹杂着顶棚的枝叶散落下来。肖飞所处的位置是重灾区，见势不妙他身子一倾，扑在陈如身上，紧接着一块石头落下，重重砸在他后背上，疼得他咬紧牙关。

一声长啸后，怪物垂下脑袋，鼻孔里"噗"地喷出一股热气。多多的镜片瞬时模糊一片，额前的头发也被吹得竖了起来。他浑身都凉透了，只觉得一股热流从胯下涌出，顺着裤管流到外面，与渗进门里的雨水混到一起。

肖飞强忍疼痛抬起头，就在他瞄准怪物仅剩的一只独眼，准备开枪射击的时候，怪物忽然掉转身子，朝着相反的方向走了。

多多浑身僵硬，像根木桩一样，待怪物走远后，郭文豪拍了拍他的肩膀，他才触电一般抖了下身子，瘫在地上。

怪物下了石丘，沿坑底兜了大半圈后重新返回隧道。为防止怪物再回来或者遭遇其他动物袭击，肖飞继续保持警戒的状态，其他人也都胆战心惊地待在原地。所幸雨势渐渐小了，雷电和风也收了威力，到天亮时刚好云开雾散。

一夜风雨加上怪物侵袭，每个人都狼狈到了极点。早饭没人主动去做（没有原料也没有心情），各自打开背包取出食物胡乱垫了垫肚子。天空越发明朗，众人平定心绪后，摆在眼前的依然是如何逃生的问题。

　　信号放大器被怪物损坏，加上缺乏易拉罐之类的素材，重新再造已无可能。同时，由于雨水浸湿林木，身上也没有干燥的引柴工具（如报纸、名片等），点火放烟也变得异常困难。在这种情况下，郭文豪再次提出他的方案：甄选队伍中的最强者，用登山绳顺着崖壁爬上去。

　　肖飞本就不太支持冒这个险，加上雨后湿滑便更加反对。郭文豪却是铁了心，见肖飞迟迟不作决定，身旁也没有一个积极的响应者，干脆自告奋勇朝一面坡度相对低缓的崖壁爬去。肖飞担心出事，也跟着前往，却被张培拦住，他挣了一下，脊背剧烈的疼痛迫使他不得不放弃。

　　所有人都留在原地，别说呐喊助威，就是朝那边看的人也没有，分明对郭文豪孱弱的身板和那条纤细的登山绳不抱任何希望。果然，崖底很快传来郭文豪气急败坏的咒骂声。

　　"这也行不通，那也行不通。"多多抱着胳膊蹲在地上，"看来只能在这儿等死喽。"

　　"瞎说什么呢！"张培照他屁股上使劲踢了一脚，"一大早上就死呀死的，晦不晦气！"

　　"唉！"袁富仰天长叹，"如果老天让我渡过这一劫，我情愿将财产的一半拿去做善事！"

　　"呵呵……"郭文豪带着一身的泥巴和树叶冷笑着从石丘底下上来，"不愿付出和冒险的人，注定没有渡劫的机会！"

　　袁富瞪了他一眼，反唇相讥："您老冒险了，不也没有机会吗？"

　　郭文豪在人群附近的一块石头上坐下来："至少我努力过，死而无憾！"

　　"或许还有一个办法。"肖飞拿着地图说（为防雨水淋湿，他把地图和稿纸一直藏在背包内的一只空塑料袋里），"顺着基地延伸段再往前有条暗河，暗河的出口就在通枰公路氿水桥附近，我们可以用竹木编成筏子顺水漂出去。"

　　肖飞的话，仿佛一针兴奋剂注入了大家体内，一时间众人由颓废低迷变得群情激昂。

　　"真的假的？"多多从地上噌地站起。

　　"还有出路？我没听错吧？"袁富龇着大金牙问。

　　"真有暗河吗？"郭文豪不顾身上的擦伤，带着泥土和树叶跑过来，"快把地图给我看看！"

肖飞把地图递过去，郭文豪激动得两手直抖，仿佛捧了一张决定生死命运的圣旨，几秒钟后，他癫狂地大笑起来。

笑声代表了希望。张培击掌叫道："果真是天无绝人之路啊！多亏了肖大哥眼明心细，想出这样的好办法！"

就连一直沉默不语的阿四眼睛里都闪出了亮光："肖老弟，你可真是我们的大救星啊！"

肖飞则显得异常冷静，仿佛心中还存有一丝隐忧，他淡淡地说："如果没有意见，大家就抓紧时间开始动手吧。"

4. 石桥

希望就在眼前，大家都铆足了干劲儿，只用了两个多小时的工夫，一条宽 1.5 米长约 2.5 米的竹筏便建造成功了。

由于距离暗河还有一段距离，肖飞让袁富和阿四抬着竹筏和竹篙，张培的腿沾了水，伤口疼痛难忍，多多主动表示可以背着她走，张培死活不肯，多多再三坚持，张培最后勉强同意由他搀着行走。

郭文豪攀崖时摔得不轻，所以肖飞没给他分派任务，但他还是主动给袁富和阿四搭了把手，陈如则帮肖飞扛着肩上的背包。

所有人中，肖飞表面负担最轻，而实际上他的心头压力最大。因为他见过氾水桥下的那条河，河道又窄又深，即便不是汛期，水流也十分湍急。而现在正处于丰水期，上游的流量可想而知。

另外，暗河要比地面河的情况更加复杂，因为地势坑洼不平，河道也时宽时窄，遇到深水漩涡或是高滩搁浅同样让人绝望。总之，听起来十分轻松的漂流逃生实际上危险重重，弄不好就会筏覆人亡。

可能工期过于匆忙的缘故，延伸段整体建得比较粗糙，除了没有水泥层外，墙壁上也看不到文字标语、电缆线和碗状的喇叭。行进途中，他们又发现不少白花花的骸骨，不过不是人类的，而是属于某种大型动物，骨骼间还散落着大大小小已经严重生锈的弹片。

众人打开手电、抬着竹筏走了两里地左右的样子，前方果然横着一条暗河。暗河约三四米宽，上面架着一座桥。说是桥，其实就是一块石板罢了。由于年代久远，加上汛期河水冲刷，板面已出现了不少裂纹。

众人在岸边停下，河水巨大的咆哮声顿时将大家的希望洗涤一空。肖飞暗自叹了口气，他最担忧的事还是发生了：雨后河水暴涨，河面几乎与桥面平齐，而河道上方的洞沿又过于低矮，此刻距水面仅不到三十厘米。别说站在筏子上撑篙了，即便是趴着也难以通过，况且竹筏的大小也根本趴不下七个人！

袁富和阿四丢下竹筏，一屁股坐在上面大喘粗气。

郭文豪苦笑着说："一场空欢喜，老天爷这是在玩儿我们啊！"

"完了，这下彻底完了。"多多望河兴叹，"上帝为我们留了一扇窗，可惜是画上去的！"

张培劝慰多多，同时也在劝慰自己："雨已经停了，或许水位很快就能降下去……"

多多没说话，反驳她的是郭文豪："算了吧，眼下正处于汛期，这里不下，别的地方，水一样会渗入地下河，等水位退下去恐怕得到冬天了！"

张培不愿跟郭文豪起争执，她一瘸一拐走到肖飞跟前问："怎么办？要不要在这儿休息一会儿，再等等看？"

肖飞没有答话，他盯着暗河上方的石板，似乎发现了什么东西。在张培疑惑的目光中，他蹲下身，从石板边缘的一处裂隙里捡起一撮红褐色的毛发。

"那是什么？"张培也弯下腰看。

肖飞盯着毛发看了一会儿，将其从手中弹掉说："此地不宜久留，我们得马上离开！"

"上哪儿？"张培也跟着站起来。

肖飞转身朝来时的方向看了看，然后指了指石桥对岸："继续往前走，离开这个危险之地。"

"危险之地？"张培想起他刚才拿在手里的红褐色毛发，"你的意思是说……"

"红尾山魈。"肖飞率先踩上布满裂纹的石板，小心试探着它的承受力，"刚才捡到的那撮毛发是红尾山魈身上的，我担心这是它们日常觅食饮水的地方。"

郭文豪没有跟过去，而是停在原地，他对肖飞的选择表示质疑："地图对延伸段的深处没有任何标记，你确定那边就有出口吗？"

一听红尾山魈，袁富坐不住了，急忙从竹筏子上站起来。他拿出打火机，站在隧道中央，身子遮挡住来时的方向，冲着对岸打出一道火苗。起先，可能是受水流的影响，火苗有点飘忽不定，见肖飞和张培已经平安到了对岸，他也小心翼翼地走上石桥。一过石桥，火苗便很明显地朝自己的方向偏来。

袁富熄灭打火机，冲仍留在对岸的同伴大叫："快过来吧，前方还有出口！"

多多闻言，丢下手里的竹篙。由于袁富那样的体格都安然无恙，所以他也没什么顾虑，大步流星地奔向对面。紧接着是阿四，他过桥之前，还捡起了多多丢掉的那根竹篙。再是陈如，陈如的鞋底比较滑，再加上她过于谨慎，亦步亦趋间突然在石板边滑了一跤，幸好肖飞一步上前，伸手拽住了她。

5. 血尸

郭文豪是最后一个抵达河对岸的，他虽然没再说什么，但脸上的表情仍带着疑虑。

行进中，肖飞拿着手电走在最前面，其次是陈如和袁富，袁富手里仍抱着他的夜视仪。再接着是多多和张培，张培仍由多多搀扶着。走在最后的是郭文豪和阿四，由于仅剩的一只手电在肖飞手中，郭文豪打开了手机的电筒功能。

走了大约 800 米左右，肖飞突然停了下来，他的手电光柱照到隧道左侧的拐角有个石窟。之所以说这是一个石窟而非凹槽，是因为那个洞非常糙陋，除洞口的几处凿孔外，几乎看不到人工打磨修饰的痕迹，就像某种大型动物安居在深山里的自然巢穴。

"怎么不走了？"袁富见肖飞停下，也停下了脚步。

"你们原地别动，等我一下。"说着，肖飞把电筒咬在嘴里，手中则端起了三八大盖。

"有什么麻烦吗？"张培想跟过去。

多多拽住她："肖大哥不是说了吗，让咱们原地等着。"

阿四把头往前倾了倾，鼻子使劲吸了几下。

一旁的郭文豪问："嗅到什么了？"

阿四又吸了两下，似乎在回味那股特别的味道，嘴里吐出的却是一组令人作呕的词汇："血腥和腐臭。"

肖飞已经走到石窟跟前，浓烈的腥臭味刺激着他的嗅觉，熏得他几次想要呕吐。借着手电的光亮，他最先看到的是石窟角落的几张工兵铲和几支钢棍，随后是一台老式测绘仪模样的东西，这些工具摆放得很随意且都锈得不成样子。由此判断，该洞穴应该是鬼子开凿隧道时临时用来存放物资的地方。

他顺着凹凸不平的洞壁往上看，顶处有几道比较大的裂缝，泉水从缝隙里渗下来，啪嗒啪嗒落向地面。地上散布着大大小小的石头，通过颜色和材质可以断定，它们跟洞顶原为一体，是后来塌方掉落下来的。

肖飞忍着腥臭走近几步，发现石窠里堆满了碎布、枝条、粪便以及辨不清来源的森森白骨。而在石窠边缘，则窝着一具人类的尸体，尸体浑身上下一丝不挂，就那么赤裸裸血淋淋地蜷在那里，由于高度糜烂的缘故，早已辨不出性别、年龄与样貌。

肖飞本不想让张培他们看到这一幕，但众人已经跟了上来。袁富被那血尸吓得大叫一声，差点把夜视仪抛了出去，陈如脸色煞白地拽住肖飞，张培喉咙一酸，侧身呕吐起来，多多一手捏着鼻子一手帮她捶背。郭文豪一阵干呕，进而剧烈咳嗽起来，阿四则只是轻轻皱了下眉头。

"是 27 号。"张培吐得胃里实在没东西了才喘着气说，"大巴车前丢失的那具尸体。"

肖飞仔细观察，尸体果然具备张培之前所说的一些特征，比如个头不高，但很壮实，皮肤较黑，指甲又弯又黄的。

"奇怪。"郭文豪好不容易止住咳嗽，壮着胆子透过镜片再度看了看那具瘆人的血尸，"红尾山魈偷走尸体却又不吃，剥掉衣服丢在这儿是啥意思？"

"吓唬我们呗！"多多插嘴说，"这帮东西经过鬼子的升级改造之后，不仅更加凶猛残酷，而且聪明得都已经快成精了……"

"嘘！"肖飞做了个噤声的手势，屏住呼吸上前两步，将手电往石窠后面照了照。郭文豪好奇地跟了过去，他发现，在布片和枝条最里边窝着几只老鼠大小、浑身褐红色的幼崽，此刻它们正拥在一起呼呼大睡。

"这帮东西可真会找地方，居然把这儿当做自己的老窝还下了崽！"郭文豪冷冷地磨着牙，"老天有眼，咱们可以有怨报怨有仇报仇了！"

"让我来！"袁富收起夜视仪，一把推开郭文豪，伸手去肖飞的背包里掏手榴弹，"老子今天要给它们断子绝孙！"

"你疯了！"肖飞低声喝止，"这样会把那些大家伙引来的！"

袁富急红了眼，根本听不进去劝阻，夺手榴弹不成又去夺肖飞的枪。无奈之下肖飞给袁富一拳，袁富后退几步，撞在阿四身上。肖飞以为他会老实下来，没想到那家伙顺势夺了阿四手里的竹篙，铆足劲儿朝几只山魈幼崽捅了过去。

6. 又见岔路

幼崽们吃痛，醒了过来，发出"唧唧吱吱"的尖叫。

袁富甩开阿四的阻拦，硬是将那几只幼崽戳了个稀巴烂，就在他吐口唾沫准备收手的时候，肖飞的枪响了。

袁富以为肖飞在震慑自己，转头一看，见肖飞正瞄准了隧道的入口方向。借着手电的亮光，他发现从 40 米开外的地方跑来两只红尾山魈，其中一只体型壮硕、毛色鲜艳，身上胡乱穿着件人类的衣服，另一只个头儿略小，胸前的乳房随着跑动一颠一颠的。

体型小的那只应该是中了弹，半边脸颊淌着血。肖飞又开了一枪，子弹卷着橙红色的火花钻进了那只大山魈的体内。然而，对方并没有倒下，只是减慢了速度。

看得出来，眼下的三八大盖无法对它们造成足够大的伤害，况且时间也不允许往枪膛里继续添加子弹。肖飞大喊一声"趴下"，同时将背包里的一颗手榴弹抛了出去，所有人就地卧倒。张培只觉得耳边一震，前方的手电光中腾起一团浓烟，几秒钟后，大小不一的铁渣和碎石从头顶撒落。

郭文豪咳嗽不止，抬起头用手指擦了擦模糊的镜片，见尘烟已弥漫了整条隧道。他看不见身旁其他人，只听肖飞又大喊一声："跑！"他慌忙爬起来，跟着杂乱的脚步声朝隧道深处迅速逃离。

他跌跌撞撞跑出百余步，隧道的浓烟逐渐淡去，耳边的脚步声也陆续停了下来。

郭文豪本能地放慢脚步，发现肖飞站在不远处的一个岔路口，腋下夹着手电，两手持枪继续保持警戒。他在肖飞旁边停下来，转身朝来时的方向张望，那两只红尾山魈不知被炸死还是被吓退，并没有追来。

张培一瘸一拐地核查了人数，还好没有人落下，只是除了陈如外，其余人在黑暗中磕磕碰碰，极其狼狈。

"又是岔道。"袁富喘着气问，"我们该走哪边？"

确认此时处境暂时安全后，肖飞收起枪，从衣兜里掏出地图。

"左边这条岔道从方向上看，应该连接着我们最初走过的主隧道，另一个出口在升降机附近。"停了片刻，肖飞继续说，"右边这条，应该是延伸段的尾端了，这一段虽然文字标注不多，但至少可以看出个大概，可惜现在地图被烧出一个大洞，岔道究竟通到哪儿恐怕很难搞清楚了。"

"这都怪我。"郭文豪难掩脸上的歉疚，"要不是我不小心烧坏了地图，眼下也不至于如此被动。"

"郭老师不要太过自责。"张培安慰对方，"未来的事谁能预料，何况您又不是故意的。"

袁富不耐烦地说："别扯那些没用的，赶紧决定下一步怎么走，再耽搁的话，两只红尾山魈就要追上来了。"

"回头路肯定不能走。"多多摸着自己碰伤的鼻子，"剩下这条岔道虽然充满未知，但按照生死各一半的概率，我们至少还有 50% 的生存机会。"

"我赞成多多的意见。"袁富举手表决，"好不容易走到这儿，怎么能半途而废。"这一次，两人倒是难得地达成了一致。

多多将期待的目光投向张培，不料张培连看都没看他一眼："我反对。"

"为什么？"多多和袁富异口同声道。

张培的目光一直在肖飞身上，话也是说给他听的："直觉告诉我，后面的环境比我们之前经历的更加险恶。此外，我们随身携带的资源有限，能够支撑的日子屈指可数，在我印象里，这一带全是山区，万一前面是条延绵几百公里的无底洞呢？"

肖飞没有立刻作出回应，他眯着眼睛，看向右侧岔道的黑暗深处。这时，郭文豪开腔了："你的话有道理，可眼下已经别无选择。既然当初打下这个赌，就没有中途回头的余地。后面虽然不能盲目乐观，但我相信，也不至于那么悲观无望。"

此话表明，郭文豪也站到了多多一边。

"阿四先生什么意见？"张培转过头，询问那个站在阴影里的光头汉子。七个人中已经有三个明确表示要继续前行，肖飞的态度尚不明朗，陈如又是个不讲话的闷葫芦，所以阿四的立场至关重要。

当然，张培也没指望拿阿四来影响肖飞的判断，她更多是想为尴尬的自己挣回些颜面。

可惜，阿四没有给她这个面子。

"张培小姐还是对救援者念念不忘吧？"阿四边说边打着哈欠，看样子毒瘾又要犯了，"我们已经走了四五天了，以我们的行进速度，如果真有救援者成功进入隧道，我们早得救了。"

7. 黑石头

肖飞收回视线，然后将地图重新折好装起来："就依各位的意见，顺着这条道继续往前走。"

"肖大哥！"张培刚要开口，远处传来红尾山魈的嘶吼，她最终把后面的话咽了回去。

众人在肖飞带领下继续前行。大家按照提议，除了多多之外，其余人都把手机关掉。由于肖飞的手电光亮顾不到背后，再加上眼睛不好，负责断后的郭文豪借来袁富的夜视仪，用它来观察脚下的道路情况。

"肖老弟，刚才你在岔路口一直在看什么？我见你似乎在发呆，当时没敢问你。"袁富紧跟肖飞的脚步。

肖飞微微一笑："你多虑了，我只是看看那条岔路。"

袁富跑得气喘吁吁："那里头黑漆漆的，有什么好看的？"

肖飞说："我在对比岔道和延伸段主道的差别，同时也在推测鬼子开凿它的用途。"

袁富问："有什么发现吗？"

肖飞应道："从施工的质量和完整程度来看，两者应属同一时期的产物，但岔道的规模要小得多。所以我猜测，它可能是一条由主隧道通往延伸段的便捷或应急通道。"

"我想起来了！"走在最后的郭文豪突然插话道，"当初在军务秘书处我曾推断，必然有一条岔路从延伸段通往主隧道，现在看来就是刚才那了。也就是说，被关在延伸段的怪物和红尾山魈就是通过那条岔道进入主隧道的！"

袁富表示质疑："可我拿打火机测试过，根本没有风从岔道里吹出来呀。"

"或许里面弯道太多，减小了风流动的速度。"郭文豪说得头头是道，"又或许原先是通着的，后来被中间坍塌的石块堵死了。"

这时，张培忽然提出一个疑问："以岔道的直径，两只红尾山魈并排通过尚且很勉强，何况体格大于它们三四倍的怪物，它们是怎么通过的呢？"

郭文豪倒吸了一口气，仿佛刚意识到这个问题："这么说，被关在延伸段的实验体，最终是通过主隧道进入了日军基地？可那儿有道厚重坚实的石墙，它们是怎么通过的？"

"莫非……"张培想到一种可能，但因太不可思议而没敢说出来。

阿四则用他略显困倦的声音说："在没有人力协助的情况下只有一种可能——那些红尾山魈或者怪物会自己打开石门的机关。"话音一落，所有人背上都起了一层寒意。

肖飞忽然停下了。

通过手电的光照可以看到，平直宽阔的隧道在前方大约 10 米的地方戛然而止，取而代之的是一条幽深逼仄的缝隙。缝隙嵌在黑暗深处，下宽上窄，边沿参差不齐，看起来就像半张扭曲变形的嘴，只不过那嘴是竖着长的。

"到头了？"袁富跟得太紧，几乎踩上了肖飞的脚后跟。

"就这么到头了？"多多也显得十分惊讶，"鬼子搞这烂尾工程算什么啊？"

"这不应该呀。"说着，袁富掏出打火机啪嗒一声打出火苗，"有风，从前边缝隙里吹出来的，还不小呢！"

肖飞没有说话，他拍了拍因电力不足而忽明忽暗的手电，走到缝隙跟前大致目测了一下，缝隙下端与地面平行的地方有 70 多厘米，接近隧道顶端的位置缩小一半左右。他用手电往上照去，只见一片深不见顶。

"这里的石头怎么全是黑色的？"张培凑到跟前，伸手在一侧岩壁上拍了拍，"还挺硬的，跟生铁差不多！"

"是呀，一路走来的石头全是青色的，怎么到这儿就变成了黑色，看起来就像煤炭一样。"多多也在岩壁表面摸了摸，也没见色泽染在手上。

"呵呵，你们可别被它奇特的外表给蒙蔽了。"郭文豪把夜视仪还给袁富，先在黑岩的断茬处看了看，之后弯腰捡起一小块同样是黑色的碎石，拿到隧道与缝隙交界处，同那些青石作比较，"这些黑石看起来十分特殊，但仔细观察就会发现，它的成分和结构跟那些青石其实是一样的，都是常见的石灰岩。

"之所以看起来又黑又亮，摸起来也坚硬无比，是因为这些石头被浇注了一种汁液，这种汁液可以改变石头的部分物理特性，使它们的黏度增加数倍，硬度也从普通的三到四级提高到八到九级，就跟石英岩里的'黑金刚'一样，用这种石头搭起的建筑，普通炸药都难以破坏的。"

郭文豪的话提示了肖飞，他拿手电四下查看，果然看到附近有爆破的痕迹。

"都是石灰岩？你确定没有弄错？按你所说，这么大面积的山体得浇注多少汁液？又是谁做的这种事，他们的目的是什么？"肖飞忍不住发出一连串的疑问。

第九天

1.奈河桥

　　郭文豪丢下黑石，拍拍手上的灰尘，不紧不慢地答道："几年前我曾到宁夏和内蒙古采风，在当地的一些遗址见过这类石头。我们的领队是内蒙古人，也是比较知名的考古学家，他告诉我们，这些黑岩原本都是普通的青石，之所以呈现出眼下的状态，是因为被萨满巫师施了法咒。施法的过程叫做'黑泥塑'，在当地也称为'风淋'。

　　"具体办法是用兔血、羊脂、柏油、蜂蜡和卤水混合出一种黑色的浆液，然后选一个大风乍起的日子，将浆液浇在普通的青石上，或是把青石浸泡于浆液中，风干七七四十九日后，青石便成为眼下这种黑石了。这种黑石主要用于建造一些比较庄严神圣的建筑，比如塔寺、祭台等，有时也用于一些王公贵族的墓葬，甚至是皇陵。据说，可以隔绝水火、神鬼不侵。

　　"除此之外，还有一种用途，就是设阵囚魂。这是在萨满巫术的基础上，又借用了茅山术和佛教密宗的一些技法，专门用于惩治犯有严重罪过的人，使其灵魂不得超生。不过这种用途并不常见，目前也只是流传于稗官野史和坊间。至于眼下这些黑石，究竟有多大规模，出自何人之手，目的是什么，暂时还不得而知。"

　　肖飞也不再追问，拿着手电继续观察那道裂缝。从裂口形态、规模、结构和辐射方向来看，很明显不是炸药炸出来的（没有哪种炸药具有如此大的威力），而是山体受到牵拉挤压（比如地震），自然崩裂形成。此外，缝隙上端的石头尖角尖棱，接近地面的部分却被磨得光溜溜的，说明该缝隙经常有人或者动物出入。

　　"你们原地休息，我到前面看看。"临走前，肖飞又特别叮嘱郭文豪，"其他人暂时拜托你了，如果一个小时后我还没回来，你就带着大家原路返回，不必等我。"

　　张培感到了一股不安的气息，她一把拽住肖飞的胳膊说："肖大哥，我跟你一起去！"

郭文豪也附和道："是啊肖老弟，大家还是一起行动吧，万一遇到什么事，也多个帮手。"

"我只是到前面探探路，不会走远，放心吧。"肖飞安抚张培，又对郭文豪说，"我的手段你是知道的，真遇到什么，人多反而容易受限制。"

郭文豪点点头，张培也松开肖飞的胳膊。就在肖飞转身的刹那，又有人拽住了他，这一次是陈如。

"听话，我去去就回。"肖飞轻轻拍拍她的手，哄孩子般温柔说道。

陈如使劲摇着头，不等肖飞再次开口，就一把拦腰抱住了他。肖飞僵在那里。三年前那个周末的早上，他接到通知，去执行一个比较紧急的任务，临行前，妻子也是这样抱住了他，仿佛有什么预感一样请求他不要走。他说去去就回来，并让妻子做好饭在家等他。但他晚上回来的时候，看到的不是丰盛的饭菜，而是满屋子喷溅的血迹和一具冰冷的尸体。

陈如继续摇着头，紧咬着下嘴唇，泪水也从眼眶里溢了出来。肖飞皱了皱眉头，什么也没说，在众人诧异的目光中带着陈如走了。

由于裂缝过于狭窄，两人无法并肩而行，肖飞只能采取一前一后的方式拉陈如走。一路上全是刚才那样的黑石，层层叠叠。黑石吸收了光线，使得本就不太明亮的手电显得更加昏暗。此外，越往前走，空气流动的速度越快，走出大约两百步后已经能清晰听到远处的风声了，气流扫过参差的岩壁，就像有人在黑暗中呜咽。

陈如突然停下来，看样子是不愿往前走了。肖飞也不得不跟着停下，他举起手电往远处照照，仍旧不见尽头。

"你害怕了？"肖飞望着对方的眼睛。

出乎意料，陈如摇了摇头。

"那怎么不走了？"肖飞感到奇怪。

陈如深吸了一口气，欲言又止。

肖飞思考片刻，说："好吧，我们这就回去。"

他们正准备返回，远处忽然传来奇怪的声响，肖飞立即转身，只见一个青色影子从手电光亮与黑暗交接处快速飘过。

"谁？"肖飞大喝一声。这是他第二次看到那个奇怪的影子，上次是在主隧道一层的"声波分析室"，当时他以为自己产生了幻觉，这次却是真真切切看到了。肖飞冲着那影子离开的方向快速追了过去。

追了大约300来米，前方的影子突然消失不见了。与此同时，眼前的视野也陡然开阔，无论左右、前后还是上下，手电光线均照射不到尽头。唯一能看到的，是十几米开外的一道黑石砌造的拱桥，拱桥被黑色的雾气笼罩着，看起来亦真亦幻，有点像传说中通往阴曹地府的奈何桥。

肖飞小心翼翼走到桥边，在手电光照里，他发现拱桥两边各有一个雕花石墩，石墩也是黑色的，大约半米来高，顶端各站着一只巨大的由石头雕刻的黑鸟。当然，那不是乌鸦，而是一种似鹰非鹰、似雁非雁的东西，这东西他在升降机机井底部的石板上见到过，张培曾说那叫海东青，是女真人的图腾。

石墩上的纹样和大鸟都雕刻得十分精美细致，奇怪的是，两只鸟都没有脑袋。这令肖飞感到非常困惑，他拿手电仔细查看了一下，结果发现鸟的颈部有明显的断裂以及钝器敲砸的痕迹，敢情这鸟头竟是被人给硬生生弄掉的！

2. 诅咒

从痕迹的新旧程度来看，已经有些年头了。肖飞猜测，鬼子当年开凿隧道延伸段的时候偶然发现此处，见这座石桥颇有年代感，就想偷偷把石墩和大鸟弄走，但因材料用得太过坚实而没有成功，羞愤之余，干脆做了破坏性的处理。

拱桥两侧为漆黑如墨的山谷，底部传来巨大的水流轰鸣声，由于山谷实在太深，水流卷动空气形成的风浪直往上蹿。

令人费解的是，这座拱桥却没有建造护栏，甚至连几厘米高的挡件都没有。虽说桥面有一米来宽，但要从这毫无防护的"高危"拱桥上走过，还是有点瘆人。

以当下的地理环境，刚才被追的影子很难有藏身之处，唯一的可能就是过桥。肖飞简单思索之后，决定到拱桥对面看看，他深吸一口气，刚要抬脚，身后传来陈如的叫喊："不要！"

他转过头，见陈如已经从后面追了上来。

陈如跑到肖飞跟前，抓住他的胳膊使劲摇头叫道："不要，不要过去……"

"你想说什么？"肖飞明显感到陈如表现出来的激动与平时大不相同。

陈如脸色煞白，气喘吁吁地说："诅咒，有诅咒……"

肖飞目光一凛，刚要再问，陈如却眼睛一翻晕了过去。

这边，多多拿着手机同郭文豪、张培、袁富和阿四一起原地等待。由于没有开电筒功能（为了省电），光线暗得可怕。张培和袁富想要打开手机多获取一些安全感，但都被郭文豪制止了。

等了大约半个小时的样子，阿四的毒瘾犯了，涕泪交加，又是挠抓又是踢腾的。郭文豪、多多和张培三人都按不住他，袁富上前帮忙，反而被咬了手。袁富恼羞成怒，拿起夜视仪砸向阿四的脑袋，阿四立刻晕了过去。

张培赶紧探了探鼻息，发现没事才松了口气。

"你下手也太狠了吧？就不怕出人命？"张培瞪着袁富。

"谁让他咬我的？"袁富指了指自己受伤的手，"瞧见没，这块肉都差点儿被他咬下来了。"

"圣人云'君子动口不动手'。"多多阴阳怪气地说，"他咬你，你咬他一口不就结了嘛，与其一拳失德沦为小人，不如以牙还牙，好歹落个公平。"

袁富虽说文化程度不深，但也不是听不出好赖话的主，他眼一瞪，挥拳就朝多多身上砸："你他娘的拐弯抹角骂我是不是？"

"别吵了！"郭文豪大声喝止道，然后看了一眼昏迷中的阿四，深深叹了口气说，"事已至此，也只有这样才能让他暂时安静下来。"

"还是郭老弟讲话在理！"袁富从兜里掏出香烟，递一支过去，"来，抽一根提提神。"

郭文豪拨开他的手，问多多："几点了？"

多多看着手机，头也没抬地说："下午 4 点 20。"

"又一天快要过去了。"郭文豪长长打了个哈欠，靠着石壁坐下来，"昨晚大家都没睡好，趁这会儿坐下眯会儿吧。"

张培和袁富也跟着坐下来，只有多多站着没动。郭文豪也不劝他，从背包里取出矿泉水吞了几粒药，然后开始闭目养神。黑暗不仅能够使人平心静气，更是一种无形而廉价的催眠剂，没过几分钟，袁富的呼噜声便传了过来。

本来快要睡着了，这下却被吵得心烦意乱，郭文豪实在受不了，可他再次睁开眼睛的时候，却发现四周黑漆漆的。他喊了两声多多的名字，身旁没人回应。他以为多多睡死过去，手机也没电了，于是摸出手机打开，结果发现张培、袁富、阿四都在，唯独多多不见了。

郭文豪一个激灵站起来，把手拢在嘴边，分别朝隧道延伸段入口和裂缝的方向喊了两声"多多"，仍然没有回应。这说明，多多很可能已经不在附近了。

郭文豪的汗滴了下来：肖飞临走前特意嘱托他照看同伴，这才刚过去半个多小时，就丢了一个，肖飞回来该如何交差？

张培和袁富也醒了过来，见郭文豪一脸焦急，而多多不在，也大概猜到发生了什么事。

"袁先生，咱俩分个工。"郭文豪将袁富从地上拽起来，"你到肖老弟去的方向看看，我到隧道延伸段入口那边找找，无论是否找到多多，20分钟内都要返回到这里。"

袁富一脸的不情愿："不用了吧？依我看，那小子肯定找地儿方便去了。一个20多岁的成年人了，又不是3岁的小孩，还能丢了不成？放心吧，一会儿就回来了。再说，肖老弟走之前特别交代过，不让咱们乱跑……"

"让你去你就去，哪儿那么多废话！"郭文豪没好气地说。

袁富叉着腰，瞪大眼说："嘿，都是一条舟上的船工，你又不比我官儿大，凭什么让我听你的？"

郭文豪指着他的鼻子说："肖老弟把你们托付给我，我就是代理领队，当然有权力指挥你！"

"哟，原来因为这个啊。"袁富皮笑肉不笑地拨开他的手，"好好好，领队的官儿大，可人家肖飞在的时候，也没这么对我呼来喝去的呀。我劝你啊，别太把这个当回事儿，普天之下众生平等，要不是摊上这场倒霉的车祸，什么领队不领队权力不权力的，大家谁认识谁啊。"

3. 夜视仪里的女人

"你说这话我就不爱听了。"一旁的张培听不下去了，"常言说'十年修得同船渡'，即便没有这场灾难，能坐在同一辆车上也是缘分，更何况我们是两次同程了。咱们42个人就是一个集体，是集体就该互相关心互相帮助。碰上这场灾难，大家更应该齐心协力，患难与共，只有依靠集体的力量，个人生命安全才能得到有效的保障，要是都像你那么自私，咱们能走到现在吗？"

"行行行，你说得对。我读书少，不像你们，一套一套的净是大道理。看在所谓的缘分上，我就冒险走一遭，要是20分钟内回不来，就准备给我收尸吧。"说完，袁富白了郭文豪一眼，端着夜视仪走了。

郭文豪望着袁富的背影，无奈地叹口气，然后叮嘱张培看好阿四，无论如何也要等到他回来。张培点点头，郭文豪这才朝相反的方向走去。

袁富独自一人穿行在狭窄黑暗的缝隙里，边走边哼着不成调的歌，本来这么做是给自己壮胆，可声音在曲折繁杂的石腔里千回百转，混在风声里，形成一种让人不寒而栗的低吟，瘆得他浑身汗毛都竖了起来。

他哆哆嗦嗦地开启了手机的电筒功能，同时利用夜视仪探查更远的距离。9分钟的时间里，他走了大约700多步，这中间先是快走，后是慢跑，最终在惊恐之中变成了挪动，嘴里也由哼歌变成了咒骂多多。

他停下脚步的时候，10分钟刚好过去。原路返回差不多也需要这么长时间，来来回回正好20分钟。

任务即将完成，袁富松了口气，他既没有看到肖飞也没有见到多多，虽说胆战心惊了一路，但终究是虚惊一场。

"肖老弟！多多！你们在吗？"袁富朝前方的黑暗深处喊了两嗓子，算是给郭文豪也算是给自己一个交代。但除了自己的回音，没有人应答。

可以收工了。袁富调转方向往回走，刚走出两步就停了下来：他感到脚底踩到了什么，紧接着，一个软软凉凉的东西缠上了他右侧的小腿。袁富低头一瞧，竟是一条擀面杖粗细、黑红相间的大蛇，蛇头被自己踩在脚下，身体和尾巴把他的腿缠得死死的。

袁富惨叫了一声，他抬腿使劲甩了两下，没甩掉，不得不伸手去扯蛇的尾巴，把它一圈一圈扯下来后用力抛出去，没想到手机也跟着被扔出老远。手机在地上弹了两下，撞在岩壁上，屏幕顿时失去光亮。

虽说夜视仪在完全没有光线的情况下也能产生作用，但能见度却是有限的。袁富拿着夜视仪，注意力全在几米之外的那条还在扭动的蛇身上，根本没有留意脚下，结果被蛇头绊了一跤。

袁富肥硕的身躯向前扑倒，腾起一大片粉尘。他把吃进嘴里的砂石吐出来，摸索着找到夜视仪，使劲拍拍，漆黑的屏幕总算又出现了画面。

画面中出现了一双女人的脚，脚上穿着紫蓝色镶有金色吉祥纹的翻毛毡靴，他顺着靴子往上看，随风微微摆动的一件绣有白色底花的青色长裙。这长裙看起来有些眼熟，袁富忽然想起来，似乎是在升降机附近的岔道里看到过，虽然只是一眨眼的工夫，但他印象很深刻。

袁富出了一身冷汗，又使劲拍了几下夜视仪，眼前的景象并没有消失。他又狠狠掐了掐自己，强烈的痛感告诉他，眼下这一幕不是幻觉更不是梦境，而是真真切切正在发生的。袁富捧着夜视仪，死死屏住呼吸，仿佛一出气就会令对方觉察。有那么一刻，他甚至想关掉夜视仪，仿佛关掉之后面前的影像就会随之不见。但最终他还是没有关掉，他害怕在未知的情况下会发生更加恐怖的事件。

就在他实在憋不住，把一口浊气长长吐出来的时候，强烈的好奇心使他端着夜视仪慢慢调整方向，向上移动过去，只见青色长裙上面有一些造型颇具异域风格的金银饰品，饰品上方是顾长的脖颈，当他看到那张脸的时候，忽然大叫一声，丢掉夜视仪就往相反的方向跑，结果没跑几步就撞在石壁上晕了过去。

4. 见"鬼"

转眼又是半个多钟头过去了，不仅肖飞和陈如没有回来，就连去找多多的郭文豪和袁富也不见了踪影。

"郭老师！袁先生！肖大哥！"张培手握筒状朝隧道两侧大声叫道，直喊得嗓子沙哑也未得到任何回应。

千万别出什么事！张培心里害怕极了，她一边为肖飞他们祈祷平安，一边思考着自己该怎么办。一番激烈的思想斗争后，她把仍昏睡不醒的阿四背在身上，朝裂缝里面走去。

阿四的体格虽然算不上壮硕，但浑身的肌肉却很结实，体重少说也有 130 多斤。张培一个弱女子背负这么大的重量，再加上腿上有伤，其艰难程度可想而知。她摇摇晃晃走上几十米就要停下来歇一歇，就这么走走停停，就在她实在坚持不住想要放弃的时候，她看到了袁富。

在距她十几米外的地方，袁富背朝这边，以一种极其诡异的姿势伏在岩壁前，他的裤子湿漉漉、脏兮兮的，衬衣领子上增添了不少新的血迹。他的脑袋大幅度地向下垂落又向上扬起，像是在给谁磕头，又像在啃食什么东西。

张培深吸一口气，努力又往前挪了十几步，她把阿四放下，让他靠在岩壁上，喘息片刻后走到袁富跟前，伸出右手在他肩膀上拍了拍。

袁富"磕头"的动作戛然而止，他慢慢转过脑袋，死鱼一般的眼睛盯着张培，鲜血淋漓的脸上没有任何表情。他的嘴撑得鼓鼓的，里面全是沙石和泥土，在转头的过程中，嘴里的沙土还在哗啦啦往外掉落。

张培愣了几秒钟，发出一声尖叫，而袁富听到叫声，诡异一笑，慢慢把脸又扭了过去。

就在此刻，从黑暗深处跑过来两个人，其中一人把瘫倒在地的张培扶起来，另一人则帮忙捡起掉在旁边的手机。

通过手电光照的反射，张培看到来者正是肖飞和陈如。

"肖大哥！"张培扑上前，紧紧抱住肖飞，根本没有接陈如递上来的手机。

"不怕不怕，我回来了。"肖飞轻拍着她的脊背，"发生什么事了？怎么就你跟阿四两个，其他人呢？"

张培指向肖飞背后，那里有一处长约两米左右的凹陷，大致跟缝隙呈 45 度的夹角，对于夹角里面那个正在"磕头"的家伙，肖飞刚才过来的时候根本没有注意。

"袁富？"肖飞吃了一惊，他松开张培，拿着手电走上前去。

很快，袁富整个身体笼罩了手电光晕里。在肖飞诧异的目光和陈如惊骇的尖叫中，袁富一边嘟囔着，一边大把捧起地上的石渣泥块往嘴里塞。

"喂！你在干什么？"肖飞挥掌打向对方的手腕，袁富手里的脏东西随之撒了一地。

袁富毫不理睬，继续俯身在地上挖。

肖飞把手电塞给陈如，两手锁住袁富两臂，强迫他看着自己："袁先生！袁先生你醒醒！"

袁富伸长脖子张大嘴，怎么也够不到手上的泥渣，一怒之下，转头朝肖飞咬过来。肖飞一手锁住对方喉咙，另一只手猛地扇了他一个耳光，用力之大，使袁富整个头都偏了过去。

"呕——"袁富两手撑地，脊背一拱一拱的，嘴巴里吐出一团又一团裹着黏液的秽物，吐了足足 10 分钟，最后只剩下干呕。

吐完后，袁富似乎清醒了一些，眼神也渐渐恢复正常。

"袁先生，我是肖飞。"肖飞拍拍他的肩膀，"到底发生了什么事？"

袁富回头看看肖飞，又望望一旁惊魂未定的张培，当视线移到陈如身上的时候，他突然又大叫起来："鬼，鬼！"

肖飞一把将撅着屁股逃跑的袁富拽回来，指着身后道："你看清楚，这是陈如，哪来的鬼？"

袁富仍旧浑身哆嗦，嘴里不住念叨着："鬼呀，有鬼……"

鬼怪之说不可信，很明显是有人作怪。肖飞从张培手里拿过手电，先检查了袁富的伤势，发现他除了额头上一大块擦伤和手背上一小块咬伤外，并没有其他新的外伤，又查看了袁富身上的行头，发现值钱的东西如钱包、戒指、充电宝等都在，这说明作怪之人不为图财害命，那么 TA 的目的又是什么呢？

带着疑问，肖飞把手电移向刚才袁富跪拜的地方，希望能找到些蛛丝马迹。张培则拽过身旁的陈如，直截了当地问道："你究竟对他做了什么？"

陈如愣了一下，继而使劲摇着头。

肖飞转过身来，用拿电筒的手将陈如揽在怀里："她一直跟我在一起，听到叫声才跑过来，你怎么会怀疑她呢？"

张培毫不客气地打断他："你不要总是袒护她，这个女人我早就看她有问题了。你没看刚才袁富见到她的样子吗？"

"他现在神志不清，纯粹是胡说八道，你没看到他刚才吃土的样子吗？"肖飞反驳道，他又忽然想起什么，说，"哦对了，我跟陈如在探路的过程中又看到了那个青色的影子，会不会是 TA 作的怪？"

张培愣住了："什么青色的影子？"

"在主隧道的'声波分析室'我曾跟你说过，有个穿青色长袍的人，一眨眼就不见了。"见张培似乎想起来了，肖飞才接着往下说，"当时以为在黑暗中产生了幻觉，可半个钟头前 TA 再次出现，我追了很远，可惜最后还是让 TA 给逃了。"

正说着，耳边传来窸窸窣窣的响动，肖飞拿手电照去，是郭文豪。

"郭先生？"肖飞不解地问道，"你躲在那儿干什么？"

听出肖飞的声音后，郭文豪才将整个身子从石头后边移出来。

"真的是你，郭老师！"张培惊喜地迎上去，"你去哪儿了，咋这么久才回来？"

"我快走到延伸段那条岔路口的时候，忽然看到一个青色的影子，一开始以为是多多，就叫 TA，结果 TA 非但不理我，反而往岔道里边跑。我觉得奇怪，跟着 TA 的脚步追了二里多地，忽然那影子消失了。我越往前走越觉得不对，赶紧撤了回来。回到约定集合的地点，发现张培和阿四也不见了，紧接着裂缝里头传来了尖叫声。我听着像是张培的声音，赶紧朝这边找过来。到了之后听到有好几个人的说话声，但又不确定是不是自己人，所以先躲在石头后面看个究竟。"讲完事情经过，郭文豪又问肖飞，"你们呢？咋这么晚才回来？"

肖飞答道："我们也是遇到了个青色的影子，一路追到裂缝外面，结果陈如突然晕倒，我们在那儿休息了一会儿才回来。"

"那你有没有看到多多？"张培问。

"多多？"肖飞这才发现队伍里少了一人，"他不是跟你们在一起吗？"

"一开始是在一起，可后来……"郭文豪脸上有点挂不住，"后来他跟袁先生斗了几句嘴，我也呵斥了他两句，结果，我们就眯了一小会儿，睁开眼他就不见了。"

就在此刻，阿四醒了过来，恶狼一般从背后扑向袁富。袁富猝不及防，脖子被勒得死死的，脸憋得通红，两腿胡乱踢腾。

肖飞见状，上前拽住阿四的一只胳膊，把他远远拉到一旁。阿四返身欲再度扑上去，却被肖飞挡住了。

"你，欠我一笔！"阿四顾忌肖飞，只能遥遥指了指袁富。袁富哆嗦着，嘴里嘟囔着什么，似乎还未彻底从惊吓中缓过来。

"行了阿四先生，大家都是患难与共的同伴，别闹得跟仇人似的。"张培上前拉开阿四。阿四喘着粗气，后退几步，但依然用眼睛瞪着袁富。

张培又对肖飞说："我们还是去找多多吧，他已经失踪了近一个钟头，这里环境复杂，别出了什么事。"

肖飞还未开口，郭文豪就先提出了疑问："刚才听肖老弟的口气，他在这端好像也没见到多多，而我在隧道延伸段也没发现他的踪迹，只有这一条路，两头都不见人，让我们上哪儿去找？"

"这也没有那也没有，总不至于原地蒸发了吧？"张培有些不爽地顶了一句，这是她头一次对偶像"不恭"。

郭文豪张了张嘴，想说什么又咽了回去。

这时，一直低声嘟囔的袁富忽然口齿清晰嗓门洪亮地说："我知道他在哪儿！"

所有人朝袁富看过去，只见他鲜血淋漓的面颊半掩在手电阴影里，显出几分诡异迷离的色彩："他被恶鬼抓走了。"

阿四冷笑一声，其余人也都当做胡话听，纷纷摇头叹息，唯独肖飞煞有介事地追问道："什么样的恶鬼？它在哪儿？"

"它变成一个年轻姑娘的模样，就藏在我们的队伍里。"说着，袁富抬起一只手，连同阴恻恻的目光一同指向陈如，"她！她就是那个恶鬼！"

6. 甲虫

众人虽然对陈如的身份和行为抱有怀疑，但对鬼神之说大都不以为然。

肖飞继续问道："你口口声声说陈如抓走了多多，有什么确凿的证据吗？"

"有！"袁富斩钉截铁地说，此时此刻的他看上去已经完全恢复正常了，"我在夜视仪里亲眼见到她跟多多在一起，多多虽然睁着眼，但看起来眼神呆滞、神志不清，就跟丢了魂一样。而陈如穿着一身奇怪的衣服，她穿着蓝底金花的翻毛毡靴，青色长袍，头发盘成螺旋状，上面插着各类珠钗，脖子里还挂着亮光闪闪的饰物，就像几千年前哪个少数民族的公主或王后。"

肖飞摇摇头说："眼见为实，口说无凭，我还是无法相信你。"

见袁富着急，张培在一旁提醒道："夜视仪一般都有录像功能，你看看存储卡里有没有视频备份？"

袁富哭丧着脸说："我根本没打开自动录像功能，看到恶鬼和多多的时候光顾着跑，根本来不及录。再说，跑之前夜视仪掉在了地上，不知道还能不能用。"

肖飞拿手电四下查看，果然发现袁富那台夜视仪掉在前面不远处。他走过去把夜视仪捡起来，大致检查了一下，发现夜视仪屏幕摔出一道裂纹，但功能并未损坏，存储卡里也没有任何视频备份。

肖飞转身准备离开时，眼角的余光忽然瞥见石壁下有一样东西。他转头细看，竟是一部银色金属外壳的智能手机。

肖飞一眼便认出那是多多的东西，因为自出事以来他一直拿着两部手机，其中一部就是这种银色金属外壳的 iPhone 6 plus。肖飞按亮屏幕后，桌面果然是多多的自拍照。

手机的发现，直接证明袁富的话并非信口胡诌——至少多多走的的确是这个方向。可另一方面，肖飞也的确没见到多多从裂缝出去，这就奇怪了，走的这个方向却又未出去，难道在这缝隙里凭空消失了不成？

带着疑问，肖飞把手电照向头顶。这一看，他才意识到自己犯了一个错误：在最开始进入的时候，他发现裂隙呈上窄下宽的三角状，就以为里面跟外面一样，都是这样的结构。结果，事实证明他的判断是错误的，因为眼下近几十米的顶部都很宽敞，容纳一两个人并排攀爬是没有问题的。

莫非多多爬到了裂缝的顶部？肖飞举着手电仔细观察，发现顶端入口约七八米左右的深处又骤然缩窄，就在那黑糊糊的卡口，似乎有一双眼睛正阴森森地瞪着他。

里面有人？为了看得更清楚，肖飞脚踩着两侧石壁向上爬了一段距离。

在近距离强光下，那双眼睛忽然消失了，紧接着有碎石落下。肖飞担心发生坍塌，赶忙跳回原地。

他的脚尖刚碰到地面，就有一个半人多高的白色物体混着碎石坠了下来，"嗵"的一声，掀起一股白烟。幸亏肖飞闪得快，不然刚好砸在他身上。

白烟散去，地上剩下一堆碎石和半具人的骨架。

"吓死人了，还以为隧道又塌了呢。"郭文豪掩着胸口，大喘粗气，很显然，他对山体坍塌的恐惧要大于这具骷髅。

"这顶上怎么会有具骷髅？"张培的注意力完全集中在骨架身上，"看骨架的腐朽程度，至少有六七十年的时间，会不会是当年参与建造地下工事的日本鬼子？"

正说着，原本躺在地上的骨架忽然缓缓立了起来。众人惊惶后退，接着又有一个黑色圆形物体从上面落下，不偏不倚刚好扣在骷髅头上。大伙儿定睛一瞧，原来是只钢盔，张培的猜测基本算是坐实了，这残骨极有可能是个日本兵。

"你们看，骷髅在动！"袁富再次扯着嗓门嚷嚷道，"日本鬼子复活了！"

郭文豪也大声喊道："肖老弟，这骷髅有问题，快拿枪打它！"

他的话音刚落，枪声就响了，半具骨架应声倒地。肖飞收起三八大盖正要上前，陈如拽住了他。

肖飞猜想有异，于是再度观察起那具骷髅，发现不知何时起，骨架表面爬满了无数只奶白色、带有浅黑斑纹的硬壳虫子，每只有大拇指指甲盖大小，触角短粗，六条腿长而健壮，嘴里有两个尖利的口器，尾巴呈剪刀状左右叉开，背上覆有一对半透明的翅膀。

肖飞刚才所看到的那双"眼睛"，正是簇拥在骷髅眼窝里的虫子翻腾所造成的错觉。而骨架之所以能立起来，大概也跟潜藏在里面的虫子有关。比如，虫子受到刺激，集体朝一个方向飞行时，所产生的力就会使骨架的位置产生偏移。

"那是什么东西，尸虫吗？"张培脸上一副厌恶的表情。

郭文豪则饶有兴致地捻着下巴上的胡须说："看它们的体貌形态，有点儿像我在一本考古杂志上见到过的鬼婆锹，只是花色品种不同罢了。这东西主要以腐肉为食，有时也吃生存在地下的活体生物，通常以群居的形式寄宿在腐朽的骨头里。它们有极强的生命力，一顿饱食之后可以两三个月甚至半年不吃东西。

"它们看起来样貌凶恶，其实也有不少弱点，比如畏光、怕火等。遇到它们，你不必担心会受到攻击，想要赶走这些东西，只要在附近放把火或者冲它们吹口烟就可以了。"说着，郭文豪从背包取出晒干的稿纸本，撕下两张，又向袁富要来打火机，将稿纸点燃之后丢到骷髅上。

"不要！"陈如做了个阻拦的动作，但已经来不及了。

7. 陈如的自白

只听"轰"的一声，骨架上腾起一股淡绿色的"烟雾"，紧接着便听到郭文豪发出阵阵惨叫。同样离骸骨很近的肖飞也感到一股灼热扑面而来，他本能地用手在面前挡了一下，顿时感到手背上一阵灼痛，再看时已起了几个蚕豆大的燎泡。

"走！快走！"陈如把肖飞和郭文豪往裂缝出口的方向推出好几步远。张培、阿四和袁富见势不妙，也跟着一起跑过去。

淡绿色的"烟雾"在骸骨上方盘绕一圈，体积又增大了一倍，它像长了眼睛似的，朝留在原地的陈如猛扑过去。陈如咬破舌尖，含一口矿泉水对准"烟雾"使劲喷了出去，"烟雾"立刻消散。

大伙冲出裂缝之外，见"烟雾"没有追来，纷纷松了一口气。张培拿出手机，开启电筒功能查看郭文豪的伤势。郭文豪张着双手，手掌和脸上全是大大小小的燎泡，动一下就会发出痛苦的哀嚎。

阿四一屁股坐在地上，毒瘾还未彻底过去的他依旧哈欠眼泪不断。袁富满口石渣和泥块的味道，为缓和喉咙的苦涩和腹中的闷胀，他从背包里取出矿泉水大口大口往肚里灌。

肖飞则心急火燎地徘徊在裂缝出口，时不时朝里面张望一番。张培知道他在担心陈如，没好气地说了句："放心吧，她不会有事的。"

果然，话音刚落，陈如便安然无恙地走了出来。

肖飞赶忙迎上去，张培的酸话也随之脱口而出："我就说了，她不会有事的。"

"没事就好。"肖飞先往裂缝里又看了看，然后拍拍陈如的肩膀，关切地问道，"那绿色的烟雾到底什么东西？你是怎么脱身的？"

与往常的缄默无言不同，这次，陈如做了一番虽然简单但足够清晰的解释："那不是烟雾，而是成千上万只虫子汇聚成的磷火团，如果不及时脱身，就会被活活烧死。另外，那东西不怕火也不怕烟，恰恰相反，它怕水，尤其是混合着人血的凉水。"

张培上前几步，走到陈如跟前，说："哟，陈如小姐会说话呀，而且还讲得挺在点子上。肖大哥说你受了刺激，脑子不大好使，我还以为落下什么后遗症，现在看来没什么大碍嘛。既然这样，可不可以回答我几个问题？"

肖飞习惯性地替陈如挡枪："此地不是滞留之处，等到了安全的地方再说。"

"不急，那些虫子不是没有追来吗？也许在我们狼狈逃离的时候，陈如小姐已经把它们料理妥当了。"张培这次却不依不饶,"我这个人心里存不住事,有问题弄不明白就不舒坦,想必大家跟我存有相同的困扰和疑惑,对吧?"

郭文豪还在痛苦地呻吟,袁富丢掉空瓶打了个嗝,唯独阿四涕泪横流,吐了两个字:"没错。"

肖飞看了陈如一眼,还想替她申辩,不料她主动迎上张培的话锋:"你想知道什么,请问吧。"

"好。"张培朝右侧移开两步,换个角度打量对方,"在服务区下车之后,你去了哪里?怎么后来又到了这条隧道?"

陈如的目光依然看向前方,落在昏暗缥缈的"奈何桥"上:"在服务区上洗手间的时候,我接到了一位高中密友的电话,她说她通过我刚刚发的朋友圈知道了我的位置,而她所在的城市离那个服务区只有十几公里。我们自从高中毕业后就没见过面,彼此都十分想念,正好这次去枰州也没什么特别要紧的事,索性推迟一日行程,临时决定找她叙叙旧。

"当时雨下得很大,我没有带伞,也没有大巴司机的电话,通过服务区里的灯光,我发现大巴车的停靠位置也发生了变化,我实在不想冒雨到车上通知司机我要临时改变行程,于是在网上约了滴滴打车。车很快就到了,我匆匆忙忙上车,连司机的脸都没看清楚,只知道她是个女的。

"从上车起,我们都没有说话。可能是雨大路滑的原因,她把车开得很慢很慢,摇摇晃晃中我睡着了。等我醒来的时候,发现自己孤身一人在这条完全陌生的隧道,汽车不见了,司机也不见了。幸好身上的行李和手机还在,我赶快拿出手机回拨那位朋友和滴滴司机的电话,但恐怖的是,手机上根本没有她们的通话记录!"

难得陈如一口气讲出这么长一段话,而且逻辑严密,过程清晰,张培不禁插话道:"会不会是那个女司机搞的鬼?她把你拉到这条有头无尾、不见天日的隧道,然后又删除了你的来电记录?"

陈如回答道:"我也这样想过,可她为什么要这么做呢?我跟她无怨无仇,她这么做对她有什么好处?如果只是一场恶作剧,她完全可以拿走我的手机,或者把手机里的通讯录、微信、QQ 等全部删掉,又何必单单删掉那些通话记录?如果是谋财害命,为什么我没有遭到任何侵犯和经济损失?"

这的确令人费解。就在张培看了一眼肖飞,继续思考的时候,陈如自己说出了答案:"我手足无措、心乱如麻,正惶惶不安的时候,隧道里出现了一个人影,看到这个人我才明白,她才是这一切的始作俑者。"

第十天

1. 千年幽魂

"隧道里果真还有其他人？"肖飞与张培对视一眼，异口同声问道，"是谁？"

"大家应该都遇到过她。"见肖飞和张培一脸茫然，陈如进一步解释道，"一个身穿青色长袍的奇怪女人。"

肖飞目光一凝，张培继续问道："你是在哪儿看到她的？"

陈如的回答仍旧出乎意料："我在七里河上车的时候，她就已经在车上了，当时，她坐在最后一排靠窗的位置。之所以会注意到她，主要是我每次旅行都喜欢坐在车厢后面，因此第一眼就盯上了那个位置。另外一个原因，就是她的穿着实在特别，虽然现在也有女孩子出门穿汉服，但她那种跟常见的汉服又不太一样，有点异族番邦的感觉。另外，她的整体形象和气质也跟现代人格格不入，就像从一千多年前穿越过来的一样。"

"这不可能！"张培断然否定道，"车上 42 个人，我不敢说对每个人的穿着样貌都了然于胸，但都有一定印象，根本没有穿什么青色长袍的女人。郭老师有注意到吗？"

郭文豪的剧痛减轻一半，但仍龇着牙说："在隧道延伸段，我也曾看到那个青色的影子，但在车上好像没见过。可能坐在前边，没太注意后面的情况吧。阿四先生呢，你对女人的气息那么敏感。"

阿四吸溜着鼻子，坏笑道："我还真没嗅到什么异族女人的味道，肖老弟眼力过人，不知有没有什么发现？"

肖飞没有正面回答对方，而是问一旁的陈如："你说的那个女人，她长什么样子？"

听了这话，陈如猛地打了个冷战，她抱着胳膊，声音听起来有些发抖："她、她长得……跟我十分相像。"

肖飞转头看了袁富一眼，他终于明白为什么之前他对着陈如大喊有鬼了。

"我们都看不到，就你能看到……身穿青色长袍，长得跟你十分相像。"张培嘴里兀自念叨着，突然她打了个哆嗦，"你的意思是，她……不是一个普通的女人？"

出乎意料，陈如再次点点头："没错，她不是人，而是一个千年幽魂，她也不是在隧道里才出现的，而是从一开始她就搭乘上了我们的车……"

"千年幽魂？这也太扯了吧？"郭文豪顾不上手脸的疼痛，他转过身子，走近两步，用近乎呵斥的语气冲着陈如叫道，"看你也是受过高等教育的，怎么能拿鬼魂这么低级幼稚的理由来搪塞大家？"

肖飞用手势制止了郭文豪，同时鼓励陈如："继续说。"

陈如深吸一口气，紧张和恐惧感稍稍缓释，她望着肖飞，似乎能从对方眼中获得能量："我从小有仙眼，可以看到普通人看不到的东西。而且，每次看到那些，都会有不好的事情发生，这也是我中途下车的一个重要原因。可惜，我虽然躲过了隧道坍塌的灾难，但最终还是没能摆脱她的纠缠，现在想来，那个滴滴女司机一定是她幻化出来的，是她把我引入了这条隧道。我们遇到的事故、病毒、怪物什么的，看上去是天灾人祸，其实一切都是她的诅咒。"

"诅咒？"肖飞咀嚼着这个阴邪的辞藻。张培则顺着刚才踱过的半圈又踱了回来，问道："就算你说的千年幽魂是存在的，那她为什么非要纠缠我们？我们跟她有仇吗？"

陈如摇了摇头："我也不知道。"

"我知道。"一直没吭声的袁富突然插话道，"佛家认为天下万事皆有因果。而因果报应主要有三种，分别是现世报、来世报和隔世报。现在遭到的报应不一定是当世造下的罪业，说不定是你上辈子欠下的恶债……"

"一派胡言！"郭文豪用力过大，扯动面部肌肉，一阵龇牙咧嘴之后，才说出后半截话，"佛家还讲究业报对等、善恶明晰呢！如果是一个人犯错，为什么要牵累这么多无辜的人？如果是集体罪业，为什么还会有我们这些幸存者？倘若真有因果报应，你们这些奸商恶贾早不知下多少次地狱了！"

"你说谁是奸商？"袁富龇着大金牙，举起戴着金戒指的左手，看样子是要揍人。

"住手！"肖飞厉声喝止，然后示意陈如继续讲下去。

"其实袁先生说得没错，凡事有因必有果，有果必有因。那个幽魂缠上我们，也许是我们真的做错了什么事情。"停了片刻，陈如接着说，"一场灾难没有杀死所有的人，并不意味着我们可以置身事外，你们也看到了，她仍然在我们身边不时地出现。大概是因为我们几个人罪过相对比较轻，她想让我们这些幸存者及时反省自己的过失，这样或许还有存活的机会。"

"3、4、5、6、7、9！"张培立刻想到了大巴车前台上的烟盒，"你的意思是，烟盒上的数字其实是那个千年幽魂借王师傅之手留给我们的警示？"

2. 香薰

陈如不知道烟盒的事，听过之后一脸茫然。

"鬼知道我们这些人犯的什么错！"郭文豪依旧忍痛反驳，"不要牵强附会，自己吓自己，只有愚蠢的人才总为自己的无知找借口！"

"你聪明你倒是给出个答案呀！那个身穿青袍的女人你不也看到了吗？怕只怕我们几个死得没那么痛快，她会变着法子慢慢折磨我们。"袁富怼完郭文豪，又转向肖飞，"现在想来，给王师傅打电话的肯定是那个千年幽魂，那个 T-SA2N9，其实是一种诅咒代码，就像道教的一种符一样。要不，王师傅为什么莫名其妙把车开到这条隧道呢？而且一进来隧道就塌方了！"

肖飞思考了一会儿，继续问陈如："这些事情你为什么不早说，直到现在才讲？"

陈如的目光左右顾盼，好像在担心有东西暗中窥探："因为她时刻游荡在周围，我怕把真相讲出来，情势会对我们更加不利。"

"哼。"郭文豪冷笑道，"我们身陷绝境，一个个都成这样子了，还怕她对我们不利？她还能怎么不利？"

张培四下查看："既然你能够看到她，那么这会儿，她还在我们身边吗？"

陈如的视线四下游移片刻，摇了摇头，但随后她又强调说："她即便不现身，也能知道我们的一举一动。"

张培正视着她的眼睛："既然是这样，你把真相讲出来，就不怕她为难你吗？"

"怕。"陈如老老实实回答，"但更怕肖大哥因为我遭到你们误解。"

"多谢你为肖大哥着想。"张培瞄了肖飞一眼，继续问陈如，"一个人待在这荒无人烟、阴气森森的隧道，又随时能够看见那些不干净的东西，内心的恐惧可想而知。照理说，看到有同伴来高兴还来不及，可为什么见了我们你却要远远躲开？"

陈如不紧不慢地回道："我不知道会有人到这儿来，还以为是隧道里的坏人。"

"是吗？"张培迈开步子，朝陈如左侧踱去，"还有一个问题要问你，在'声波分析室'门口遇到的那只怪物，以及隧道出口的那群大老鼠，包括刚才在裂缝里遇到的那些灰白色的虫子，你是用了什么办法把它们赶跑的？"

郭文豪也附和道："对啊，说出来让我们也长长见识，再遇到什么麻烦，也好随学随用、化险为夷。"

"其实也没什么，不过是个香囊而已。"说着，陈如掀开外衣，从腰间取下一只红色的香囊摊在手心，"这里面装着的是我们祖传的特制香料，包含鹤虱、芜荑、贯众、琥珀、雄黄、百部、薄荷、天竺葵等十几种原料，随身携带，可以蚊虫不近，百兽不侵。"

张培狐疑着凑过去嗅了一下，皱眉嘀咕道："好像也没什么特别之处。"

肖飞则直接拿过香囊放在鼻前闻了闻："气味很淡，有一股类似于艾草的味道。"

陈如解释说："动物的嗅觉比人类要敏锐得多，而且它们的感官也跟人类有着很大的差异，就像薄荷和天竺葵，人闻起来有股淡淡的清香，对蚊虫来说，这种味道却是极其厌恶的。所以，制作香薰的原料都要经过精挑细选和特别的加工，避免因为气息过于强烈而令人感到不适。"

肖飞把香囊还给陈如，同时问张培："还有其他问题吗？"

"暂时没了。"张培从陈如身旁走开，"这些听起来合情合理，天衣无缝，但灵异之说实在是……"

"可还有更好的答案吗？"相比张培的半信半疑，袁富则完全接受这个说法，"这世界上的很多现象原本就是难以用科学理论解释的，是吧肖老弟？我觉得，当下最要紧的是怎么从这鬼地方离开。既然陈如小姐有通灵的本事，就请她跟那千年幽魂说一下，让她给指个明道儿，假如真的犯了什么不经意的过错惹了人家，咱们也好将功折罪。"

"我只说自己有仙眼，能看到普通人看不到的东西，没说有通灵的本事。"陈如纠正道，"关于因果报应，我也只是猜测而已。如果真的因为我们做了什么对不起人家的事，也没有谁能去通融的，只能靠自己去找原因，自己救自己。"

袁富哀叹道："那完了，这辈子我都甭想得到救赎了！"

"那你就一辈子待在这里吧！"郭文豪不屑地瞪了袁富一眼，走到肖飞跟前说，"肖老弟，有关陈如小姐身上的疑问，无论答案如何，我们认不认同，基本上是讲明白了，没有必要就这个问题再纠结下去。当务之急，是赶紧找到多多，这地方环境恶劣，别出了什么事。"

肖飞点点头，将视线转向袁富："记得袁先生说，曾看到多多跟青衣女子在一起。"

"是啊。"提到青衣女子，袁富仍然心有余悸，"都过去这么久了，说不定那娃子已经被恶鬼给吃了。"

"能不能不胡扯！你这张嘴……"郭文豪因牵动面部而吃痛，下面的话未讲下去。

张培环顾四周，说："这么大的空间，上哪儿去找呢？"

见肖飞再次把目光投向不远处的"奈何桥"，陈如慌忙阻止道："不能到那边去！那里是诅咒之源，去了我们会遭殃的！之前多次遇险都能全身而退，是因为那只是她的警告，倘若过了桥，只怕厄运真的要降临了！"

3. 救赎

郭文豪摊手冷笑道："我都这个样子了，还怕什么厄运、诅咒？我偏要看看，暗中算计我们的究竟是只什么样的恶鬼！"

"没错，是福不是祸，是祸躲不过。"张培立即表态，"我支持郭老师的意见。"

"我觉得吧，还是先找出路要紧，等咱们获救了再找多多也不迟。"袁富转着眼珠，"这外头空间这么大，谁知道他们朝哪个方向去了，万一走错路，中了机关陷阱啥的，白白搭进几条性命就更得不偿失了，对吧肖老弟？"

袁富这番话理所当然遭到了张培的呵斥："都什么时候了，你能不能别这么自私啊？"

肖飞用手势制止了张培，但也并未赞同袁富的意见，而是说："一个多小时前，我是追着那道青色的影子出了缝隙的，按袁先生所说，多多被挟持的地点仍在裂缝里，如果真是这样，裂隙与外面的某个位置必然存在连通的机关。那个青衣女子逃出缝隙后，趁我们不备，通过机关又折回去，恰巧遇到多多并挟持了他，然后又通过机关逃往缝隙外的某个地方。

"利用机关寻找多多固然是条捷径，但眼下的山体不同于当初那道石墙，这里面积太大，地形太复杂，我们漫无目的地在这儿寻找机关只能是耽误时间。而青衣女子挟持多多势必走不了太远，只要我们方向正确、行动迅速就完全有机会赶上他们。另外，我已经看过，附近除了这一座桥没有别的道，换句话说，这座桥是我们逃生和寻找多多的必经之路，无论如何都要先到桥对面去。"

　　阿四附和道："那就过桥。"

　　"可是……"陈如望着肖飞，目光里带着深深的担忧。

　　肖飞拉起陈如的手，放在手里轻轻拍了拍，安慰道："别害怕，有我在。"

　　就在肖飞等人发现了多多的手机，并进一步从裂隙上方寻找他的时候（也就是半个多钟头之前），多多从混沌中醒了过来。

　　他睁开眼睛，上方十几米处是一个高大的、覆钵形的穹顶，穹顶上画着彩色的类似于某种图腾的纹样，只是由于年代过于久远，颜料大面积脱落，斑斑驳驳显出一派肃杀之气。沿穹顶向下是黑石砌成的菱锥形台基，台基表面呈不规则状，嵌有上百个方形凹槽，每个凹槽约升斗大小，内置一盏黑色的古油灯，萤火点点，蓝光幽幽，营造出一种魑魅迷离的色彩。

　　多多小心翼翼坐起来，发现身下是一条绣有吉祥图案的绒质毡毯，跟上方的台基和穹顶一样，毡毯也十分古旧，大部分已看不出原来的颜色。毡毯边缘放着一只半米多高、黄绿釉带座烛台，烛台上没有放蜡烛，倒是盘了一条黑底金花的小蛇，小蛇缓慢地蠕动着，不时吐出火红的芯子。

　　多多在疑惑和惊惶之中，听到身后传来一个空灵缥缈的女声："你醒了？"

　　他循声望去，见五六米远的位置放了张古色古香的梳妆台，梳妆台前坐着一位身穿青色长袍的女子，她的后裙摆呈扇状远远铺开，最远直抵毡毯边缘，从多多的角度看去，就像一只拖着长长尾巴的青孔雀。

　　"你、你你你你是人是鬼？"多多一手撑地，一手摸索着想要抓取什么可以自卫的东西，最后抓住了不远处的烛台。

　　烛台上的小蛇一惊，直接蹿上多多的手背，然后沿着胳膊爬到他的脖子上。多多怪叫一声，丢掉烛台，抓住仍在往衣服里钻的小蛇狠命朝地上一甩，结果用力过大，眼镜也跟着被甩飞了。

　　就在多多爬在地上寻找眼镜的时候，缥缈的女声又响了起来："我是这里的主人，已经在此地住了七百多年了。"

多多摸到眼镜，匆匆忙忙戴上，再抬头看时，只见那女子正面对古镜慢条斯理地梳着乌黑顺直的长发。他半猫着腰，一动也不敢动，因为从这个角度看过去，只能看到女子两侧的耳朵和鬓角，他害怕稍一挪位置，镜子里就会出现电影《画皮》中女鬼狰狞可怖的面孔。

"我又没做得罪你的事，你把我弄到这儿干什么？"多多战战兢兢从脖子里拉出一枚红线穿着的玉观音，"这菩萨可是大师开过光的，你要是敢乱来，小心五雷轰顶，魂飞魄散，永世不得超生……"

女子不等他说完便哈哈大笑起来，尖锐的笑声带着回音，听起来格外瘮人。多多咽了口唾沫，镜子反射的幽光穿透他厚厚的玻璃镜片，可以看出他眼睛里的恐惧此刻已到了极限。

"你是个读过书的人，应该知道'若想人不知，除非己莫为'这句话。"女子幽幽地说，"实话告诉你，你们全车人都是有罪的，那些死去的人全都罪有应得。他们的下场你也都看到了，所谓天网恢恢，疏而不漏，暂时未取你们的性命并不意味着你们没有过错，或者可以侥幸逃脱惩罚，而是要让你们在痛苦和绝望的双重折磨中还清所背负的孽债。"

恐惧到了极点，神经也就麻木了，抱着大不了一死的绝望心态，多多伸长脖子问道："我是怎么得罪你的，给个痛快话，让我死个明白。"

"只不过三年，那么快就忘了？自己好好想想吧！"就在多多绞尽脑汁拼命回想的时候，女子突然将话锋一转，说："不过，看在你的罪过相对较轻的分上，我决定给你一次自我救赎的机会。"

"救赎？"多多狐疑地看着对方，"怎、怎么救赎？"

4. 剧毒蛊王

"很简单。"女子轻描淡写地说，"帮我做件事情，做好了，我就免除你的罪债。"

有交易，就有回旋余地。多多的恐惧消除大半，但仍半猫着腰问："我凭什么相信你？"

女子梳完头发，将头发一缕一缕向上盘起，说："我说过我是这里的主人，我能制造死亡与灾难，自然也能消除厄运和诅咒。"

说完，只见她右手手指轻轻一弹，凹槽里的上百盏油灯同时亮起来，淡蓝色的幽光顿时变成橘黄色的火焰，整个空间被照得亮如白昼。

多多环顾四周，脸上再度现出惶恐之色："你、你想让我做什么？"

"替我杀一个人。"这次，女子并未拐弯抹角。

"杀人？"多多的眼睛瞪大了，怔了好几秒钟才问道，"既然你有掌控生死的本事，为什么还让我替你杀人？"

女子继续盘着头说："我刚才说了，这是在给你机会，需要你亲自赎清自己的罪过。"

多多低声嗫嚅道："如果，我……我不答应呢？"

女子盘完头，将放在梳妆台边的珠钗一根一根插上："那就只能接受命运的制裁了。"说完，手指又一弹，凹槽里的油灯随之恢复原状。

多多跟着打了个寒战，不多时，一旁传来沙沙的响动。他循声看去，见一大团灰影从毡毯的左、右、后三面缓缓围拢过来（正前面是青衣女子的长袍）。多多扶着眼镜仔细观察，发现那团灰影竟是无数奶白色、带有浅黑斑纹的硬壳虫子，每只虫子约大拇指指甲盖大小，触角短粗，六腿健壮，带着两根尖利的口器，它们从那条小蛇身上经过时，只见小蛇扭曲翻滚，几秒钟的工夫便成为一具枯骨。

"我答应，我答应！"多多双腿一软，跪在地上，"你让我杀谁我杀谁，我答应你就是了！"

"还记得烟盒上那6个数字吗？"女子并没有急着驱退那些仍在行进的虫子，"你就杀那7个人中唯一没有数字编号的。"

"3、4、5、6、7、9。"多多脑海里本能地闪过这6个数字，紧接着，他瞬间便找到了答案，"你是说……张培？"

女子默认了。

多多的心开始抽痛。如果非要通过谋杀别人来换取自己的性命，那么对他而言，幸存的7个人中除了张培，任凭是谁他都能做到，包括智勇双全的领队肖飞，可为什么偏偏就是她？

这太残酷了，与其亲手杀害喜欢的人，用她的性命换取自己苟活，还不如自己直接受死！多多绝望地闭上了眼睛。

沙沙的声音由远及近，他似乎感到自己的衣服正被那些可怕的虫子撕碎，无数尖刀般锋利的牙齿即将刺穿他的皮肤，啃噬他的血肉，也许过不了多长时间，他就会像那条小蛇一样化成一具枯骨，连一点渣都不留！

"不行！"心底一个声音突然说道，"面对喜欢的人，你甚至都还没来得及表白过，难道就这么悄无声息地死了吗？这样的付出又有谁会知道呢？你的命就这么卑贱吗？"多多猛地睁开眼睛，彻底向恐惧屈服了："我答应你，我愿意去杀她！"

"很好，这才是聪明人的选择。"说着，女子向后拂了拂右边的袖子。与此同时，多多嗅到一股十分特别的味道，转头看时，那些虫子正潮水般向周围退去。多多一屁股瘫坐在地上，拿衣袖擦拭着额头的汗。

"你过来。"女子面对着梳妆台说。

多多愣了一下，这才反应过来是在叫自己。他战战兢兢站起身，小心翼翼走到女子身边，为了避免看到过于惊悚的面孔，他的眼皮始终没敢往上抬。

女子左手托着一只圆饼状、直径五厘米左右的金属盒子说："将这个拿去，找机会把里面的东西放到她身上，你的任务就算完成了。"

多多怀着一肚子疑问，抠开盒子看了一眼，只见里头伏着一只约两厘米长、红头黑身、覆有硬甲，尾部带红色尖钩的虫子。

"你是让我放这只虫子咬死她？"多多抬了抬眼，他刚从镜子里看到对方的下巴，女子便站了起来。

女子听出了多多言辞间的怀疑和不屑，她冷哼一声，慢慢转过身来，说："别小看这只虫子，它是我花了数年时间培养出的剧毒蛊王，被它蜇上一下，不出三日，就会全身溃烂而死，除了我，其他人根本没有解药。"

多多赶忙扣上盒子问："为什么要选择张培？可不可以……换一个人？"

女子断然拒绝："你没有跟我讨价还价的资格。"

多多一哆嗦，眼皮又垂了下去。

停了片刻，女子还是给出了答案："要你杀她，是因为她犯了极大的过错，这个过错实在不可原谅，所以她必须承受比别人更大的痛苦，付出更重的代价！"

大概出于愤怒，女子的声音听起来尖利刺耳，油灯的火苗也随之飘忽不定，多多面如纸色、抖若筛糠，半晌不敢吭声。

"好了，任务交代过，原因也讲清楚了，现在我送你离开这儿。"说完，女子用左侧袖子在多多的鼻子前拂了一下，多多前后晃了晃，眼神随即变得呆滞起来。

"跟我走。"女子轻声令道。多多如同被一条无形的绳索牵着一般，亦步亦趋跟着女子朝外面走去。

5. 迦楼罗

此时此刻，肖飞等人刚刚以2—3—1的队形抵达"奈何桥"前。

2—3—1，即肖飞和陈如持手电走在最前，中间是张培、袁富和阿四，袁富虽依然拿着夜视仪，但心里已经有了阴影，所以夜视仪的电源根本就没开，有那么一瞬间，他想拿手机照明，一摸口袋才想起手机在裂缝里摔坏了。为防绊住石头摔跤，他只好一手紧拽着肖飞的衣襟，小心跟在后面。

郭文豪照例走在最末。不过，他选择这个位置不再像往常一样为了"断后"，更多是为了谋求自保，因为自己的冒失，他在裂缝中吃足了那些虫子的苦头，以至于现在看到手电光线都感觉伤口无比地灼痛。

出发前，张培忽然想到之前郭文豪送了她一板抗感染的药，于是拉开背包，找到那板药物递还给他。郭文豪服下后，又从背包里翻出一小瓶止痛片。所以，他此刻的情况要比几分钟前略略好一些。

"你看这个。"肖飞用手电指着拱桥一侧的石墩问张培，"这雕花的风格和工艺是不是有些眼熟？"

张培凑过去仔细看了看，说："嗯，和升降机井下的那块墓门砖比较相像，应该都属于晚金时期的东西。只是，这石鸟的脑袋怎么没有了呢？"

"从断茬的痕迹来看，顶多不过几十年时间，很有可能是被鬼子破坏的。"肖飞拿手电扫了一下四周的空间，视线最终落在拱桥尽头，"结合眼下的地理环境和建筑规格，你说，前面会是什么？"

"既像是一座陵墓的墓道，又像是一座神庙的前哨。"张培也弄不清楚，"单单从眼下这点来看，还很难说。"

"肯定是一座陵墓啊！看这桥梁、鸟尊啥的，是不是特像盗墓小说里所说的墓道？"袁富突然兴奋起来，"要是能找到些金银古玉、珠宝瓷器的话，我们可就发了！"

"别做美梦了！"郭文豪在后面大泼凉水，"就算有座金山银山在里头，也是先便宜那些鬼子了，哪能轮得上咱们。再说了，以我们眼下的处境，就算遇到了也是有命看没命花。"

"郭先生说得对。"阿四附和道，"管它陵墓还是神庙，先找到出口才是最要紧的。"

肖飞点点头，转身对陈如以及身后的其他人说："要过桥了，桥面窄而且十分湿滑，又没有护栏，大家都排成一排，后面的人拽紧前面人的衣服，打开手机小心慢行，别踩了别人的脚后跟。"

大家很快行动起来，陈如最后一刻才挪到肖飞身后，她不像其他人那样一手拽着前面人的后襟，一手开着手电照明，而是双手轻揽着肖飞的腰。张培不爽地干咳了两声，但陈如非但没松开反而揽得更紧了些。

因为没有手机，袁富只好开启了夜视仪。他是第三个踏上拱桥的，双脚踩上石板的一刹那，似乎有细微的崩裂声传来，这声音令他胆战心惊。

众人一步一步往前走，越往拱桥中央风就越大，深渊里的水雾弥漫上来，模糊了夜视仪的屏幕，脚下的道路更加浑浊不清。袁富两腿发软，脑袋发蒙，几次想要退回去，都被身后的阿四给堵住了。

200多米的拱桥走了近15分钟，可谓步步惊心。幸好有惊无险，大家都安全抵达对面。前方是一座挺拔陡峭的山体，山脚边矗着一根巨大的石柱，石柱旁有道不宽的石阶，石阶起起伏伏，沿着山体的自然结构盘旋而上，消失在几十米外的黑暗里。

肖飞在距离石柱大约20米远的地方停下，他拿手电向上照去，见石柱约十五六米高，直径2.5米左右，上面三分之一是尊雕塑，下端三分之二为基台。雕塑是个鸟头人身的怪异形象，看身体特征是个女人，盘腿而坐，两手交叠搭在腹前。

相比雕塑的简练大气，下端的台基上则雕刻着细小繁琐的图案，很像是交织簇拥的花纹，又像是翻腾涟卷的云朵。走近了才发现，那既不是花纹也不是云朵，而是千万只展翅飞翔的海东青，它们角度不同、姿态各异，看上去活灵活现、栩栩如生。

石柱上没有文字，但一身漆黑的材质加上颇具异域风情的雕画，不难看出它跟之前的石板、拱桥一样，都是晚金时期的东西。

袁富指着基座上方的雕塑问："那上面是个什么啊，人不人鸟不鸟的，难不成这陵墓里埋了只鸟头人身的妖精？"

"你是被多多附体了吧？不懂就不要瞎说！"郭文豪凑上前来，仔细看了看雕塑，"有两种可能：一、它来源于印度佛教，是天龙八部之一'迦楼罗'，当然，它被金人做了符合本民族特点的异化处理；二、它来源于古代中国，是二十八星宿之一的'危'，同样，它也经过民族化的演绎和变通。

"一般来说，作为神道怪物，迦楼罗出现在神庙里的概率比较大；而作为星象之一，危则常常出现在王公贵族的陵墓里。无论是迦楼罗还是危，它们都有个共同的特点，那就是鸟头人身。此外，它们多以组合形式出现，为什么眼下只有这一个单体，究竟这是迦楼罗还是危，那就不得而知了。"

郭文豪在解释的时候，阿四虽然竖着耳朵听，但注意力并不在那些复杂深奥的内容里，而是在手电光照边缘的某个地方，他似乎感受到那里有不为常人所知的异动。终于，他发现了它——一只仰靠在石头边，面目狰狞，正对他们虎视眈眈的红尾山魈！

6. 牌坊

顺着阿四的目光，张培也看到了，她当即发出一声惊叫。

肖飞的手电光柱立刻朝叫声的对面照过去，几乎同一时刻，步枪的准星也锁定了那只凶残的野兽。

红尾山魈没有像预料中那样一跃而起，它一动未动，张着浸满鲜血的嘴大喘粗气。肖飞的手电从红尾山魈的面部缓缓往下移动，只见它遍体鳞伤，身下的石头上有一大片利爪挠抓的痕迹。

"这是被你打伤的那只吧？"阿四忽然想起起初在隧道时，肖飞在大巴车外同红尾山魈的那场搏斗，"它居然还能跑这么远，命可真够硬的。"

郭文豪眯着眼睛仔细打量了一番，说："看样子，它已经不行了，不会对我们造成威胁。"

袁富捡起一块石头朝红尾山魈用力砸过去，正中其下巴，山魈果然没太大反应。于是，袁富仗着肖飞依然挺立的枪口走上前，用尽力气朝奄奄一息的红尾山魈踹了过去，山魈身子一歪，惨叫着滚入后方的深谷。

"嘿，有仇报仇的感觉真他娘痛快！"袁富朝深谷看了一眼，拍了拍手走回来，结果发现肖飞的枪口不但没放下，而且似乎正在瞄准自己。

那一刻袁富几乎吓尿了，以为肖飞要对自己开火，或是背后又出现了什么危险的东西，他并不知道肖飞此刻再度产生了幻觉。

肖飞看到之前那个黑色人影举着手机从石阶上方跑来，由于太过慌张，他脚底踩空，从阶梯中央一直滑到最底下。爬起来后，他起先躲在石柱后面，可能觉得不太安全，又跑到另一侧的山谷边，关掉手机，小心翼翼扒着崖壁边将身子潜下去。

不一会儿，石阶上又传来脚步声，灰色人影出现了。火把的亮光将他的面孔照得异常清晰，看得出，他比任何时候都要愤怒和焦急，眼睛红红的，似乎强忍着巨大的悲伤。几十级的阶梯他两步就跃了下来，火把在空中划出一道橘色的弧线。

与肖飞匆匆擦肩而过后，灰色人影站在石柱下朝拱桥对面张望片刻，然后转过身来。随即，他看到离最后一级台阶不远的地方有一只黑色的男式运动鞋。他蹲下身看着那只鞋子，继而有些疑惑地走到山谷边。突然从崖边伸出一只手，猛地拽住他的脚脖向外一甩，他惊呼一声，连同火把一起翻下漆黑的深谷。

很快，黑影从崖边爬了上来，得意地朝深谷里望了一眼，用手机照明找到并穿上那只运动鞋，血肉模糊的脸上露出一丝奸邪的笑。离开的时候，他整理了一下被扯烂的衣物，吐出一口带血的口水，然后迎着肖飞的枪管，从他的身体里穿了过去。

肖飞的身子剧烈晃了一下，随即清醒过来。见肖飞把枪收了，袁富这才松了口气："哎呀！肖老弟，你可吓死我了，还以为你要毙了我呢！"

肖飞没说话，默默走到深谷边，用手电往里面照去，下方是一个5米来高的断崖，断崖下是一道长约二三十米的砂质斜坡，坡上分布着零散的黑石，中间横躺着那只红尾山魈的尸体。

"肖大哥！"陈如和张培一起快步上前，似乎担心肖飞会从断崖边跳下去。

肖飞转过身来，分别在两人肩头轻轻拍了一下，说："我没事。"

郭文豪没留意到肖飞有什么不对，他咳嗽着迎上前问："接下来怎么办？继续往前走还是……"

"走什么走啊！"袁富粗暴地打断对方，"腿都快走断了，能不能停下来休息休息啊。再说，走这么久肚子都饿瘪了，好歹也得补充点儿能量才是。"

阿四听了轻声一笑说："这么快就饿了，沙土没吃饱啊？"

"你他娘的——"袁富作势要打人，被肖飞抓住手腕一把推了回去。

"这里两边都是断崖，风大温度也低，不适合长时间逗留，大家最好忍耐一下，过了这段石阶再休息。"说完，肖飞把手电照向不远处那段迂回向上的阶梯。

除了袁富叹了口气外，其他人都没提出什么意见。于是，队伍继续出发。因为石阶的宽度有限而且非常陡峭，两侧又毫无防护，大家只能排成一排手脚并用往上攀爬。依旧是肖飞打头，陈如、袁富随后，接着是张培和阿四，郭文豪照例走在队末。

爬了半个小时左右，前面出现一道类似于牌坊的建筑，当然，也是黑色的，上面雕刻着奇异的花纹，仍旧没有文字。牌坊后是一片空旷的平台，平台后又是石阶，不过坡度较之前平缓了许多。

肖飞停下来，用手电照向牌坊。郭文豪和张培走过去，在他身旁低声说着什么。阿四在牌坊下的石台边坐下来，从背包里取出喝剩的矿泉水灌了几口，望着远处的拱桥出神。袁富见大家都停了下来，趁机找地方小解，他已经憋得快受不了了。

恰巧平台尽头的石阶边有块一人多高的石头，袁富快步走过去，解开裤子开始方便。随着哗啦哗啦的水流声，他闭着眼睛舒坦地松了一口气。解决完毕正要提裤子时，他忽然发现不远处蹲着一个人，那人捧着手机，微弱的屏幕亮光映出一张蓝幽幽的脸。

第十一天

1. 迷香粉

这次袁富没有大呼小叫，因为那是个熟人。

"多多？"袁富系着皮带诧异地问道，"你怎么在这儿？"

多多没理他，两只手机械而缓慢地按着屏幕。袁富看了看多多的手机，发现屏幕上满满当当全是数字。

这时，肖飞等人也赶了过来。

袁富赶忙拽住他说："肖老弟，你看这小子是怎么了，叫他也不理我。你说，这又没信号，他打那一堆数字干什么？"

肖飞俯身轻轻拍了拍多多的肩膀，多多仍没反应。袁富伸手把多多的手机夺了过来，他的视线这才随着手机移来。肖飞接过手机，发现那些看起来毫无关联的内容其实是一组循环重复的数字：3、4、5、6、7、9。

肖飞倒吸了口凉气，然后用手电照着多多，只见他眼神呆滞，表情木然，嘴里不停念叨着什么。

"喂，你说什么，能不能大声点？"袁富冲多多嚷道，见多多无动于衷，又问肖飞，"这小子是不是中邪了？"

"他在念叨一个人的名字。"从人群最后面传来阿四的声音，见肖飞把耳朵贴过去仍无法听清，他笑着给出答案："张培。"

众人不约而同朝张培看去，张培摊开手，一脸莫名其妙。

"看那迷糊的样子，肯定是在说胡话，让一下。"阿四拨开众人，走到多多跟前说，"我来让他清醒清醒。"说完，把喝剩的小半瓶水一股脑淋到多多头上，多多受冷，本能地哆嗦了一下，从地上站了起来，但仍旧一副呆滞麻木的神情。

"太温柔的办法不行，要想快速醒过来还得靠这个。"袁富捋起袖子，看样子是准备掌掴对方。

"住手！"张培立刻喝止袁富，"让人苏醒的办法多的是，不需要你公报私仇！"

袁富看看张培，又看看肖飞，扬起的手不得不又放了回去。

"我来试试。"说着，陈如走上前，从腰间取出那个红色香囊，用手轻轻捏了捏，送到多多鼻子跟前，多多先是打了个喷嚏，十几秒钟后，眼神开始变得灵动，神情也活过来了。

"真是奇了。"一旁的郭文豪惊讶地说道，"小小一个香囊，竟有如此神用！这里头有什么奥妙或者原理，能科普一下吗？"

陈如将香囊收起来，不紧不慢回答道："他是吸入迷香粉导致大脑失神的，这个香囊除驱虫避兽之外，还有提神醒脑的功效，两类药材彼此相克，失神者吸入香囊的气味之后，迷香粉的作用也就慢慢被化解了。"

"要是不用这个办法，中了迷香粉的人是不是就永远呆傻下去？"郭文豪问。

"那倒不会。"陈如解释说，"迷香粉的作用顶多只能维持一个半钟头左右，即便不采取任何措施，也会自然醒过来的。"

郭文豪微微颔首道："原来如此。"

张培则不屑地撇撇嘴，冷哼道："旁门左道。"

"这是什么地方，你们怎么在这儿？"多多看到肖飞等人，满脸的惊讶与疑惑。

"这话应该我们问你才对。"张培递给多多几张纸巾，让他擦拭头发和脸上的水，"还是先说说自己是怎么走失的吧。"

多多接过纸巾，在脸上胡乱抹着，眼睛则直勾勾地盯着张培："我、我也不知道怎么就到了这里，大概是梦游吧。"

"梦游？"肖飞轻皱眉头，"我们朝夕相处也有十多天了，好像从没见你梦游过，怎么这会儿突然梦游了？另外，我跟陈如先行一步到拱桥边，怎么也没看到你从洞内出来呢？难道你是从我们头上飞过去的吗？"

"梦游也不是天天都有的，可能恰巧今天发作而已。"多多苍白无力地辩解着，"另外，我穿的衣服颜色比较暗，手机灯光又不是很亮，你们可能是专注在别的地方，没有留意到我吧。"

"照你的意思，是袁先生在撒谎了？"说着，肖飞将视线投向一旁的袁富。

"我没撒谎！我亲眼看到他跟那个青衣女鬼在一起的！"气恼之余，袁富开始用力掌掴多多，"你他娘的不说实话，故意陷害老子是不是？看我不抽死你！"

多多没有闪躲，也没有还手，直到肖飞抓住袁富的手腕把他拉到一边，才显出一副恍然的样子："我想起来了！我在裂缝里靠着石壁睡着之后做了个梦，梦见一个身穿青色长袍的女人，她让我跟她走，说能带我从这儿出去。于是我就跟她走了，走啊走啊，穿墙破壁云里雾里的，醒来后就在这里了。"

"胡说八道！"郭文豪分明信不过他，"我从关掉手机到闭上眼睛到被袁富的呼噜声吵醒，只不过几分钟的时间，你就梦游得无影无踪了？"

多多不再像之前那样有耐心："我睡得快怎么啦？你爱信不信！"

"好吧，这个问题暂且放在一边，但还有件事情需要问你。"郭文豪完全没有放过他的意思，"你说你梦见的是青衣女人，为何刚才念叨的却是张培的名字？难道你做梦梦到了一人一鬼两个女人？又或者说，这两个哪一个才是你梦里真实存在的人物？"

2. 敲砸声

多多从众人脸上的表情看出，郭文豪说的并非谎言，他随即又想到青衣女子所交代的任务，害怕不小心被抖搂出来，强打马虎眼说："做什么梦是我的个人隐私，凭什么告诉你？"

郭文豪声色俱厉："在这种生死攸关的场合，每个人的言行都关系到群体的利益甚至命运，所以有疑点的事情必须弄清楚！"

就在多多无力辩解的时候，张培站出来发了话："做梦是无意识的，你让他解释梦游和梦话，有点强人所难了吧？"张培的声音不大但字字铿锵，再加上她一向以崇拜者的身份存在，所以郭文豪对此感到非常不适应。

"张培说得对，没必要对这种虚无的东西纠缠不休。"肖飞一锤定音，之后他又说，"这里海拔高了一些，风也小了不少，也不再有厚重的湿气。平台面积很大，四周也相对安全，我看就暂时在这儿休整一下吧。"

"对对对，是该歇歇脚了，这骨头都快累散架了。"袁富摘下背包，在几米外的石阶上坐下，"我的娘啊，十年走的路加起来也没这十天走的多，鞋底子都磨薄了两厘米。"

阿四就近在一块巨石上躺下，从背包里摸出一包豆腐干，撕开后全部塞进嘴里，用力嚼着。

多多扯了扯双肩包的带子，从郭文豪面前擦身而过。

"你的手机。"张培叫住多多，把拾到的手机还给他。

多多接过手机道了声"谢谢"，还没来得及问"在哪儿捡到的"，张培已经走到石阶边坐下，但刻意同袁富保持了一些距离。

多多直直看着张培，走到她跟前时脚步停了一下，似乎想到了什么，又绕过张培，到后排的阶梯上找了个位置坐下来。

郭文豪则直接坐到张培身边，在取背包的时候不慎碰到受伤的手，疼得他发出一连串咳嗽，这才想起好久没吃药了。他从背包里取出一瓶水，却翻来翻去找不着治咳嗽的药——可能已经吃完了。他暗自叹了一声，拿起水瓶拧开盖子咕咚咕咚灌了几口。

"大家吃点东西好好睡一觉，之后还要接着赶路呢。为节约资源，大家要注意控制食物和饮水，另外，除多多外，其余人手机都还关掉吧。"肖飞发布完指令，带着陈如到袁富右侧的阶梯上坐了下来。

他看看表，已经是 7 月 29 号早上 7 点 09 分。也就是说，他们已经在这个地下空间困了 11 天。所带的饮食、光源尤其是克服恐惧与绝望的意志还能支撑多久，说实话，肖飞心里也没有数。

由于太过疲劳，袁富吃着吃着便睡着了。郭文豪也十分困倦，无奈手和脸的疼痛以及阿四的呼噜声让他心烦意乱。见张培又用喝剩的矿泉水洗手，便忍不住提醒道："水不多了丫头，省着点儿用，天知道咱们啥时候才能从这地狱里头出去！"

张培不好意思地收起水瓶，用纸巾擦干手上的水，伏到放在膝盖的背包上，她向侧后方一瞧，多多正拿着充电宝给手机充电，眼睛则怪异地盯着她。张培有些诧异，她将脑袋调了个方向，见肖飞正把稿纸铺在膝盖上沙沙书写，一旁的陈如则伏在背包上，闭着眼睛似睡非睡。

张培不知是什么时候睡着的，只知道做了一个很长很长的梦，她梦见救援队到了，各种工具的挖掘声不绝于耳。醒来后发现梦里那些敲砸声竟是真实存在的，而肖飞正举着手电朝上方照射。顺着手电光柱看上去，隐约能看见二三十米外青灰色的岩层。

其余人都已经醒了，大家仰着脸七嘴八舌议论着。

"上面什么声音？会不会是救援队过来了？"袁富兴奋地叫道。

"不可能吧？"郭文豪狐疑地竖着耳朵，"救援队怎么知道我们在这儿，他们是怎么定位的？"

"是啊。"一向很少发言的阿四也参与了议论，"按理说，如果救援队到了，应该从隧道坍塌的入口挖掘才对，怎么会随机挑选这个地方呢。"

"救援队不从入口下手，说明那里坍塌严重，施工难度很大，还不如从隧道中段或者尾部找个更加薄弱的环节打开缺口，这样可以有事半功倍的效果。"是多多的声音。张培扭头看去，只见他一扫之前的迷离颓废，面露欣喜之色。

郭文豪冷笑一声说："咱们被困都有 11 天了，要不是车上有足够的食物和饮水，怕是 3 天都挨不过。就算是救援队到了，这样的效率，还事半功倍个屁！"

多多立刻反驳道："你以为现实中的救援像动画片里的汪汪队啊，王师傅把车开到这条偏僻荒凉的隧道，不被埋个一年半载的已经很不错了。"

"还是不要太乐观了。"阿四从大石头上缓缓坐起来，"如果真是救援队，并且对隧道进行过探测，那么天坑才是他们的第一选择，而不是这么个偏不偏正不正的地方。"

"肖大哥，你有什么发现吗？"陈如问一旁正在翻看地图的肖飞。

肖飞把地图重新合上装进背包，然后用手电照向上方说："我估计，上面有个采矿场。"

第十二至十四天

——— 1. 石人阵 ———

　　没等大家露出失望和沮丧的表情，肖飞又接着说："采矿场也好，救援队也罢，能听到声音，说明挖掘设备已经离我们很近了。一旦将岩石挖穿，有了手机信号我们一样可以得救。"

　　话音刚落，上面便传来"轰"的一声，听起来像是炸药爆破的声音，接着，有石头碎屑从顶上不断崩落。

　　除了肖飞和阿四，所有人全都欢呼雀跃起来。张培甚至把手握成筒状冲上面大喊："我们在这儿呢，快来救救我们吧！"

　　这是被困以来离自由最近的一次，每个人都看到了获救的曙光。肖飞建议原地等待，伺机而动。可包括他在内，谁也没有想到，这一等就是两天。到了第十三天早上，挖掘声和爆破声都停止了。

　　此时此刻，炼狱和天堂只隔了薄薄的一层皮，大概只要一发炮弹就能把它炸个粉碎。可却始终没人来捅破，救援队或者说采矿场似乎撤走了。众人不甘心，又等了一天，遗憾的是，再也没听到上面传来任何响动。

　　"有人吗？""谁在上面？""救命啊！"先是张培和袁富轮流喊，随后郭文豪、多多、陈如和阿四也加入了。肖飞甚至用枪击代替了呼喊，可子弹和喊声像被上面的岩石吸收了一样，没有得到任何回应。

　　最后，张培的喊声变成了嘤嘤的哭声，在她的带动下，袁富也跟着哭了。张培哭是作为乘务员，她没能将乘客们平安送达目的地，眼睁睁看着大家可能客死他乡而无能为力。袁富则完全因为对死亡的恐惧和对财富的恋恋不舍。

　　张培哭泣的时候，肖飞和陈如上前安慰了她。一向喜欢在张培面前表现的多多此刻却攥紧了自己右侧的口袋——那里面有他开启生门的钥匙。但一想到要用张培的性命来换，他就肝胆俱裂。

　　"现在还不是时候，再等等。"他左手拿着依然没有信号的手机，暗暗在心里说。

第十四天中午。队伍又继续出发了。

由于多日不见太阳,吃不饱也睡不足,病痛、肮脏加上疲惫,又几经挫败,大家的压抑和绝望几乎到了极限。

郭文豪的药吃完了,病毒失去控制,咳嗽使他上气不接下气,走起来需要张培搀扶,而张培腿伤未愈,一瘸一拐自顾不暇,所以二人的搭档看上去异常艰难。

阿四的毒瘾三天犯了两次,次次生不如死。没办法,肖飞只得让袁富和多多用绳索把他绑起来抬着走。

众人以极其缓慢的速度行进了个把小时,石阶不见了,取而代之的是一大片起伏不定的丘坡,丘坡上矗立着许多石人,每个都有两米多高,每隔三四米就有一个,样貌五官及服饰雕刻得非常简练,但每个石人的造型都不一样,动作也千姿百态。

肖飞站在高处用手电照了一下,左右及前方均看不到尽头,要继续往前走,就必须先从这坡上穿过去。

"这是什么啊?兵马俑?"袁富把阿四放下,走下去几步,敲敲其中一个石人,"他娘的,我以为是陶的呢,原来是石头,不值钱!"

"咳咳……"郭文豪捶着胸口,好不容易止住剧烈的咳嗽,"这座黑石山上,包括石人、石桥、石雕在内的所有东西,都是有近千年历史的文物,它们的价值岂能用金钱衡量?"

"可不是嘛!"多多把阿四放下,又着腰喘气道,"再不值钱,至少人家都是真货,一块石头也好过那些假冒伪劣的黄金制品。"

"× 你 × × 的!"恼羞成怒的袁富一脚踹向多多,"你成心跟老子过不去是不是?"

多多猝不及防,滑下丘坡,途中伸手又拽住了袁富,两人一起跌落在几个石人中间。

肖飞见状就要下去拉人,却被郭文豪拦住了:"这石人的布局十分诡异,还是小心为妙。"

肖飞举着手电仔细观察,果然,那些石人的分布看似随机,其实都遵循着某种章法。另外,它们的肢体动作非常丰富,或张臂勾脚,或拱脊扑身,或扬手跷足,或扭腰摆臀,既像是在跳舞,又像是在打拳,总之,手脚相错,组成了一张无形的人体蛛网。

2. 直线

"看它们的穿着和动作，像是萨满巫师在祭祀或祈福。"张培提出了自己的看法。

"嗯。"郭文豪点点头，作了补充，"形体上是这样，布局上又结合了中原的某种阵法。"

肖飞喊了一声仍在打斗的多多和袁富，让他们立即上来，随后又问郭文豪："这里放置这些石像的目的是什么？如果冒险进入，会有什么后果？"

"石像的存在大概有两种目的：其一，是古代女真族的文化图腾；其二，是防止外力干扰的物障需要。"郭文豪捋着下巴上的胡须，"要想达到预期目的，这里的石像至少有千百个，而设计者的用心也是极其险恶的，你看这丘坡的走势，高高低低、起起伏伏，毫无规律，而石像的高度又恰好超出人的视线范围，站在高处看不出来，一旦进去就会迷失方向，最终被活活困死在里面。"

"郭老师说得没错。"张培右手指着石像群靠中间的位置说，"你看那边，绿荧荧飞动的就是磷火，这说明里面有不少人或动物的骸骨。另外，有很多雕像都是残缺不全的，很可能是当年鬼子为征服这片石人阵所留下的痕迹。"

"石人阵。"肖飞沉思片刻，继续问郭文豪，"它的出现，意味着眼下这座黑山是座神殿还是座陵墓呢？"

郭文豪再度咳嗽起来，张培替他作了回答："结合之前发现的拱桥、石柱、牌坊来看，基本可以确定是座陵墓了。我们在升降机井下发现的那块墓门砖，也差不多可以确定是从这座陵墓内挖掘出去的。"

肖飞点点头说："那我们要怎么样才能成功从这个石人阵里穿过去呢？"

郭文豪捂着剧烈起伏的胸口，还是讲不出话，依然是张培作的回答："石人阵建造的原理，就是通过巧妙的布局干扰人的视线，迷惑人的方向，要顺利通过倒也不难，只要我们想办法引一条直线过去就可以了。"

"直线。"肖飞的目光落在手电上，但很快他就发现这个方法不可行，因为手电放低的话光线照不远就会被另一尊雕像挡住，举高了虽然能够在石人阵上方形成一道直线，但过了几十米后光柱就被黑暗吸收了。

"我有个办法。"丘坡下的袁富立即献策，"咱们可以在最高点点堆火当参照物，这样大家边走边对照，就能走成一条直线了。"

"啊呸！"多多使劲吐了口唾沫，"这光秃秃的一座黑山，哪来的柴火和燃料？这点子谁想不出啊？就你聪明！"

"你们先别吵了，先把我解开好不好？"是阿四的声音。

肖飞顺着声音看去，顿时眼前一亮。

"你的绳子有多长？"肖飞轻轻拍了拍郭文豪的后背。

郭文豪喘着气说："大概有60米吧。"

肖飞略微思考了一下，取下背包，拿出一瓶未开封的矿泉水，然后吩咐张培："把阿四先生解开，绳子给我。"

张培瞬时明白了肖飞的用意，她一瘸一拐走过去给阿四松绑，然后把解下来的绳子递给肖飞。

肖飞接过绳子，将一头绑在矿泉水瓶身上系紧，另一头抓在左手里，然后将矿泉水瓶用力朝正前方抛出。只听"砰"的一声，落在远处的矿泉水瓶与肖飞的左手构成了一条紧绷绷的直线。

"我们可以顺着绳子走了。"肖飞说。

"哎呀，肖老弟果然是聪明绝顶啊！"袁富竖起大拇指赞叹道。

郭文豪则有些担忧："60米的距离，如果还没到石人阵的边缘该怎么办？"

"站在水瓶的落点继续往前扔啊，反正都是一条直线。"说完，袁富谄媚地看向肖飞，"我说得对吧？"

肖飞没说话，笑了笑，背上背包牵着陈如大步走下丘坡。张培扶着郭文豪随后跟上，阿四一摇一晃走在最后面。

几分钟后，大家顺利地找到了那只绑着绳子的矿泉水瓶，这个阵势庞大的石人阵似乎没造成什么障碍。

"这次我来吧。"见肖飞弯腰去拾水瓶，袁富连忙毛遂自荐，"上中学时，我可是标枪冠军呢！"

肖飞还未开口，袁富就捡起水瓶，用力朝前方扔了出去。只听"啪"的一声，水瓶似乎撞到了什么东西，紧接着又反弹到某处，绳子从空中落下来，形成弯弯曲曲一条线。

3. 浓雾

"这个……"袁富十分尴尬地站在那里。

"你、你就是个没事找事的败家玩意儿！"郭文豪生气地吼道。

"没有金刚钻，就甭揽瓷器活儿，这下可咋整？"多多在一旁讥讽道。

"瞎叫唤什么，谁还没个失手的时候，就你俩行是吧？"袁富气呼呼把左手的绳子也扔了。

奇怪的是，绳子一落地便像长了脚一样向前蹿去。袁富见状急忙去追，肖飞一把把他拽了回来。就在这时，一团浓烟从远处漫过来，翻江倒海般淹没天地，周围瞬时混沌一片，寸步难移。

因为担心烟里有毒，大家都捂住口鼻围成一团。郭文豪最先憋不住，等他咳嗽着张口呼吸时，才发觉空气中并没有任何刺鼻的味道，只感觉湿漉漉的。

"不用担心，是雾。"肖飞也松开了捂住口鼻的手。

张培长长吐出一口气说："这里没水，哪儿来这么大的雾？"

肖飞道："这里是没水，但周围有。所以，我们刚才看到雾气是从别的地方漫过来的，不是平地升起的。"

"那也太凑巧了吧？"郭文豪咳嗽着说，"早不来晚不来，偏偏等我们走到石人阵中间才过来，这雾也太邪性了！"

"不是雾有邪性，而是人有邪心。"肖飞犀利地指出，"刚才的绳子大家都看到了，它竟在众目睽睽下不胫而走，要不是我及时把袁先生拦住，还不知会有什么怪事发生。所以大家都要小心点，不要随便走动，等雾气散了咱们再想办法离开。"

"雾要是一直都不散呢？"是阿四的声音。虽然只隔一两米远，但他的脸已经模糊不清了。

"一定会散的。"肖飞的语气十分肯定。

"这我相信，但谁也不知道要等多久。万一连续几天雾气都不散，那我们岂不是要被困死在这里！"说着，郭文豪拍拍自己的背包，"我只剩下顶多3天的口粮，想必大家的存货也都不多了吧？"

郭文豪的话说到了袁富的心里，他重重叹了口气说："唉，我已经算是够节省了，可剩下的食物也只能维持一两天的样子。"

多多故作乐观地说："我还有15块法式小面包和4瓶饮料，在最低的能量消耗下，差不多还能坚持一个礼拜。"

阿四苦笑一声说："实不相瞒，今天早上我就已经弹尽粮绝了。"

"我饭量比较小，剩下的食物也许还能撑5天。"张培仗义地向大家表示，"谁不够的话我可以分一些出去，不会让一个人饿肚子。"

肖飞也说："我的背包大，带的食物多，只是没想到会在隧道里待这么久，有些食物过期了，但味道还没变，不介意的话也可以找我来拿。"说完，他又问一旁的陈如："你呢？还有吃的吗？"

据肖飞所知，陈如只带了一个中等的旅行包，里面基本没什么吃的，他曾分给她一些食物，但那坚持不了多久。

"有。"陈如回答，"有一块面包，一块柿饼，还有两段甘蔗。"

"那怎么成！都是要么过期，要么不顶饥的东西。"肖飞说着取下背包在里面翻找着，"来，我再分你一些。"

"咳咳。"阿四提醒他，"现在不是发扬风格的时候，还是尽快想办法从这里出去吧。"

陈如按住肖飞的胳膊，轻轻拍了拍。

肖飞会意，但伸进背包里的手却没有立即抽出来，他触摸到背包外缘的夹层，那里还藏着最后一颗手榴弹。

"眼下，要想从这石人阵里出去，首先得驱散这些浓雾，所以我们得想一个人为的办法，不能听天由命。"说完，郭文豪问肖飞，"肖老弟，你有什么主意？"

"想要驱散浓雾，必须得有风。"肖飞说。

"那怎样才能有风呢？"郭文豪撩起自己的前襟示意道，"总不能靠大家一起扇衣服吧？"

"那倒不用。"肖飞挽起袖子，把手榴弹牢牢抓在手里，"大家往后撤一点，全部趴在地上。"

"你要干什么？"郭文豪吃惊地问。

"想活命的话就老老实实趴下，不要乱讲话。"肖飞的口气前所未有地严厉。

郭文豪听了，赶快后退几步，趴在地上，其他人不明就里，也跟着趴下。

肖飞上前两步，深吸一口气。他知道在这样的环境下投掷手榴弹十分危险，一旦角度掌握不好，撞上石人反弹回来，后果不堪设想；如果力度不够，抛远或者抛近了，丢不到合适位置，也达不到预期目的。只剩这一颗手榴弹，如果失败便再也没有机会，所以说，他这是名副其实的"孤注一掷"了。

肖飞将深吸的一口气缓缓吐出，沉下心，左手毅然拉下手榴弹的拉环，两秒钟后，他朝大约一点钟的方向用力甩出。只听"轰"的一声，右前方的浓雾瞬间变成了橘红色，紧接着是石头碎屑纷纷落地的声音。

4．白化球蟒

"你……你扔了手榴弹？"郭文豪这才反应过来。

"肖老弟，这能炸出风来吗？"袁富也满腹狐疑。

"都起来吧，没事了。"肖飞并未直接回答他们的提问，他拿着手电紧紧盯着刚才投掷的方向。轰轰隆隆的坍塌声不绝于耳，大约过了一分多钟的时间，就在袁富再次询问"能不能炸出风"的时候，远处的浓雾像被什么东西驱赶一样朝这边快速涌动，穿越身体的时候，每个人都清晰感受到了风的凛冽。

"我的娘啊，还真的炸出风啦！"袁富慢慢爬起来，在逐渐明朗的空气里惊叹不已，"肖老弟，你怎么知道手榴弹有这种功用的？"

"是啊，这也太神奇了！"郭文豪也爬起来，走到肖飞跟前，"你不会有什么特异功能吧？要不然怎么一出手，风跟着就来了。"

肖飞轻笑："不是手榴弹有什么功用，也不是我有什么特异功能，而是进入石人阵之前，我已经在高处观察了这里的大致地势。发现右前方大约 40 米的低洼里，有道碎石砌的坝墙，而浓雾也正巧是从那个方向漫过来的。当时我就觉得奇怪，在这种地方，又是一片洼地，上面建一道坝墙做什么，难道是为了防止有人掉到洼地边缘的断崖下面吗？后来才明白，建一道墙，完全有可能是为了阻挡断崖外和石人阵内的气流传输。

"坝墙或许跟这座黑山上的建筑是同一时期建造的，但很明显，它用的是一些边角料，那些碎石的堆砌粗糙又松散，这才使手榴弹发挥了最大化的功用。话说回来，如果原料是整块的黑石，别说一颗手榴弹，就是百十斤重的 TNT 炸药也无可奈何。至于最终能一发命中，无非一半凭感觉，另一半靠运气罢了。"

"肖老弟谦虚了。"郭文豪的语气里带着后怕，"要知道，在这种环境下丢手榴弹可不是闹着玩的，稍有偏差，轻则目标偏离，重则集体丧命啊！"

"肖大哥，你真是太厉害了！"张培看着肖飞，眼睛里又增加了几分崇拜。

多多本想上前帮张培拍拍身上的灰尘，一不留神脚被绊了一下，差点儿跌倒，他用手机往后一照，顿时魂飞魄散："蛇！有蛇！"

听到叫声，肖飞赶忙把手电照过来，发现地上盘着一条手腕粗的大白蛇，大概刚吃了老鼠之类的东西，肚子鼓鼓囊囊的，见一帮人盯着它看，大白蛇昂起脖子，吐着火红的芯子冲围观者示威。

"真是天无绝人之路啊！"郭文豪大喜，"同志们，我正愁雾散之后石人阵怎么破，领路者就来了！"

"领路者？"张培吃惊地望着那条不断蠕动的大白蛇，"您是说它？"

"没错。"郭文豪点点头，"这种蛇学名叫做白化球蟒，主要产地在中非和西非一带，国内大多是人工养殖，野生的十分罕见，因为常在一些规模较大、形制较高的陵墓出现，所以也被人称作皇蟒或者白虬（传说中的一种龙）。这种蛇的发现向来被视为大吉之兆，所以不少王公贵族特地捉来这种蛇当做镇墓之宝。来来来，大家让出一条道，咱们跟着它走就能走出这石人阵了。"

"如果是这样，岂不是要被它带进陵墓中去了？"多多对此表示质疑，"我们是找出路的，又不是来盗墓或观光的，况且古墓里面有很多机关陷阱，一不小心就死无葬身之地！"

"这你就不懂了。"郭文豪瞟了多多一眼，对肖飞解释说，"自古以来，在建造大型陵墓，尤其皇陵的时候，一般都会保留至少两个出口，一个是明口，也就是入口，即从哪里进来还从哪里出去，但明口在棺椁下葬之后就封闭了，所以被称为单向门或者死门。

"除此之外，还有一个暗口。这个暗口是造墓的工匠们为防止自己被活埋殉葬而秘密设计的，它可以进也可以出，通常设有机关，能够内外开启，所以也叫双向门或者生门。因此只要进了陵墓并找到生门，我们就可以得救啦。"

张培赞叹道："还是郭老师知识渊博、见多识广，有您在，就等于带了一本百科全书。"

"没有没有。"郭文豪客气起来，"这都是郭某四处采风的时候道听途说来的，仅供参考。"

"那万一这座墓没有生门呢？"多多提出一个非常实际的问题。

郭文豪立刻拉长了脸："我说你怎么这么爱抬杠呢？就算没有生门，我们也得先从这石人阵里出去不是吗？难道现在你有什么更好的办法吗？"

多多还欲强辩，肖飞发话了："郭先生说得对，还是先解决当下的问题。至于陵墓内的生门，只能继续碰运气了。"

5. 死亡禁地

此时此刻，浓雾基本散去，大白蛇也开始向前游动，可能刚吃饱肚子的缘故，它的动作比较缓慢。

也正因为如此，众人在后面跟得没那么费劲。大家排成一条纵队，小心翼翼拉手前行，一路上看到不少白花花的骨骸和黑漆漆的钢盔，还有被砸得残缺不全的石人。走了20多分钟之后，果然出了石人阵。

这时，呈现在众人眼前的是一条宽阔笔直的通道，两侧每隔不远就有一尊怪模怪样的神兽石雕，石雕的材质也是黑石，风格跟之前见到的人工雕刻一样，都充满着异域色彩。

"肖老弟，你这手电还能撑多久？"郭文豪看着强光手电愈加黯淡的光芒，忧心忡忡地问。

肖飞用手电扫视着通道两侧的石雕，边走边答："这种 Fenix TK60 式强光手电算是同类产品中比较尖端的了，把亮度调到最低一级，续航时间可达15天左右。可惜，先前丢了一把，眼下这把也坚持不了多久了。"

"是啊。"郭文豪顺势提议，"所以我寻思着，像眼下这种宽阔平坦的道路，就可以使用手机照明，好节约电能，把有限的资源用在最需要的地方。比如，随后我们可能要进到陵墓内，那里面的状况要复杂危险得多，没有手电是万万不行的。"

"嗯，还是郭先生考虑周全。"肖飞夸赞了郭文豪一句，取出手机打开电筒功能，接着关掉手电，又吩咐多多，"为保证前后都有光亮，你走在队伍末尾吧。"

多多胆小，向来不愿打头也不愿断后，可肖飞已经这么安排了，他也就不好拒绝。因此，当他端着手机调转方向走到队伍最后时，心里把出"馊主意"的郭文豪暗暗骂了几百遍。

众人跟着大白蛇走了100来米的样子，抵达通道尽头，前方出现一座大约30来米高的山崖，崖壁上有扇三米多高、漆黑沉重的石门，石门左侧刻着几列晦涩难懂的符号文字，右侧则站着一匹高头大马，马上跨着一位身披铠甲、背负弓箭、足蹬战靴、头插雉翎的将军。那将军威风凛凛，正执一把长戟，用警惕的目光盯着这群不速之客。

当然，将军和战马都是黑石做成的雕塑，连人带马约三米多高（差不多跟石门平齐），像尊守护神一样矗立在石门旁边。

郭文豪借多多的手机照照石门上的文字，之后倒吸一口凉气："此地果真是一座陵墓，而且是一座诅咒之陵！"

"诅咒之陵？"肖飞见郭文豪盯着石门，猜想"诅咒"二字势必与上面雕刻的文字有关，于是问道，"那上面写的什么？"

郭文豪睁大眼睛仔细辨别："最右侧一行大字是金文，翻译成现代话大概是'死亡禁地，生人勿近'。中间两行小字是蒙古文，我对金文还算有点研究，对蒙古文一知半解，所以只猜到大致意思为'以长生天的名义发起诅咒，魂囚无期，永堕恶趣'。最后一列小字也是金文，写的是陵墓建造的日期——正大四年冬月，差不多是公元1227年左右。"

"郭老师连金文和蒙古文都认识，真是太了不起了！"张培由衷地赞叹道。

郭文豪布满伤痕的脸上洋溢着红光，嘴里却客气道："略知一二，不足挂齿。"

"一路走来所见到的，无论形制还是风格全是晚金时期的东西，这石门大概就是墓门吧？"见郭文豪点点头，肖飞继续问，"那么金人的墓门上怎么会刻有蒙古文？它究竟是要给谁看的？"

"的确有点儿奇怪。"郭文豪捻着胡子说，"不过，就眼下这些发现还难以获取答案。"

"大白蛇到石门里面去了，我们进还是不进？"张培问。

肖飞低头一看，发现墓门右下角有个直径一米半左右、方方正正的大洞，大白蛇正是从大洞里钻进去的，此刻只剩下小半条尾巴在外面。

肖飞视线上移，拿着手机仔细观察，这才发现墓门由四块石板拼合而成。其中上面两块和左侧下方那块都很完整，只有右下角那块不知去向。

6. 萨满咒

由于石板上落了一层灰尘，再加上被左侧两块石板上的文字所吸引，肖飞刚才并没有注意。这会儿才发现，每块石板上都雕刻着线条纤细的图案，跟之前在升降机井底部所见到的那块石板上的一样，图案中央都有一只巨大的海东青，周围燃烧着朵朵烈焰，沿石板四周的边框内有许多个头儿很小的人在跪拜，最下方有两个模样古怪的人手拿小槌和铃铛在绕着供坛跳舞。不过，供坛中央没有发现"T-SA2N9"字样。

"你过来看。"肖飞伸手拉过张培，让她看石板上的图案以及缺少的那块。

"原来升降机底部的那块石板是从这儿弄走的。"张培恍然大悟道，"那么这个洞是日本人留下的了。"

"没错。"肖飞躬下身子，把手电打开，朝洞口里面照，"诅咒之陵里面按理说不会有什么宝贵文物，即便有也应该被鬼子洗劫一空了，同理，如果陵墓内有机关的话，也差不多已经启动过了。"

多多凑上前来问："也就是说，里面的路小鬼子已经走过，没什么危险了？"

"来来来，让一下。"袁富拨开多多和张培，撅着屁股钻到洞口跟前，拿打火机试了试，"嘿，有风，还不小呢！"

看着随风晃动的火苗，郭文豪兴奋地叫道："有生门，有生门啊同志们！"

"别高兴得太早了。"人群最后的阿四突然一瓢冷水泼过来，"还记得那个千年幽魂吗？这有可能就是她的老巢。"

话音刚落，袁富一哆嗦，手里的打火机掉在地上。多多向后退了两步，结果却踩上陈如的脚。

"我们不该来到这里，更不能进入陵墓。"陈如幽幽地开口了，"我早就说过，这里是诅咒之源，接近它会遭殃的。"

"你们几个要是害怕的话，就在外头等着，我跟肖老弟先进去探路，等找到生门再过来喊你们，怎么样？"说完，郭文豪用眼神征求肖飞的意见。

肖飞稍稍斟酌了一下，没有完全支持郭文豪的意见："安全考虑，大家还是不要分开的好，胆小的可以走后面，我们两个打头阵。"

"我赞同肖大哥的意见，几乎每次分开都会出事，人多力量大，还是在一起的好。"张培接着表态，"另外，四周都是山崖，目前就这一条道，不往前走就只能困在这里。之前我们经历过那么多危险都挺过来了，还怕这最后一关吗？说不定这陵墓就是最后一步了，别让怯懦阻止了我们奔向自由的脚步。"

"张培说得对，十个台阶也许就差这一个了，我们的食物、饮水、光源、体能都将耗尽，已经没有退缩的资本和徘徊的余地了，与其瞻前顾后、畏畏缩缩，不如破釜沉舟、放手一搏，这样或许还有希望。"说罢，肖飞做了个向前挥手的动作。

"肖大哥……"陈如拽住肖飞的胳膊。

肖飞在她的手上轻轻拍了拍，意思是"有我呢"。

陈如无奈，只得随着肖飞往前走。不过她没有跟在后面，而是与肖飞并肩走在一起。

郭文豪为兑现承诺，也跟着往前钻，可惜一米五的洞口容不下三个人，他只得退居其次。

张培快走两步，想和郭文豪并排走，不料多多赶了上来，十分殷勤地挽住了她。

"你不怕了？"张培斜睨着对方。

多多觍着脸说："你都不怕，我怕什么？"

袁富不想落在末尾，他抢着插到阿四前头，于是阿四打开手机走在最后。

墓门后的甬道差不多与墓门等宽，只是稍矮了一些，整体上呈拱形，也是由大块的黑石砌造而成。跟之前所见到的景象不同的是，这里的石砖并非漆黑一片，而是刻满了弯弯曲曲的线条，线条应该是彩色的，因为年代过于久远，此刻只剩下或青或褐的斑驳痕迹。

"这壁画画的什么呀？"多多用手机扫视着甬道两侧，"不但没有美感，反倒一派肃杀之气。"

郭文豪扶着眼镜说："什么壁画，那是萨满教的咒语，跟中原道教的符一样，是用来震慑死者亡魂的。"

"哦。"多多赶忙把手机光线往下移，改照着地面。

"郭老师您等一下。"张培走几步赶上前去，"我有个问题想问您。一般来说，陵墓的封土堆都会建在地表之上，而且墓门多朝着河流、旷野什么的，呈对外开放的布局。但这座陵墓却建在山底下，而且墓门对着石人阵和断崖，呈对内封闭的姿态。这是怎么回事呢？"

"这个简单。"郭文豪微微一笑，"风水颠倒，格局错乱，处处反吉道而行之，这样才能成为诅咒之陵嘛。"

正说着，陈如忽然停下来，郭文豪猝不及防，撞了上去。

"对不起，对不起。"郭文豪连连道歉。

肖飞也停下脚步，望着陈如问："怎么了？"

"我又看到她了。"陈如浑身发抖，望着前方某处。

肖飞知道她说的是谁，也顺着她的视线看过去，只见手电光亮的尽头悄然闪过一个青色的影子。

7. 计量器

"就是她，就是她！"袁富也看到了，指着前方大叫起来。

"抓住那个装神弄鬼的家伙，这次不能让她跑了！"郭文豪拨开陈如，从肖飞身旁冲了过去。

肖飞担心有诈，也跟着追上前，刚跑没多远，只见郭文豪在前方20米开外的地方停住了，面朝前室左侧，呆若木鸡。

肖飞快跑上前，其他人也陆续跟到。大家这才发现，郭文豪所看的是一面漆黑的石墙。

"奇怪，一眨眼的工夫就从这儿消失了，莫非真见了鬼？"郭文豪嘴里嘀咕着。

"连老郭都说是鬼，那肯定是鬼了。"多多将"肯定"二字咬得非常重，语气里三分挖苦，七分讥讽。

"我还是不相信这世上有鬼。"郭文豪把手机还给多多，就着肖飞的手电亮光走上前去，伸手摸索着那面漆黑的石墙，"这里面肯定有机关！之所以会一闪即逝，只能说明她对这里的环境和机关设置非常熟悉。"

肖飞也上前摸了摸那面石墙，发现墙体并非是完整的一块，而是由多块大砖拼砌而成，砖与砖之间黏合得非常结实，完全不露一丝缝隙。也就是说，如果设有机关，除非整面墙左右翻转或者上下升降。从墙面上掏窟窿的可能几乎是零，毕竟人要爬进去绝非一瞬间就能完成的。

可开启机关的装置会在哪里呢？肖飞和郭文豪四处查探，毫无头绪。此时，人群后面传来张培的尖叫声。

肖飞和郭文豪转过头，见张培拿着手机，脸色煞白地盯向前室右侧的空间。众人顺着她的目光看去，发现那里摆着两排通体黑色的瓮罐，肖飞数了数，一共8个，瓮罐宽口细颈敞腹，通过表面的反光可以看出材料为陶质或泥塑。

每个瓮罐约1米高左右，罐身跟甬道的石壁一样，刻满了青褐斑驳的符咒，而瓮罐里面似乎装着什么东西，黑糊糊脏兮兮的，像是腐朽的枯树，又像是腐烂的蜂窝。

肖飞走近一看，不禁倒吸一口凉气，原来瓮罐里面的不是枯树也不是蜂窝，而是一具具人体残骸。那些残骸全都垂着头，脑袋露在罐口外面，脖子卡在罐颈，身子装在罐腹里。由于年代久远，这些骨骸早已千疮百孔，腐朽不堪，只剩下发黑的残片。

"鬼子怎么会死在这些罐子里？这么小的口，他们是怎么钻进去的？"袁富从背包取出水果刀，轻轻敲了敲其中一个罐口的钢盔。

肖飞取下残骸头边那只钢盔，纠正道："不是鬼子，是墓主的陪葬者，你看他们脖子上的那些饰物就知道了。"

"没错，这的确是墓主的陪葬者。可惜值钱的东西都被鬼子搜刮走了，只剩下些破铜烂铁。"郭文豪拾起其中一样饰物看了看，又丢回去，拍拍弄脏的两手，"另外，这些陪葬者不是死后装入瓮罐之中的，而是事先将打坐的人捆缚，后期再用胶泥贴着人体塑成了瓮罐。

"之所以采取如此残酷的手段，想必这些陪葬者跟墓主人一样，生前是犯了大错的。把他们摆在陵墓的前室，除了有仪式化的功能外，还有一个重要目的，那就是增加陵墓的戾气。"

肖飞绕着瓮罐走动的过程中，脚底忽然踩到某样东西，他捡起来一看，是个带漏斗的塑料计量器，上面还粘着两个写着日文的纸质标签。

"石字8014部队生化实验室，样品1#。"郭文豪接过来，先看了看正面的标签说，"是鬼子留下的，他们要来采集这里的什么东西。"

"背面呢？"肖飞指着容器的另一侧。

郭文豪将计量器翻过来："哦，是设备参数、注意事项和项目内容……稍等，这个是……"

郭文豪扶了扶眼镜，然后凑得更近些："是——"

肖飞和张培也凑过去，两秒钟后，三人异口同声念出了那个由黑色钢笔书写、颜色已经淡化、字迹稍显潦草的代码编号："T-SA2N9！"

第十五天

"记得在军务秘书处的时候，你让我看过一些材料，上面说8014部队通过大量人体和动物实验，研发出一种奇特的病毒，他们给那种病毒命名为T-SA2N9。"郭文豪盯着手里那只计量器，"现在这只计量器出现在这里，上面标注的项目名称又恰恰为T-SA2N9，这会不会意味着，鬼子拿计量器到这儿来，目的是提取制造T-SA2N9病毒的原料？"

肖飞没有回答，他从郭文豪手中拿过计量器仔细观察，发现底层有少量干涸的黑色粉末，于是便伸出右手食指探到容器里面蘸了一些放在鼻子下嗅了嗅，有股淡淡的酸腥味道。

之后，他把计量器还给郭文豪，转身拿手电查看那8只瓮罐，发现有7只罐口是打开过的，里面是某种液体干涸后留下的黑色粉末，只有一只罐子依然被蜡状物封死。

肖飞向袁富借过水果刀，将罐口的蜡状物一点一点剜出来，用手电一照，发现里面还剩下不少黑色的黏稠液体。他俯身朝罐子里嗅了嗅，跟计量器里的黑色粉末一样，也有一股酸腥味，只不过比粉末要浓烈得多。

肖飞快走几步到石壁跟前，用水果刀在黑石上刮下少许粉末闻了闻，这才说道："这三样东西被同一种物质浸染过，就是你说的那种制造'黑泥塑'的特殊浆液。可以确定，这罐子里的黑色液体就是鬼子研制T-SA2N9病毒的主要原料。"

"我明白了。"郭文豪有了新的推论，"所谓T-SA2N9病毒，最早来源于萨满巫师建造诅咒之陵所用的蛊水，主要作用是'设阵囚魂'，后来被日军8014部队发现，在此基础上研制出蛊水的升级版，主要用来研制生化武器。而王师傅提到的病毒，有可能是某组织在日军基础上开发出的终极版，主要作用就不得而知了。"

听起来好像是这么回事，所以肖飞点了点头。此刻，他恰巧站在前室的通廊（左右两室的连通点）上，只觉得一阵阵呼呼的风吹得后颈发凉。

见肖飞扭头朝后方看，郭文豪赶忙跟过去说："哦，过了通廊就是中室了，中室一般是墓主的棺椁所在地，风就是从那儿吹来的，我们去看看？"

"好。"肖飞把手电调到最亮的档位，迎着风朝中室的方向走去。前室与中室之间没有任何阻隔，所以大家长驱直入，直达位于中室中央的方锥形高台前。

上方是20多米高的巍峨穹顶，穹顶呈覆钵形，上面绘着彩色的图腾纹样，与其他地方相同，那些纹样因年代久远显得破败不堪，只留下斑驳的颜料痕迹。

四周是12扇巨大的黑门，门顶正中悬着十二生肖的脑袋，在十二生肖脑袋与门框连接的脖子上，则挂着12道沉重的铁链。与光秃秃的黑门相对应的，是门与门之间巨大的浮雕。浮雕多为恐怖狰狞的异兽鬼神，偶见晚金时期宫廷贵族宴乐、狩猎、祭祀、战争的场景。

整个中室大约1600平方米，矗立在中央的是一座底边长15米左右的方锥形高台。肖飞数了一下，高台上一共有49级台阶，顶上放着一口通体漆黑的棺椁。

由于穹顶、十二生肖、浮雕、高台与棺椁等均是用黑石砌造的，所以鬼子无计可施，保存得相对完好。可惜的是，穹顶与高台之间所有非石质建筑和随葬物品均被洗劫一空，只留下一片土瓦废墟和随葬品留下的痕迹。

除此之外，肖飞还发现地上横七竖八散落着不少箭矢，那些箭矢虽然锈迹斑斑，但箭头依然锋利。虽然现场没有尸体，但通过箭头的污痕以及散落在地上的钢盔，可以推测鬼子曾触发了这里的机关，而且吃了不小的亏。

另外，四周的12扇门，除了连接前室通廊那扇，其他都是紧闭的，无论上封还是底缝都丝毫没有打开过的痕迹，由此可见，鬼子也没找到除来路之外的第二个出口。

"通常来说，具有一定规模的陵墓包含前室、中室和后室三个部分，前室我们经过了，眼下是中室，不可能没有后室，所以这11扇门一定是可以打开的，其中一扇或几扇必然通往后室，而生门很有可能跟这11扇门有关！"郭文豪四下观察着，"只是打开这11扇门的机关在哪儿呢？"

肖飞向袁富借来打火机，然后从背包里取出稿纸，撕下一张卷成指头粗的细卷插进三八大盖的枪管里。他将纸卷点燃，高举手臂把枪举到空中。火苗并没有明显朝某个方向偏，而是左右前后飘忽不定，像一个喝醉的莽汉一样东倒西歪。

肖飞把三八大盖收回来，将还在燃烧的纸卷丢到地上踩灭。

"有什么发现？"郭文豪问。

"四面八方都在出风。"肖飞挎起枪，将手电从 12 扇门前一一扫过，"这十二生肖都张着嘴巴，风就是从它们嘴巴里出来的。"

2. 黑水

"这么说，这 11 扇门都有可能是生门了？"郭文豪一脸的兴奋与激动，"肖老弟，你身手好，能不能劳驾一下，爬上其中一只兽口朝里面瞅瞅，看是否有向外的通道？"

"我试试看吧。"肖飞把三八大盖交给陈如，四下打量一下，朝口径最大的龙头走去。

肖飞站在龙头下方，咬着手电摩拳擦掌活动筋骨，那条龙则用一种古怪的眼神盯着他。活动完筋骨之后，肖飞徒手攀上门旁的浮雕，到达一定高度后，又纵身跳起抓住巨大的铁链，顺着铁链爬上龙头。

肖飞骑在龙头上，俯身把手电朝龙口内照射，里面的确有条通道，黑漆漆不知通向何处。见龙的口径完全可以钻进一个人，肖飞小心翼翼掉转身体，两手抓住龙角，两腿慢慢探进龙口。正准备缩身进入的时候，忽然感到脚尖抵住了什么东西，那东西卡在龙的咽喉处，像是一块可以活动的石板。

肖飞心中忽然一动：这会不会是开启龙门的机关？这么想着，他用脚尖抵住那块石板使劲一蹬，只听轰的一阵巨响，站在底下的郭文豪等 6 人惊诧地看到，11 扇石门全部开启了！

一时间，黑风卷着刺鼻的烟尘从四面八方吹过来，所有人急忙捂住鼻子眯起眼睛。

肖飞从龙头顺着铁链滑至浮雕，又从浮雕跳下地面，走到郭文豪等人跟前。

"肖老弟呀！"郭文豪掩口咳嗽着说，"11 扇门全开了，咱们走哪边呢？"

是啊，石门不开叫人为难，这下全开了也叫人为难。肖飞正拿着手电四下照射，陈如忽然惊叫起来："水，水！"

顺着陈如手指的方向，众人发现猪首下方的门洞正往外冒滚滚黑水。

　　"走虎门！"郭文豪大声叫道，"虎门与中室和前室垂直相对，应该能够通往后室！"

　　"不行，虎门也有水！"张培的目光随着肖飞的手电光柱快速移动，"兔门、龙门、蛇门、马门……包括来的时候的门，每个门都有水！"

　　就在众人手足无措的时候，黑水已从四面八方涌到了脚边。

　　肖飞用手电向后一指："快，上高台！"

　　众人这才反应过来，中室还有一座方锥形高台。所有人争先恐后向高台爬去。多多和袁富跑得最快，多多跑开一段距离后忽然想到什么，又回头扶着一瘸一拐的张培，袁富一口气冲到顶端，见那里停着一口黑色的石棺，心里发怵，又往下退了几层，直到肖飞和阿四赶到才又跟着爬回去。

　　郭文豪最后一个抵达高台顶端，背靠棺椁，掩着胸口剧烈咳嗽。

　　肖飞站在棺椁边用手电扫视一周，见黑水仍在不断往上漫，这9米高的锥台成为一座孤立无援的孤岛。

　　"你个倒霉催的死人妖，说陵墓里有生门，把我们都骗进来，这下你高兴了？"多多一把揪住郭文豪的领子，把他从棺椁边拎起来，"老实交代，是不是跟那青衣女鬼一伙儿的？"

　　"你、你……"郭文豪咳得说不出话来。

　　肖飞拉开多多的手说："机关是我打开的，也是我同意让大家到墓室里边的，你有气冲我来，别为难郭先生。"

　　多多看了肖飞一眼，像漏气的皮球一样泄掉了。

　　咳嗽暂缓，喘过一口气的郭文豪反过来揪住多多："你个没心没肺的小瘪三，照你所说，我哪能连自己的性命也不顾了？！"

　　"那生门呢，你告诉我生门在哪儿？"多多垂下的脖子复又抬了起来。

　　"好了二位！"阿四上前劝道，"还是静下心来想想办法，赶快离开这儿吧。"

　　"离开这儿？"袁富快急哭了，"12扇门都在冒水，能往哪儿走？"

　　"眼下水位差不多1米深，我们可以先原路回去。"阿四支招说，"再耗下去水会更深，想出去估计得游泳了，各位不见得全都会游泳吧？"

　　"不行，原路返回是死路一条！这么急的水同样很危险，不如从其他11扇门里找出路，哪怕碰碰运气也比直取死路强！"郭文豪抖着胡子叫道。

"那你自己碰运气吧！"袁富怼了郭文豪一句，开始招呼身旁的同伴，"同意原路返回的我们一起走！"

多多拎起放在石阶上的行李，转头看了张培一眼，见她盯着棺椁出神，又把行李慢慢放下了。

"走吧肖老弟。"见除了袁富之外无人响应，阿四走到肖飞跟前说，"先原路返回，等地宫里的水退了我们可以再进来。"

"是啊。"袁富也上来劝说，"到外面暂避一时，又没说非要回主隧道，总不能眼睁睁看着自己淹死在这儿啊？"

3. 温国公主

肖飞盯着石阶边的黑水，毫不犹豫地回绝道："各位也都看到了，这黑水非常浑浊而且来势凶猛，作为陵墓内的机关设置，肯定不是普通之物，万一有毒或具有强烈的腐蚀性，大家不是自寻死路吗？

"另外，12扇门虽然都在冒水，但高度均不过6米，加上十二生肖兽头也不到8米，而这座高台至少9米左右，黑水是很难淹到顶点的位置的。我刚才看的时候发现，兽口里面有条很深的通道，水到了那里便会自动溢出去。当然，还有入口呢，它的溢水点更低，虽然现在在冒水，但也是个排水口。所以，水位涨到一定程度就会停止，然后自动落下去。"

"肖大哥、郭老师你们快看，棺椁上有文字，会不会跟出口有关？"张培举着手机在身后叫道。

肖飞和郭文豪同时转过头。肖飞将手电调弱一个等级，在棺椁上仔细照着，果然，棺身侧面刻有几段不甚清晰的符号文字。

"是金文。"郭文豪弯下腰，抽出两张稿纸拂去棺身表面的灰尘，好看得更清晰些。

"写的什么？"肖飞也俯下身，手电光柱随着郭文豪的视线缓慢移动。

郭文豪从头看到尾，又看了一遍，皱着眉思索片刻后问肖飞："肖老弟，你家有族谱吗？"

"没有啊。"肖飞疑惑地问，"你问这个做什么？"

郭文豪又问其他人："你们谁家有族谱？"

陈如、张培、多多、袁富和阿四纷纷摇头。

郭文豪本就伤痕累累的脸此刻更加难看："莫非所遭遇的一切，

真的跟我们的身世有关？"

"什么身世啊、族谱啊，你到底在说什么？"肖飞完全被郭文豪弄糊涂了。

"是这样的。"郭文豪这才就棺身的文字做出详细解读，"这些文字讲述了墓主的身份、经历以及被葬在此地的缘由。说的是在正大四年冬（1227年冬），金朝的温国公主由她的姑姑岐国公主介绍给成吉思汗做妃子，试图以和亲的方式换取金朝的国祚延绵。温国公主起初死活不同意，后在岐国公主的多番劝说下才勉强答应。

"然而，就在侍寝的当晚，温国公主趁成吉思汗熟睡之际，偷窃了由成吉思汗本人保管的6枚神秘芯片和部分图纸，试图让自己的国家像曾经的西夏一样，打造尖兵利器抗衡当时已经非常强大的蒙古。不料，她在逃跑的途中被成吉思汗的卫兵发现了。成吉思汗大怒，要将温国公主处死，这时候，原是西夏皇族，但投降蒙古的李宗翰献了个计策。

"按照李宗翰的计策，温国公主经历了比死亡可怕100倍的痛苦：她饱受100名士兵的凌辱，直至生命的最后一刻。可能因为天气寒冷，士兵们普遍没有欲望的缘故，也可能是大家可怜这位落魄的公主，总之，刑罚草草了事，公主竟挺过了这一关。成吉思汗将其视为妖异，请萨满巫师把温国公主活活装入棺椁下葬，然后设阵囚魂，让她永世不得超生。"

"哦，我明白了。"多多指着郭文豪说，"你之所以问我们族谱什么的，是在怀疑我们是李宗翰或者成吉思汗的后裔，而温国公主的鬼魂向我们复仇来了对吧？"

"也许是她的后人。"郭文豪换了一种说法，他并不否认对方的猜测，"只有这样，才能解释为什么'我们是一群有罪过的人'，对吧，陈如小姐？"

陈如轻笑道："你不是不信这个的吗？"

郭文豪还未回答，阿四的话便从后面飘了过来："郭先生是悬疑小说写多了吧，即使照你所说，大家都是李宗翰或成吉思汗的后裔，也不可能这么凑巧，正好拼在一辆车上啊！"

听了这话，肖飞忽然倒吸了一口气。

"怎么了肖大哥？"张培问。

"我在想阿四先生的话。"肖飞的眼里闪烁着锐利的精光，"如果有人别有用心地把我们拼上同一辆车，那么大家遭遇的一切就并非意外，而是有预谋的了。"

"没错，我们是有人刻意安排的。"张培吓了一跳，话都说不利索了，"可、可咱们这趟是故、故地重游呀。"

"故地重游？"多多忽然问道，"那么，三年前我们做错了什么，有谁知道吗？"

肖飞听了眉头忽然一皱："你怎么知道此事跟三年前有关？"

多多自知失言，捏着口袋嗫嚅道："我、我瞎猜的。"

4.预谋

肖飞盯着多多看了一会儿，见他目光闪烁、神情紧张，刚要再问，多多丢下一句"我撒泡尿"便走开了。

"我去看看棺椁另一侧有没有文字。"说罢，郭文豪绕过棺头到另一边查看。

肖飞拿着手电跟过去，见棺椁另一侧虽然也有文字，但既不是金文，也不是蒙古文，而是一些晦涩难懂的萨满符咒。

郭文豪边看边摇头说："呵呵，这个我就不懂了。"

肖飞也不细究那些符咒，他的目光由棺身缓缓移到棺盖，发现棺盖是半掩的，棺盖仅覆盖棺身不到三分之一的面积，通过宽敞的开口可以看到里面空空如也。

"奇怪，棺材怎么是空的，难道尸体自己跑出来了？"袁富很快也发现了这个问题。

"完全有可能。"多多提着裤子从棺尾走过来，"大家不都看到过那只青衣女鬼了吗，她也许就是这个棺材里被下诅咒的温国公主。"

"别瞎说！"郭文豪呵斥二人，"从棺盖开合的痕迹以及棺身、棺底的积垢来看，顶多几十年时间，肯定是当年那些鬼子干的，尸体和随葬品也被他们给顺走了。"

"郭老师说得有道理，只是……"张培一手抚摸着石棺的边棱说，"如果不是温国公主的幽灵作祟，而是有人刻意装神弄鬼的话，她的目的除了为温国公主复仇还能是什么？"

一时无人应答。

"还有，"张培接着说，"肖大哥有关预谋的说法虽然听上去匪夷所思，但也并非全无可能。我一直都觉得'免费故地重游'这个消息好像天上掉馅饼似的，现在想来，如果真是有人刻意安排，那就真的太可怕了！"

对于这个揣测，郭文豪则摇了摇头说："三年前大家组团到枰州游玩，三年后，景区经过升级改造，以我们的旅行团被景区评为'最优旅行团和十佳合作伙伴之一'为由，免费邀请我们故地重游，这合情合理呀。"

"是呀。"张培皱着眉头说，"一开始我也是这样想的。所以跟王师傅商议，尽可能让同一拨人还使用当年同一辆车，营造出一种追溯感和有缘再聚的亲切感。可事到如今，我却不得不相信'有人预谋加害'这个可能性了。"

陈如忽然插嘴道："当初是谁来通知你'免费故地重游'这个消息的？"

"是旅行社的一位名叫刘聪的女工作人员，你没接到通知吗？"愣了两秒钟，张培才想起，"哦，你和肖大哥跟车上其他人不是一个团的，你们是散客。"

陈如继续问："通知你们的那个人，不会有什么问题吧？"

"绝对没问题，我们经常跟她打交道，她的确是旅行社的工作人员。"张培回答。

陈如想了想，再问："为什么是旅行社通知你们，而不是他们直接过来接团？"

"旅行社就是这么安排的嘛。"张培本就对陈如无感，在她的一再追问下，已经显得有些不耐烦了，"但凡到枰州旅游的，都是先乘我们的大巴到枰州，然后旅行社才派导游和车来接人。就像你去北京旅游，还不得自己先坐车到北京，然后旅行社的人再派车来接，谁还到你家里接啊？"

陈如笑笑，不再说话。

"莫名其妙。"张培低声咕哝了一句，然后碰碰一旁的肖飞，"肖大哥……"

肖飞没有理会她，此刻的他再次产生了幻觉。

他看到之前那个黑色人影拿着手机跌跌撞撞从前室冲进来，绕着中室兜了一圈，最后飞快攀上高台，通过错开的棺盖跃进石棺之中。

白色人影随后赶到，他拿着手电扫视一周，最后视线停在高台顶端的石棺上——那是整个中室唯一的藏身之处。白色人影小心翼翼攀上去，果然发现了黑色人影夹在棺缝里的衣服。

白色人影大喝一声，不顾腿上的伤痛把黑色人影从石棺中揪起来，两人展开激烈的搏斗。由于棺内的空间狭小，难展身手，双方厮打几乎全靠身体的冲撞，所以负伤的白色人影吃亏不少，很快就落于下风。

黑色人影并不恋战，试图甩开白色人影脱逃，却被后者拦腰死死抱住。黑色人影急了，用手枪朝白色人影头上砸了几下，见对方仍不松手，便照他的腹部开了一枪。白色人影身子一震，慢慢从黑色人影身上滑了下去。

灰色人影举着火把赶到的时候，黑色人影刚刚从前室逃走。见白色人影挣扎着从石棺内爬出来，灰色人影赶忙上前查看他的伤势，发现他腹部中弹，血流如注。灰色人影想扶起白色人影离开，却被对方拒绝，他指着前室的方向不知喊了两句什么，灰色人影便没再坚持。

告别白色人影后，灰色人影转过身，火把将他的面孔映衬得异常冷峻和刚毅。他咬着嘴唇，从肖飞的身体内快速穿过，几步跃下台阶，朝前室的方向奋力追去。火光消失，留在肖飞面前的只剩一缕缭绕的青烟。

第十六天

1. 虫噬

"肖大哥你看，黑水好像不往上涨了。"陈如拽拽肖飞的衣角说。

肖飞晃了晃脑袋，从幻觉中清醒过来，拿手电往远处照了照，12道石门下的确不再翻腾黑浪，再往近处一瞧，黑水只差四个台阶就淹上顶层。

郭文豪和张培死死盯着水位线，一直盯了两分钟，确定它停留在那里不动了，才长长吐出一口气。

肖飞看看表："22点54分。黑水虽不再往上涨，但一时半刻还退不下去，今天晚上得在这高台上过夜了。"

"住在坟墓里守着棺材过夜，这感觉真够酸爽的。"话虽如此，郭文豪还是靠着石棺坐了下来，从背包里拿出一包压缩饼干，拆开抓出几块全塞进嘴里，但咀嚼的动作很快引起面部的疼痛，使得他忍不住"哎哟"了一声。

多多也想靠着什么，可他比较忌惮那副戾气丛生的金朝石棺，前面则是令人发怵的黑水，一时进退两难，最后干脆盘起腿坐在地上，从背包里取出一只法式小面包慢慢嚼着。

"别光吃小面包，换换口味。"张培走过去，从背包里取出两个梨子和一包巧克力曲奇递给他，"愣着干什么，拿着呗，我背包里还多着呢！"

多多受宠若惊地接过，连说了两声"谢谢"，然后把食物放在鼻子前闻了闻，装进背包。

"怎么不吃？"张培在他身旁坐下来，"梨子虽然看起来皱巴巴的，但还是很甜的呀。"

"现在还不饿。"多多盯着张培看了一会儿，又说，"好东西要留着慢慢吃。"

"你倒是会过日子，小心把梨子放坏就没得吃了。"张培笑了笑，又从背包取出几样食物递给身旁的阿四，"大叔，给你的。"

阿四毫不客气地接过，坐在最后一级台阶上撕开包装大口吃起来，不知是在想事情还是饿坏了，居然连"谢谢"也没说。

张培也不介意，她稍微往前探探头，视线越过阿四，望向不远处的肖飞，见他正跟陈如分食一包虾条，刚才还笑盈盈的脸立马拉了下来。

吃完东西，大家简单聊了一会儿，各自在自己的位置上开始休息。三四个小时过去，所有人都进入梦乡，就连患了失眠症的肖飞也闭上眼睛打起盹儿来。

在肖飞发出轻微鼾声的那一刻，多多的眼睛慢慢睁开了，他转过头看着身旁的张培，只见她的表情安然恬静，如同熟睡的婴儿，又弯又细的眉毛透出灵巧和秀气，微微上翘的嘴唇又带着些许倔强。多多看了足足半分钟，之后伸出右手慢慢靠近张培的脸颊，就在中指将要碰到她的下巴的时候，他的手又慢慢垂下去，最终捡起张培掉在身后的外套帮她披好。

多多收回胳膊，右手插进衣兜，紧紧握住那只微微作响的铁盒，那声音折磨得他心力交瘁，每时每刻都像有无数虫子在不断噬咬他的皮肉。

他慢慢地取出那只铁盒，用手颤抖着打开一条缝。红头黑身的虫子看到光线，开始拼命往外钻。多多的视线越过盒子，望向背后那一汪的黑水。与此同时，青衣女子的声音再度响在他耳边："我是这里的主人，我能制造死亡与灾难，自然也能消除厄运和诅咒。""就杀那个唯一没有数字编号的。""这是在给你机会，需要你用自己的双手赎清自己的罪过。""找机会把里面的东西放到她身上，你的任务就算完成了。"……

多多的视线从黑水又移到了铁盒上。他闭上眼睛，再次睁开的时候，目光中已经带上了一丝果决。

几秒钟后，所有人被多多嘶哑的喊叫声惊醒了。与此同时，随着叮叮当当的响声，小铁盒从台阶上滚落到黑水里。肖飞拿过棺盖上照明的手机朝多多照过去，见他紧抓着右腕，手掌上爬着一只红头黑身的虫子。

见强光靠近，那虫子放弃多多朝肖飞冲了过去，肖飞挥手一拨，那虫子便掉进了不远处的黑水之中。

"疼，疼啊！"多多两腿在地上踢腾着，脸也跟着扭曲了。

一旁的张培毫不知情，见多多叫得凄惨，一时也吓住了："怎么了这是？"

"被一只虫子咬了。"肖飞跨到多多跟前,把他扶起来说,"让我看看你的手。"

多多颤抖着将右手伸出去,左手和双腿仍在继续抽搐。

"好毒的虫子!"肖飞在他手腕上看到一个针眼大小的黑孔,黑孔四周是快速蔓延的乌青。

"有没有绷带、布条或橡皮筋?输液管也行!"肖飞一边捏紧多多的右前臂,防止毒液扩散,一边焦急地问。

"没有。"郭文豪应了一句,他的注意力不在多多手上,而是盯着那只正在下沉的小铁盒。

其他人也都纷纷摇头。

"丝巾可以吗?"张培忽然问。

"可以。"肖飞说。

张培赶忙从背包里取出一条粉紫色的丝巾递给肖飞。肖飞迅速将其折成带状,准备绑到多多前臂时,发现乌青又往上蔓延了不少,只得在接近他肘部的位置系紧扎好。

接下来,肖飞试着将毒液从伤口挤出来,可使了半天的劲,只挤出少量黑红色的血。肖飞皱了皱眉,俯下身准备用嘴去吸,陈如见状赶紧拦住他:"千万不要!"

2. 放血

肖飞疑惑地抬起头问:"怎么了?"

陈如望了一眼已经死在黑水中的虫子,说:"那东西叫霍烈蜂,是萨满巫蛊中最毒的一种,只要沾上一丁点毒液就会死亡,所以一旦有人被咬伤或蜇伤,千万不能用嘴去吸!"

"那怎么办?"张培看着多多痛苦的样子,心里也是急得不行,"总不能眼睁睁看着他被毒死吧?"

陈如叹了口气说:"要想保命,就必须舍弃这只胳膊了。"

多多听罢急忙抽回手臂:"我不要砍掉胳膊,我宁愿死也不要变成残废!"

肖飞问:"就没有别的办法吗?"

"有,用刀剖开伤口,把毒血全部放出来。"陈如先给了个肯定的回答,未等多多眼睛里闪出希望的光芒,却又话锋一转,"但即便是这样,也不能完全清除体内的毒素,再加上眼下缺医少药的,只怕不出 15 日就会全身溃烂而死。"

"既然早晚都是死,那就给我个痛快吧。"多多抓住肖飞的胳膊使劲儿地摇着,"求你了,一枪毙了我吧。"

"胡说,现代医学这么发达,什么毒解不了?就算只能撑 15 天,15 天咱们还出不去吗?只要能出去就会有办法!听话!"劝完多多,张培对肖飞使了个眼色。

肖飞会意地转过头说:"袁先生,借用一下你的打火机和水果刀。"

袁富听了,赶紧从背包里拿。

"郭先生,你和阿四帮忙按好他。"肖飞又对郭文豪和阿四说。阿四径直走了过去,郭文豪则沉着脸似乎没听见,肖飞又叫了一声,他才抬起眼皮。

见阿四和郭文豪过来,张培往后退几步,腾出足够的空间给他们。肖飞把多多交给二人,自己则拿起水果刀在打火机的火苗上炙烤起来。几分钟后,待刀刃凉下来,他在多多右前臂的蜇伤处划开了个约五厘米长的口子。

肖飞的动作谨慎却十分利落,他要尽可能地减少多多的疼痛,又要避开暗藏在皮下的静脉血管。随着一阵杀猪般的嚎叫,乌黑的血顺着胳膊慢慢被引流出来。

"痛了就放开哭吧,没人笑话你。"张培上前两步,托住多多的脊背,用袖子替他擦着额头的汗。

出乎意料的是,此话一出,多多反而像打了止疼针似的不叫了,只是望着张培,脸和脖子憋得发紫。

"你看我干吗?"张培脸上有些发烫。

多多挤出一丝笑说:"你长得好看,看着你就不疼了。"

张培抽回袖子假意吓唬他说:"再贫就不管你了。"

见毒血放得差不多了,肖飞停止挤压,用软纸代替纱布盖在伤口上,然后用丝巾包扎起来。任务完成,阿四立刻转身回到自己的栖息地,筋疲力尽的多多则顺势躺在张培的怀里昏睡过去。

"肖老弟,麻烦借一步说话。"郭文豪先走开几步,而后朝仍蹲在原地的肖飞招招手。

肖飞向张培交代了一番,才起身朝郭文豪那边走过去。

"有事吗?"肖飞随着郭文豪绕到石棺另一侧。

"肖老弟啊,还记得王师傅临死前说的话吗?"郭文豪朝多多和张培的位置瞟了一眼,尽量压低声音道,"之前只是怀疑,事到如今,我终于可以确定病毒感染者的身份了。"

"哦?"肖飞皱起眉头,"是谁?"

郭文豪做出"多多"两个字的嘴形。

肖飞丝毫不意外："根据呢？"

"肖老弟，你真以为多多是被那虫子无故咬伤的吗？"郭文豪将"无故"两个字咬得很重。

肖飞没有说话，直直盯着满面伤痕的郭文豪。

郭文豪的脸在手机光影里阴阳参半："我时常走南闯北，也算长过不少见识。据我所知，霍烈蜂并非一般的虫子，而是被人精心培育出来的剧毒蛊虫，一旦被它咬伤或蜇伤，三天内必会全身腐烂而死。不单死的过程极其痛苦，而且一旦发作起来，还会像疯狗一样到处咬人，被咬者也会很快中毒死去。

"另外，多多被虫子咬中的一刹那，我看到有个圆饼状的铁盒从他手里掉了出来，滚进石阶下的黑水。所以我猜测，那只蛊虫原本是装在铁盒里的，是多多自己把它放了出来。你想想，如果不是他随身带着，这样奇特的蛊虫从哪里来的？如果多多没有感染病毒，为什么那蛊虫谁都不咬，偏偏咬伤了他？"

肖飞朝多多的位置扫了一眼，说："即便是多多自己携带的蛊虫，又让蛊虫咬伤了自己，可这跟他是否感染病毒没有直接联系吧？"

郭文豪有些急了："肖老弟啊，你千万不要被他那副看似单纯的面孔给骗了，正如我刚才所说，霍烈蜂不是普通野生的虫子，也不是一般人能够豢养出来的，而是精通巫蛊的人花费多年时间培育出来的蛊中之王。这样的东西怎么可能轻易跑到多多手中？总不可能是他随手捡来拿着玩的吧？"

肖飞也没耐心听他绕圈子了："你直接说结论。"

3. 后患

郭文豪咽了口唾沫说："好吧。我认为多多消失的那段时间并不是梦游，而是被青衣女子掳走，然后两人做了个见不得光的交易。按照交易的内容，多多把蛊虫带回来，试图谋害我们5人，换取他和张培的性命……"

"等等。"肖飞重复着对方的最后一句话，"谋害我们5人，换取他和张培的性命？"

"是呀。"郭文豪眨巴着眼睛说，"你忘了多多失踪后，我们再次遇见他的时候，他手机上写的什么了吗？"

"是一段重复的数字：3、4、5、6、7、9。"肖飞回答道。

"他嘴里念叨的呢？"郭文豪继续问。

"张培。"肖飞愣了一会儿，手往下压了压示意，"你接着刚才的说。"

"接下来有两种可能。"郭文豪继续分析道，"第一种可能，多多打开装有霍烈蜂的铁盒子，本来想对我们下手，结果不小心自己被咬了。第二种可能，多多是故意咬伤自己，以自残的方式解除大家对他的怀疑。但不管是哪一种，都改变不了一个基本事实，即多多就是T-SA2N9病毒的感染者，而 T-SA2N9 和霍烈蜂的解药很有可能就在青衣女子手中。"

"郭先生真不愧是写悬疑小说的。"肖飞脸上有了一丝令人不易觉察的笑，"心思缜密，令人佩服。"

"你觉得我在信口胡诌？"郭文豪有点儿炸毛。

"我不是这个意思。"肖飞略微思考了一下说，"这样吧，等过了眼下这道黑水关我俩再好好计划，中间再观察观察。"

"没时间了肖老弟！"郭文豪把对方的身体又扳回来，"为了更多人的性命，有些事情眼下就得做了！"

"做什么？"肖飞盯着他。

郭文豪的言辞依旧十分隐晦："无论 T-SA2N9 还是霍烈蜂，都具有致命的传染力，只有尽快解决这个后患，我们大家的安全才能得到保证。如果肖老弟觉得为难，此事就由郭某来做！"

肖飞已经明白对方的意思了，他揪着郭文豪的前襟低吼道："他可是和我们患难与共的兄弟啊！"

郭文豪按住对方的手，说："就算我们不动手，对于一个身份暴露之人，青衣女子也不会放过他。既然横竖都是一死，何不干脆牺牲掉他，拯救更多人的性命呢？"

"不管你有什么理由，有我在，就容不得互相残杀！"肖飞搡了对方一下，转身离开。

郭文豪低哑的声音在肖飞身后响起："你以为我郭文豪就是铁石心肠？你的假仁假义会遗患无穷的！"

临近中午，水位开始下降，到傍晚时黑水已经散尽，露出地表。按照常规的陵墓结构，众人顺着与中室正对的虎门进入后室。跟预想中差不多，后室除了一块不大的浮雕和几尊东倒西歪的石俑外，空空如也。从痕迹上来看，原先是有随葬品存在的，是否珍贵不知道，但可以肯定的是，后来全被小鬼子给弄走了。

整个后室的空间不算很大，跟前室一样，分左右两个耳室，其中左侧的耳室比较小，进去不足两米就被一堵石墙给挡死了，让人感觉似乎缺点什么。那面墙光秃秃的，块块巨石拼砌得严丝合缝，从表面看不出任何机关运转过的痕迹。

"这面墙肯定有问题。"郭文豪十分肯定地说。

肖飞也是这样想的。他之前通过龙口观察过，后面是一条漆黑的通道，而且12个兽口都在出风（包括前室的方向），里面不可能封死了。于是，肖飞的目光很自然地落在浮雕和那些石俑身上——其中一个很有可能就是机关的启动器。

见此情景，郭文豪会意地用脚翻弄那些石俑（黑水浸渍过，十分脏污），可惜一无所获。最后肖飞在浮雕右侧发现一个细微的异常——他看到太阳（图案）中心的圆点和四周的轮状光斑（图案）深浅不一，而且圆点外缘多刻了一层凹陷的光晕，乍一看有些画蛇添足。

见肖飞要动手触摸太阳（图案）的圆点，郭文豪急忙把自己那双尼龙手套递过去。肖飞道了声谢谢，然后戴上手套把住圆点使劲往外拉，周遭毫无反应，他又试着往左一拧，正对着前室的那面墙呼地向上开启，一条黑漆漆的通道横亘在众人眼前。

"有生门，有生门啦！"郭文豪兴冲冲地钻进去，拿手机左右照着，不禁问道，"两面是相通的都有风，往哪边走？"

肖飞第二个进入，他左右看了看，对郭文豪说："先把手机的电筒功能关掉。"

郭文豪虽有疑惑，但还是配合地把手机电筒关掉了。

在没有光线的情况下，肖飞再次观察了通道两侧，结果发现左侧有微弱的光亮，于是向左一指说："这边。"

阿四打头，袁富、张培、多多和陈如随后，郭文豪走了几步又停了下来。

"怎么不走了？"肖飞问。

郭文豪吸了口气说："我突然有种预感，往左边走的话会绕半圈又回到前室。"

"没关系。"肖飞轻描淡写地说，"要真是那样，大不了我们再退回来朝右边走。"

郭文豪想了想说："那好吧，但愿你的判断是正确的，左侧直抵生门。"

沿着弯弯曲曲的通道走了大约200多米，左侧石墙上出现一道宽约1.5米、高约2米的石门，石门开了一道缝，露出微蓝的光线。

4.智激

阿四在石门前止步，袁富、张培、多多和陈如也依次停下。

"前边是什么地方？怎么还有光亮？会不会住得有人？"走在最后的郭文豪拽住肖飞问。

肖飞没有回答，径自走到最前面推开了那扇石门。

随着一阵吱吱嘎嘎的响动，呈现在眼前的是一片黑石砌成的锥形台基，台基表面呈不规则状，嵌有许多方形凹槽，每个凹槽约升斗大小，内置一盏黑色的古油灯。台基最下是一个古色古香的梳妆台，梳妆台上放着一面闪闪发光的古镜。

肖飞端着三八大盖跨进石门，带入的风引得凹槽里的火苗左右飘动。上方是一个高大的、覆钵形的穹顶，穹顶上是色彩斑驳的、类似于某种图腾的纹样，地上有条绣着吉祥图案的旧毡毯，毡毯边放着一只半米多高、黄绿釉的带座烛台。

陈如、郭文豪、阿四和袁富依次进入，当张培抬脚准备进门的时候，多多拦住了她："不要进去！"

"为什么？"张培满脸不解。

这个地方自己曾经来过，多多一眼就认出来了。他顾忌青衣女子跟他达成的交易，担心对方发现失败之后会对张培不利，也害怕众人知道真相后会把自己孤立起来。最终,他抓着张培的手慢慢松开了。

张培没想那么多，以为多多纯粹只是害怕，见他被虫咬刀割，一副恍惚柔弱的可怜模样，心中不忍，主动牵了他的手往里走。

"这是什么地方？"张培四下打量着，"虽然跟陵墓其他地方的建筑用材、风格、年代都差不多，但看起来丝毫没被破坏过。"

"如果没猜错的话，我们现在正在前室左侧的耳室里。"郭文豪伸手指着正前方说，"也就是青衣女子突然消失不见的那堵墙后面。"

"你是说，这儿是青衣女鬼的老巢？"袁富抱着胳膊，猛打了个寒战。

郭文豪走近几步，对着古镜照照自己的脸："还别说，这真是个经常住人的地方，镜子上一点儿灰尘都没有。"

"我闻到了陌生女人的味道。"阿四吸了吸鼻子，"除此之外，还有一股淡淡的烟火味儿。"

"袁先生，再用一下你的打火机。"肖飞把三八大盖收起来，转身对袁富说。

"肖老弟要来一支吗？"袁富递过打火机和一包撕开的香烟。

肖飞接过打火机，弯腰去点地上那条毡毯。

见火苗从毡毯上蹿起来，郭文豪大吃一惊，赶紧上前用脚踩灭："肖老弟你这是干吗，就不怕失火烧了这间房子吗？"

"我就是要烧了它。"肖飞瞟了对方一眼，继续去点。

郭文豪阻挡不住，只得望着琳琅满目的物品哀叹道："当年没被鬼子发现而幸存的地方，如今要毁在自己人手里喽，这真的是暴殄天物啊！"

张培也不解地问："肖大哥，这可不是你一贯的做事风格啊。"

就连袁富也看不过去了："是呀是呀，即便泄愤也不用烧毁这些好东西，随便拿走一样都值不少钱呢！"

"肖大哥——"陈如刚要说什么，只听"咣"的一声巨响，四周粉尘升腾而起，百余只油灯的火焰也随之熄灭不少，光线一瞬间黯淡下来。

大家本能地靠在一起，七手八脚扑灭毡毯上的火苗，等烟雾散尽，四周尘埃落定之后，才发现自己头顶和四周罩了一只巨大的铁笼子。

毫无疑问，铁笼子是从天而降的。阿四骂了句"我×"，上前使劲掰了几下，二指粗的铁筋纹丝不动。

"机关！陷阱！"郭文豪大声叫着，"千算万算，最终还是没能躲过这一关！"

"这下怎么办啊？"袁富的哭腔都出来了，"进不得退不得，真要被困死在这铁笼子了吗？肖老弟，你倒是想想办法呀！"

"大家全部集中到一边，抓紧铁笼的底边一起往上抬！"看大家集合到位，肖飞开始发号施令，"开始了，一、二、三，起！"

随着有节奏的口号，铁笼子被抬起七八厘米后，又"咣"的一声落下了，众人瘫坐在地上，袁富还栽了一个跟头。

"哈哈哈哈哈……"不远处忽然传来一阵尖厉刺耳的笑声。众人惊骇地转过头，见青衣女子不知何时已站在了门口。

5. 现形

和袁富在夜视仪里看到的一样，女子穿着一双紫蓝色镶有金纹的翻毛毡靴，身上则是绣着白底花的青绒长裙，胸前戴着颇具异域风情的金银珠饰，颀长的脖颈上面是一张陌生又熟悉的脸。

"就是她，她就是那个青衣女鬼！"袁富往后退了好几步，才大声叫道，"我在夜视仪里看到的就是她！"

"原来你就是那个装神弄鬼的神秘女子，终于现出原形了啊！"郭文豪挤出一丝嘲讽的笑，"还以为这千年幽魂有多大的能耐，现在看来，只不过会玩些机关暗器的小把戏而已！我劝你赶快把我们放开，不然别怪这帮老爷们儿对你这个女流之辈动粗了！"

"哈哈哈哈哈……"青衣女子再次大笑，然后开始一步一步朝房间里面走，"死到临头了还敢嘴硬，待会儿叫你尝尝万虫噬骨的销魂滋味！"

多多站的位置本来比较靠前，一见到青衣女子，他立刻藏到肖飞身后，几秒钟后又想起什么，迅速把张培从前面拉了过去。

青衣女子瞥了郭文豪一眼，迎着枪管走到肖飞跟前，说："跟他一样，你也是个不知死活的东西，居然敢放火烧我的住所！"

肖飞冷笑一声："不略施小计，怎么把你引出来呢？你的计划不也全都泡汤了吗？"

"那又如何？你们还是落在我的手里！"青衣女子微微扬起下巴，目光里带着轻蔑与傲慢，"这铁笼子是我花了几个月时间精心打造的，一心等着你们到来，好不容易请君入瓮，怎么能轻易放了你们出去？"

之前一片漆黑，又是孤身一人，对方飘飘忽忽的难免会感到恐惧，而此刻四周有灯火照亮，身旁聚集了六个人，而且还有肖飞在，因此陈如大着胆子问了一句："既然现出真身，为何不敢以原本面目示人，非要化成我的样子？"

青衣女子狠戾地瞪着陈如说："我堂堂温国公主，怎么会稀罕化成你的模样？是你侥幸长得跟本公主有几分相似罢了，真是恬不知耻！"

陈如胆怯，不敢吱声。

肖飞紧紧握住陈如的手，把枪慢慢收起来说："撞脸不重要，我就想知道，我们几个怎么得罪你了，以至于招来各种纠缠，甚至以命相拼？"

"不止你们几个，你们全车的人都该死！"青衣女子走上前几步，来到多多跟前骂道："你这个没用的废物！别以为这样做就可以蒙混过关，逃脱该有的惩罚，告诉你，她一样不会有好下场！"

张培从后面挺身而出："别这么恶毒地看着我，我们认识吗？口口声声自称温国公主，就算是她本人，时隔七百多年，我们怎么就招惹你了？"

"我是这里的主人，侵犯亡灵的人都得死！"青衣女子咆哮道。

张培伶俐地反驳道："要说侵犯，我们几个私闯禁陵倒还沾点儿边，但车上其他三十多人或被乱石砸死，或被山魈咬死，他们所在的地方离这儿这么远，怎么就侵犯到你了？"

青衣女子的目光从张培身上移开，在其余六人的脸上一一扫过，说："既然你们如此健忘，我就在这儿提示一下。还记得三年前的今天吧？时间跟现在差不多，就在山下那条公路边，有一位50岁左右、受了重伤的白衣男子，他趴在路边朝你们的大巴车挥手求救，而你们呢？一个个冷漠自私，拒绝打开车门，最终那个人因为失血过多而不幸死去。"

除了肖飞和陈如，其余人似乎都有所惶惑。

青衣女子的视线重新落回张培脸上："作为乘务员，你只要按下按钮，门就可以打开，但你却选择视而不见，充耳不闻，最终，他在一路攀爬中因血液流干断了气。因为这个人的死亡，一个完整幸福的家庭没了，难道你不觉得愧对自己的良心吗？"

"当时车厢里什么声音都有，我也想开门把他送到医院，可是有人拿枪悄悄抵住了我……"说着，张培回过头，恰巧碰到阿四烧灼的视线，于是目光又迅速收了回去。

青衣女子并未注意到两人短暂的眼神交接，视线依次从郭文豪和袁富脸上扫过："还有你们两个助纣为虐的家伙，要不是你们煽风点火，也未必会左右司机的判断。要知道，司机当时已经把手按在按钮上准备开门了，是你们扼杀了最后的希望！"

6. 守陵人

这个时候，郭文豪依然振振有词："半夜三更，荒山野岭，一个血淋淋的人要拦路上车，要是换成你当时在车上，你会同意开门吗？选择拒载，这是自我保护的本能，也是作为乘客的权利，何错之有！"

袁富也嗫嚅道："车上那么多人，大家都支持拒载，干吗只针对我们两个。再说了，司机和乘务员开不开门，又不是我们几句话能够决定的……"

"放屁！"多多突然对袁富展开攻击，"当时要求停车救人的不在少数，我就是其中一个！因为我爸爸就是因为车祸后救援不及时死的，我看到那个人可怜，当时是要求司机停车的。"

"还有张培，她也是无辜的。"骂完袁富，多多转而开始攻击阿四，"当时她就坐在我身边，我亲眼看到阿四拿枪抵住她不让开门。"

阿四一个巴掌抽过去，骂道："你哪只眼睛看到我逼她了？"

"我两只眼睛都看到了！"多多梗着脖子还嘴，"是男人你就痛痛快快承认，别耍赖装孙子！"

阿四怒视着多多，几秒钟后又看看肖飞和张培，最后把目光移到青衣女子身上，说："你口口声声说我们侵犯了公主亡灵，现在又扯到三年前死在路边的男人身上，这两件事有什么关系？"

"他是我们完颜氏的后裔，也是我的第39代守陵人。"青衣女子幽幽地说道，"当初，奉命造陵的萨满巫师先祖也是女真人，出于对我的同情，他表面上建造了一座可怕的诅咒之陵，背地里却置换风水，将这里变成了大吉之地。为避免被人勘破或遭蒙古人污践，在我下葬之后，父皇悄悄安排人来守陵，这间屋子就是世代守陵人居住的场所。

"七百多年来，我的香火供奉从不曾间断。直到三年前，第39代守陵人被奸人所害，最终死在山脚。从此，随着完颜氏男丁最后一支香火的熄灭，我的陵墓彻底失去了照拂。守陵人的死跟你们有脱不开的干系，所以我才说你们犯下了不可饶恕的罪过。你们害死了他，就等于侵犯了我，三年来，我无时无刻不在想着如何复仇，幸好上天有眼，在三年后的今天让我再次遇到了你们，我怎么舍得错过这个绝佳的机会呢？"

"所以你早就盯上了我们的大巴，在遇到泥石流的时候迷惑司机，让他把车开进了这条隧道？"陈如插话问道。

青衣女子缓步走到陈如跟前，视线在她脸上停留了一会儿，又慢慢转向肖飞："虽然说，三年前你们两人并不在车上，守灵人的死跟你们没什么关系，但你们千不该万不该坐上这趟车，以至于落得跟他们同归于尽的下场，要怪就怪自己命不好吧。"

"所以，你打算把我们困死在这只铁笼子里？"肖飞抱起胳膊问。

"开什么玩笑。"青衣女子冷冷一笑，"这样的死法岂不是太便宜你们了？"

"那你想怎么样？"张培挣脱多多的束缚，向前一步问道。

青衣女子盯着她看了一会儿，说："不要着急，很快你们就会知道了。"

说完，青衣女子冲肖飞意味深长地笑了一下，绕到铁笼另一边走向门外。就在大家面面相觑的时候，不远处传来窸窸窣窣的响动，借着油灯的亮光，只见灰压压一大片虫子潮水般从门口涌入，将铁笼子快速包围过来。

"是鬼婆锹！"郭文豪大叫一声，一边后退一边用袖子遮起脸面，似乎仍觉得不安全，又把两手缩进袖子里。

"没用的。"陈如拉住他，"这东西翘起尾烧身，张开嘴吃肉，躲是躲不掉的。"

看这架势，多多立刻想起那条小蛇在虫堆里翻滚扭曲，直至变成一具白骨的惨象，他没见识过在裂缝里绿雾袭人的一幕，所以脱掉上衣使劲挥舞，试图把靠近铁笼的虫子赶走。

"不要乱动，一旦飞起来就不好收拾了！"肖飞赶忙拦住多多，同时提醒陈如，"刚才那个女人在铁笼外面兜了一圈，好像撒下了什么东西。"

"我知道。"陈如不慌不忙地取出香囊，小心解开囊袋顶端用于扎结的红线，把装在里面的粉末沿着铁笼四周撒了一圈。仿佛一道无形的大坝拦截了不断向前奔涌的"潮水"，望笼兴叹了几分钟后，虫子们终于毫无收获地离开了。

7. 地下室

郭文豪长出一口气，向陈如连连道谢："真是多亏了你呀，又一次救大家于水火之中，要是没有你，我们恐怕已经到阎王爷那儿报到去了！"

"我也就这点小伎俩，况且香囊里的粉末已经没有了，再遇到同样的麻烦，我也不知道该怎么办了。"陈如实话实说。

"得赶紧想办法打开铁笼子。"张培忧心忡忡地说，"一会儿青衣女子回来见我们没死，再用别的招数来对付，那我们可就惨了。"

"可刚才已经试过了，这铁笼子至少有千把公斤，我们七个人抬一边都抬不起来啊！"袁富无奈地说。

肖飞的嘴角微微向上挑了一下，朝众人示意道："大家往后让一让，我再试试。"

"你……一个人？"郭文豪惊讶地问。

肖飞没有说话，径自走到铁笼子窄小的一边，拿三八大盖的底托对准其中一根铁棍使劲砸，砸了十多下，枪托烂得不成样子，但铁棍也弯了。就在众人目瞪口呆的时候，肖飞又砸弯了相邻的另一根铁棍，于是形成了一个高约2米、宽60厘米左右的菱形孔洞。

"天啊！"张培第一个走到孔洞跟前，伸手摸了摸两侧弯曲的铁棍，"这么粗的铁棍，你、你是怎么做到的？"

肖飞磨出水泡的两手慢慢握起来，脸上却带着轻松的笑："因为整个铁笼子，只有这两根铁棍是空心的。"

郭文豪更诧异了："你怎么知道？"

肖飞扫了阿四一眼，阿四替肖飞作了回答："刚才搬铁笼子的时候，左边比右边的底座要高出地面一大截，但右边却基本上都是身体强壮的男人。另外，从铁笼落地的声音也可以听出，两边的重量有明显的不均衡。所以肖老弟断定，左侧窄边的铁棍里面至少有两根是空心的。"

说完，阿四看向肖飞，肖飞点头表示赞同。

"奇了怪了。"多多首先走出铁笼，"是那青衣女鬼建造铁笼子时突然发现材料不够，还是她手下的工匠故意偷工减料？"

"都不是。"肖飞仿佛看透了青衣女子的心思一般，"因为她根本没打算把我们困死在这儿。"

"这不合逻辑。"郭文豪第二个从孔洞里钻出，"刚才大家都听到了，那女人口口声声找我们报仇。既然是这样，怎么可能会轻易放过我们？"

"是啊，我也觉得，一定是那个女鬼粗心大意造成的失误，我们侥幸钻空子罢了。"袁富第三个从孔洞里钻出。

肖飞也不解释，牵着陈如的手从铁笼走出，之后是张培。阿四最后一个离开，在经过多多身边的时候，他狠戾地瞪着他，多多仗着有肖飞在，与他怒目对视。张培不希望在这个时候出状况，上前把多多给拽开了。

为避免碰到青衣女子，郭文豪不建议原路返回，他建议大家一起帮忙，尽快找到打开前室那扇石墙的机关，然后从后室右侧的通道寻找出路。大家一致赞成，肖飞也没提出什么异议。

几分钟后，张培挪动古镜，开启了前室那面石墙，郭文豪带着大家正准备出去，肖飞叫住了他："郭先生，稍等一下。"

郭文豪循声望去，只见肖飞揭开了地上的毡毯，毡毯下方有块一平方米大小的活动石板，石板已经被搬开，隐约可以看见迂回向下的台阶。

"怎么还有个地下室？"郭文豪立刻跑了过去。在手机不太明亮的光晕里，一道白影从台阶上倏地闪过。

"好像是我们在石人阵里遇到的那条大白蛇！"张培也看到了，"下面不会是它的巢穴吧？"

肖飞关掉手机，改用电筒照明："我先下去看看，你们待在上面等着。"

郭文豪也不再坚持从后室出去了，他把白化球蟒视作自己的吉祥物，一心想要跟着它："肖老弟，我和你一起去！"

两人顺着石阶下到底部，地洞比预想中深一些，高差不多 3 米。相比上面的建筑，底下的空间显得十分糙陋，活动面积不过四五平方米，四壁不仅没有任何装饰，就连所用的石料都是坑坑洼洼的。

正对面是一左一右两条相对窄小的岔道，左侧那条漆黑一片，右侧那条倒有些许光亮。肖飞让郭文豪留在原地，自己先到右侧岔道查看。他发现那条岔道大致呈反 L 形，没走几米就出现向上的台阶。他顺着台阶往上爬，发现出口就在梳妆台下面，由于被梳妆台的阴影遮蔽，而且上面还盖着一丛稀疏的竹篾，这才没有被发现。

有意思的是，肖飞在接近出口的位置发现一个拳头大小、铜质的轮状手柄，被安插在最末第三层台阶边，突出石壁约六七厘米。肖飞握住手柄一旋转，上面立刻传来一声惊呼。与此同时，凹槽里油灯的火苗也亮了几倍，他赶忙往回拧，光线又迅速黯淡下去。

第十七至十九天

1. 断后

很明显，这手柄是控制油灯火苗大小的机关，而这条反 L 形岔道，就是青衣女子的手下帮助她装神弄鬼的场所。

肖飞返回岔道口的时候，郭文豪已经把其他五个人全都喊了下来。

"郭先生，眼下状况还没弄清楚，你有点操之过急了吧？"肖飞隐隐感到有些不安。

郭文豪摆摆手说："肖老弟不要多虑，我已经查探过了，里面有劲风吹出，外缘没有人迹，左侧这条岔道肯定就是我们要找的生门！正应了那句老话，'最危险的地方就是最安全的地方'，当初陵墓建造者还真是……"

忽然"嗵"的一声闷响，打断了郭文豪的话。肖飞发觉不妙，急忙跑回地下室入口，却发现入口的石板已经被扣上了，石板上似乎压了重物，怎么都推不开。他又跑回反 L 形的岔口，情况也是一样的。

"两头都被堵死了。"肖飞盯着郭文豪，目光中流露出责备的意味。

"虚张声势、黔驴技穷！"郭文豪仍然嘴硬，"不理她，反正我们已经找到了生门。"

由于地下室的入口过于狭窄，很难并排两人以上，所以集众人之力推开石板是没指望了，再加上外面状况不明，很难说是否还有其他危险，因此只能依郭文豪的意见，继续顺着左侧的岔道往里走。

向前曲曲弯弯走了百余米，却发现前方被坍塌的石头堵死了。肖飞用手电照了照，光线根本无法穿透，他又使劲踹了一脚，除滚下几颗碎石渣外几乎没有任何松动。看来坍塌的面积非常大，时间也非常久远。

不用看也知道此刻别人是什么样的表情和眼神，郭文豪一时间狼狈至极。

"怎么会这样？"郭文豪在坍塌的废墟间刨了十几下，直到满手鲜血才哭丧着脸四下张望，"刚才查探过，明明有风啊！"

"一路走来的确有风吹的感觉，会不会我们错过了什么？"张培望着肖飞说。

肖飞示意众人原地别动，自己慢慢向后退去，退了20来步的时候，他看到岔道斜上方有个直径半米左右的孔洞。由于孔洞呈不规则形，以缓坡状朝里嵌入，而且大家的注意力都集中在岔道前方，这才没有发现。

见肖飞待在那里出神，其余六人赶紧跟了过去。

"我说生门怎么变成了死路，原来是走过了。"郭文豪冲那黑幽幽的洞穴喊了一嗓子，"你们听，回声挺远的，肯定是出路无疑了。"

多多却把郭文豪掉在地上、准备捡起来的面子踩得死死的："您老之前说过，生门是造墓工匠为了避免殉葬而留下的秘密通道，也就是说，它是人工建造的，可这个孔洞分明是自然坍塌形成的，你这不自相矛盾吗？"

"我说过生门一定是人工建造的吗？"郭文豪眨巴着眼睛说，"所谓生门，即重生之门，只要能使我们逃出去的都是生门！"

"我×，不要脸了简直！"多多想笑，却因手臂伤口疼痛而变成了哭相。

"骂谁呢你？"郭文豪恼羞成怒，准备动拳头。

肖飞抓住他扬起的手腕："我上去看看，你们在这儿等一会儿。"

"不要啊肖大哥！"张培拽住肖飞的胳膊说，"还记得入口处的那条大白蛇吗？这个窟窿极有可能是它的老窝！"

"没事儿，蛇有活路，人自然也有活路。"说罢，肖飞向上一跃，轻而易举地钻到孔洞里。

"肖大哥，我也要去！"陈如朝肖飞高高扬起手。

肖飞摇摇头说："你的香囊里已经没有粉了，万一遇到危险怎么办？"

"只要跟你在一起，我什么都不害怕。"陈如踮起脚，指尖勾住肖飞垂下的步枪挂带，"求你了，别把我丢在这里。"

肖飞最禁不起这样的眼神，他犹豫了几秒钟，最终还是把手伸了下来。陈如却跟吃了糖似的甜甜一笑，抓住肖飞的手腕，让他把自己凌空提了上去。

"郭先生，这边就交给你了。"肖飞探不出头（由于陈如在外挡着），只能在孔洞口喊道，"我们回来之前，最好不要跟进来。"

郭文豪应了句"一路小心"，然后打开手机席地而坐。张培挨着郭文豪，倚墙而立，多多照例黏着张培。袁富与多多数次冲突，他刻意与之保持距离,阿四则因被指在大巴上持枪逼人,在更远的位置坐下来。

除张培跟多多偶尔聊几句外,其余人基本不说话,空气中弥漫着从未有过的尴尬和沉默。

2. 绝路

一转眼三个多钟头过去,还不见肖飞和陈如回来,郭文豪耐不住性子了,从地上站起来,拿手机朝孔洞里照着。

张培知道他想干什么,于是提醒道:"郭老师少安勿躁,肖大哥他们一定会平安回来的。"

多多也说:"肖大哥特意交代过,他们回来之前,我们最好不要跟进去。"

"你懂什么?"郭文豪回头呵斥多多,"三个钟头没有音讯,出了事怎么办?万一有危险,我们过去还可以多个帮手。再说了,肖老弟也只说最好不要跟进去,没有绝对不行的意思,所以我们得随机应变。"

"郭先生说得对,就算肖老弟有吩咐,咱也不能在这儿死等不是吗?"袁富立即表示支持。

郭文豪对袁富的回应很满意,他又望向远处的阿四,只见他身子陷在黑暗里,幽幽说道:"我也赞成郭先生的意见。"

三比二,郭文豪脸上露出胜利的微笑。他个子不高,没有一跃而上的霸气,只能把手机咬在嘴里,两手攀住一侧石壁向上爬。若是搁在平常,这对他来说不算什么,奈何此刻身上有伤、有气无力,爬了几下硬是没上去,于是又羞又恼地冲身后的袁富和多多吼道:"愣着干什么,帮帮忙啊!"

多多以手腕有伤为由退到一边,只剩袁富和张培在前面,二人只得上前托住郭文豪的屁股把他送上去。钻进孔洞之后,郭文豪先找好位置站稳,然后学着肖飞的样子伸下手臂,想把张培拽上去。结果,拽到中央拽不动了,张培就那么悬在那里。

袁富见状赶紧上前帮忙,不想却被多多挤到一旁。多多扎起马步,两手端住张培的两脚,然后慢慢起身,直到对方成功爬上去。过程中,多多的右腕因压力过大,血水从丝巾下渗了出来,他也没喊一声疼。

接下来是多多和袁富。多多虽然右腕受伤使不上力,但好歹有张培协助,再加上自个儿身手利落,省了不少劲。袁富的运气却没那么好了,他往上爬的时候多多已经离开,阿四又不愿帮忙,愣是让他拖着肥胖的身躯毛毛虫般慢慢爬了上去。

阿四最后一个行动，等他爬上去的时候，已经和前面四个人拉开一段距离。

因为这个孔洞形状不规则，虽说最宽处有半米，但最窄的地方也就十几二十厘米的样子，所以要想前进得扭着身子，以极其难受的姿势慢慢爬。而且四周参差交错，稍不留神就会被石头碰着脑袋或者被弯道扭住脚脖。

爬了三四十米，状况略好一些，至少孔洞的高度可以让人猫着腰走路了。但宽松的环境不单人觉得自在，动物也舒坦，所以大家自然而然看到了老鼠和不知名的动物出没，还有倒挂在岩壁上吱吱乱叫的蝙蝠。

又走了100多米，前方的"路"突然消失了，只剩下一个洞以接近垂直的角度戳向天空，而且那个洞极其狭窄，连人的手臂都塞不进去。虽说从洞口呼呼吹着风，但也不可能像孙悟空一样变只苍蝇飞出去呀！

"没路了？"张培拽拽郭文豪的衣服。

郭文豪没有回头，也没有说话。

"肖大哥他们呢？"张培再次拽了拽郭文豪的衣服，"会不会还有别的路，大家走岔了？"

郭文豪仍旧不吱声。

"那我们还是回去吧，万一肖大哥回来找不到我们又该着急了。"张培继续扯着郭文豪的衣服。

就在这时，远处传来一阵轰隆隆的响声，似乎有重物敲砸着地面。阿四有种不祥的预感，掉头就往后跑，袁富以为前面出了什么状况，也跟着跑。多多转过身子，却见张培没动，于是又转回来。

张培第四次去拉郭文豪的时候，他狠狠扇了自己一个嘴巴。果然，阿四很快传来回应："咱们的后路被堵死了！"

3. 互掐

入口的孔洞是先被一块巨石堵住，然后又用小石块将四周缝隙揳死的，硬邦邦如钢板一块。阿四手推脚踹，依然无济于事，袁富在后面也尽可能地出一把力，但一阵穷折腾后，两人垂头丧气回来了。

郭文豪抱着头坐在地上，张培一旁劝说："您也别太自责了，很多事情都是无法预料的，您这么做也是为大家好，没有人会为难您。

再说，肖大哥他们回来后看到孔洞被堵，肯定会想办法救我们的……"

多多可没张培那么贴心，不等她把话说完就开始拆台了："他跟咱们走的不是一条道吗？咱们都被堵在里头，他们就能出去了？就算他们通过其他途径回到原处，难道就一定能救我们？"

"救个屁。"袁富没好气地接过话头，"我跟阿四费了半天劲都没弄开，难道他们有三头六臂的神通？再说，咱们遭此厄运，他们的状况也好不到哪里去，同样自身难保，谁顾得上谁呀。"

"所以说，对的错不了，错的对不了，又不是三岁小孩子，犯了错还得大人哄着。要是搁在我身上，一头撞死的心都有了！"多多忿忿地说。

郭文豪没有撞死的心，倒有一把掐死多多的意："小瘪三，有种把你的话再说一遍？"

多多唯恐天下不乱，叫嚣着："我再说100遍又怎么样？你个死人妖！"

郭文豪腾地起身，推开张培，扑过去卡住多多的脖子。

多多也不挣扎，反而脖子伸得长长的让他掐："有种你把我掐死，否则你就是孙子！"

郭文豪咬牙切齿地说："好，爷今天就成全你！"

"放开，快放开，你们这是干什么？别人还没做什么，自己人倒先自相残杀起来了！"张培左右拉不开，于是朝袁富和阿四喊，"你俩愣着干什么，快过来帮忙呀！"

"这里这么窄，挤不下太多人呀。"袁富站着没动，过了一会儿开始嘟囔，"要我说，老郭你这人也真够冒失的，肖老弟多次告诫，你就是不听，现在倒好，进退不得，还跟别人失去了联系。早知今日，老子就不参加什么狗屁故地重游了，这下游没游成，生意耽搁了不说，小命也要搭进来。"

说完郭文豪，袁富又把矛头指向多多："多多你也是嘴欠，你说就说呗骂他做什么，这倒好，死神还未降临，你倒要先去见阎王了。"

"我去你 × 的！"多多脸色发紫，声音也变得嘶哑，"青衣女鬼说了，一切都是她的诅咒，要不是你们三年前做出那档子蠢事，老子也不会被连累，跟着遭报应！"

"张培不是说了嘛，之所以不开门，是有人拿枪逼着，那跟我们有一毛钱关系吗？"袁富话锋一转，矛头又指向阿四，"你他 × 的就是欺软怕硬，有本事你骂拿枪的人呀！"

阿四正在喝水，听见这话顺手将剩下的半瓶水朝袁富砸过去，正中他的脑袋。

袁富顿时孝了毛："你他 × 的找死呢？"

"谁死还不一定呢。"阿四狰狞一笑，上前几步照着他的脑袋左侧重重抡了一拳，"这拳，为你在裂缝里用夜视仪砸我那一下。"

袁富脑袋"嗡"的一声，眼前冒出许多金星。

没等袁富反应过来，阿四又照他脑袋右侧抡了一拳："这一下，为你这张毫无遮拦的臭嘴！"顿时，袁富的鼻孔和嘴角淌出鲜血。

"别打了，再打下去会出人命的！"张培放开郭文豪，去劝阿四。

阿四一下把她甩到郭文豪那边："走开，没你的事！"

郭文豪把试图再来劝阻的张培搡了回去："别拦我，我今天非掐死他不可！"

面对失控的局势，张培焦头烂额，顾此失彼，急得掉了眼泪："肖大哥，你在哪里啊？"

此时此刻，肖飞和陈如被困在一个距离张培他们不远的狭长过道里，同样无助和窘迫。三个小时前，他们顺着孔洞一路行进，从一面石壁的空隙下钻出，进入到一条相对宽阔的甬道。从甬道的方位、环境和走势判断，肖飞估计它应该连着后室右侧的那条通道。

在甬道里走了没多远，前方出现两个岔口。肖飞用手电照了一下，左侧岔道积了不少水，看情况不太好走，因此，他们选择了右侧的岔道。走了100多米后，眼前出现一扇半开的石门，肖飞照了照，里面一片漆黑，想来这石门应该是过道中间的接口，结果二人刚钻进去，石门便轰然关闭了。

4. 示警

肖飞立刻返身去抬，可用尽全力也没能使其松动分毫。而通道的另一端大约40米开外便是岔道尽头，那里被一面黑糊糊的石墙堵住了。意料之中，他没有在石墙上找到任何机关。

"肯定是温国公主的幽灵在作祟，她一直阴魂不散地跟着我们。"提到青衣女子，陈如惧怕之余，又忍不住抱怨起来，"当初看到不干净的东西，就不该上这辆车，真是侥幸心理害死人，现在后悔也来不及了。"

肖飞仔细查看着四周的环境，检查是否有被遗漏的蛛丝马迹，嘴里问道："是不是觉得我们两个挺倒霉的？"

陈如寸步不离地跟着肖飞："可不是嘛，三年前我们又没坐这辆车，明知道守陵人的死跟我们没关系，还要不分青红皂白草菅人命，也不怕天打五雷轰！"

"为守陵人复仇只是其中一个原因，还有一点，青衣女子也说了，她要惩戒所有侵犯温国公主亡灵的人。从私闯禁陵这个角度讲，我们也有无可推脱的责任。"肖飞道。

"这么说，我们跟车上其他人，以及那些中了诅咒的日本鬼子一样，都最终难逃一死的下场？"陈如又开始发抖了。

"放心吧，她不会随随便便就让我们死的。"见陈如诧异地看着自己，肖飞笑了笑，接着说道，"截至目前，所有（大巴车上乘客）的死亡都算是意外事故，没有一件能证明跟所谓的诅咒有关。在这个机关重重的环境中，如果青衣女子有心要我们的命，我们绝不可能活到现在。你应该也注意到了，每次面临绝境都是虚惊一场，之所以能够脱险，除了自身的努力外，还跟对方的一些行为分不开的。

"比如，对方在制造一些障碍和困难的时候，也会故意露出一些破绽，必要的时候甚至还会主动出手施救。就像我跟张培从升降机井下面上来，极有可能就是对方在暗中施以援手；还有石人阵的碎石坝头与白化球蟒、地宫内的黑水与十二生肖兽头、主隧道里引领我们会合的敲砸声、那只经过特殊设计的铁笼子，等等。"

陈如还是不放心："你说的有一定道理，但也不排除对方是在故意玩弄我们，让我们受尽折磨，最后才丧命。"

肖飞断然否定道："不会的。"

陈如问："为什么这么肯定？"

肖飞只回答两个字："直觉。"

"好吧。"陈如勉强点点头，"那眼下这一关呢？你觉得我们有希望通过吗？"

"当然有。"肖飞停下脚步，认真对陈如说，"这不是最后一关，因为她的目的还没达到。"

"什么目的？"陈如也跟着停下来。

肖飞还未开口，石门外突然传来一声尖利的枪响。

张培双手握着枪，子弹击中头顶的岩石，碎渣纷纷下落，同时后坐力震得她手腕发麻。

枪是张培从多多的背包里取出来的，当初在军务秘书处把阿四的枪缴获后，多多就一直藏在自己的背包里，张培万般无奈之下，只得开枪警示。不过这一招还真管用，所有人都被镇住了。

"都给我住手！"张培大声喊道。

郭文豪和阿四本能地停止相互攻击。多多一屁股坐在地上，摸着脖子一边大喘粗气，一边继续瞪着郭文豪。挨了两记重拳的袁富有些愣怔，张培走过去替他擦了擦嘴巴和鼻子的血，并扶着他坐在地上。

袁富这个时候才完全反应过来，往阿四的方向连扑了两下都没有站起来，最后只能靠着石墙，血水混合着粗鄙的骂词从嘴里流出。

"非常时期非常策略，谁要是敢私自动手，别怪我张培翻脸不认人！"张培继续举着枪，既在警告不甘心的袁富和多多，也在震慑企图再战的郭文豪和阿四。

直到袁富和多多移开视线，郭文豪和阿四垂头不语，张培才慢慢放下枪，说："虽说入口被堵，但眼下的空间至少是安全的，大家借此机会吃点东西休息一下，等养足精神后再想办法离开，也好等一等肖大哥他们。"

郭文豪就地坐下，从背包里取出两个核桃使劲捏开，顺过气来的多多也不甘示弱，将张培送他的梨子取出一颗，一捏两半，一半狠狠塞进嘴里，另一半溜着地面滚到郭文豪脚边。

袁富和阿四这边的情景也差不多，前者拿一瓶饮料就着嘴里的鲜血大口喝下，后者掰扯十指，弄出"咯咯叭叭"的声音。虽然不再拳脚相向，但双方的对峙以冷暴力的方式继续进行着，张培无可奈何地叹了口气。

5.海马体

见阿四没有吃的，尽管自己所剩的不多，也有点不太情愿，张培还是从背包里取出一些食物丢给他。阿四也不客气，拿过食物狼吞虎咽起来，吃着吃着，他忽然面部大力扭曲，紧接着四肢抽搐，吃进去的东西又吐了出来。

很显然，阿四的毒瘾又犯了。张培怕他发狂的时候弄伤自己或者别人，赶忙上前去按，同时喊郭文豪和多多帮忙，可他们根本不予理睬。张培岂是阿四这么个壮汉的对手，很快就被掀到一边，要不是反应迅速，衣兜里的枪差一点被夺走。

张培实在没有办法，只得退到一边，眼睁睁看着阿四在那儿折腾，约半个钟头之后，他筋疲力尽，昏厥过去。

整个世界安静了。在疲劳的侵袭下，郭文豪开始打盹，多多和袁富已经发出轻微的鼾声。张培却丝毫没有睡意，她在多多旁边坐下来，拿出矿泉水瓶喝了几口，将剩下的全都浇在手上，一遍一遍慢慢搓洗着。

不远处的过道里，肖飞也没睡，他背靠石壁坐在地上，用手机照明，把稿纸铺在膝盖上，拿笔沙沙书写着。

半个多钟头前的枪声让他心烦意乱。他害怕张培那边出了什么事，连喊几声都无人应答，所以，此刻有点心不在焉。

"你不会在写遗书吧？"陈如在他身旁坐下，难得一副戏谑的口吻，"写完了可没人帮你送出去。"

肖飞笑了笑："什么啊，我在写日记。"

"写日记？"陈如露出吃惊的表情，"都什么时候了，你居然还有这个雅兴？不过也好，写下咱们的经历和见闻，或许有一天被人发现了，改编成小说或者影视剧，咱们说不定还能名垂青史呢。"

肖飞没有说话，咬着笔杆想了一会儿，继续写起来。

陈如伸手摸了一下厚厚的一沓稿纸："看你每天都要写一个来钟头，是不是都在记日记啊？"

肖飞默认了。

"我特别佩服有毅力的人，一个好习惯的养成说起来简单，但对我而言太难了，我做事向来缺乏恒心。"陈如蜷起腿，两手交叠放在膝盖上，然后把脑袋搁在上面，歪头看着肖飞。

"不是习惯，是迫不得已。"肖飞停了笔，伸手指了指自己的脑袋，"三年前，我在一次意外事故中导致大脑海马体损伤，只记得住 33 小时内的事情，为维持记忆，只能每天记日记。可惜的是，保留了我三年记忆的日记本在大巴车上弄丢了。"

"丢了？"陈如眉头轻皱，"早就听说通枰一带的大巴车上有扒手，会不会让贼给偷了？"

肖飞苦笑道："咱们这趟车是从通宁到枰州的长途，没有半路下车的旅客。再说，人家要偷也偷值钱的东西，要我一个日记本做什么？"

"那倒也是。"陈如想了想，又问，"会不会是你放在别的地方，自己忘记了？"

"行李架我都翻遍了，也确定没有落在车上。"肖飞撇了撇嘴，"算了，不说这个了。"

"其实丢了也好，丢了就没那么多思想包袱了。"陈如的语气忽然低下来，"就像鱼儿，虽然只有 7 秒钟的记忆，但它活得简单又快乐，不像人类，虽然聪明也有长久的记忆，却被无穷无尽的烦恼所困扰束缚着。"

肖飞轻轻在对方的鼻子上刮了一下说："小小年纪，你有什么烦恼？"

"我的烦恼可多了。"陈如幽幽地说，"很小的时候，我爷爷奶奶就死了，我妈嫌我爸家穷，窝囊，在我9岁那年带着我哥哥离开了，从此再也没回来过。其实，我并不特别在意我妈，倒是舍不得我哥哥。我特别羡慕有哥哥的人，下雨有人背着蹚水，受欺负有人帮忙出头，而我永远只能看到我爸为生计焦虑的脸。

"不管怎么说，我爸含辛茹苦把我养大了，乡邻们还支援我读了大学。就在我通过勤工俭学拿到第一笔钱，准备送一份生日礼物给我爸的时候，他却被人害死了。我爸临走前留给我一块纯金的怀表，那是他唯一值钱的东西，也是我妈当年送他的定情物。那一刻我才知道，这么多年来他一直爱着我妈，日子最艰难的时候也没把那块怀表卖掉……"

陈如说着说着哽咽起来。肖飞揽过她的头，让她靠在自己肩上："你的话让我想起了三年前的那天早上，她换了套新衣服让我跟她合张影，我觉得矫情就没答应。结果在我执行任务的路上，收到了她发过来的一张自拍照，下面还附了一句话，说，感谢我给她买的新衣服。你知道吗？那是结婚四年来，我第一次主动给她买衣服，而且因为是私下买的，还有点儿不合身，想不到却成了最后一次。"

6. 野食

"就是这张照片？"陈如拿起肖飞的手机认真看着，"她长得真好看，不用美颜不用修身，随手一张自拍都这么漂亮。"

肖飞叹了口气，继续沙沙书写。

"肖大哥，问你个问题。"陈如支起脑袋，以便看到对方的表情，"你对我这么好，是因为我跟嫂子有几分相像，还是因为别的？"

肖飞的脸上没有明显的表情，说："你说呢？"

"我觉得……两者都有。"见肖飞沉默，陈如自己为这个结论作了阐述，"我长得有几分像嫂子，所以你爱屋及乌，这是主要的。但同时也有一些别的感情在里面，不过不是男女之情，而是哥哥对待妹妹那样的疼爱和体贴。"

肖飞停下笔，将对方用力朝自己这边揽了一下说："我们那儿计划生育特别严，生了我之后，我妈想再要一个女儿，始终没要成，不然我可能真会有个妹妹。"

陈如眨巴着眼睛说："你怎么不问问我是怎么想的？"

肖飞从她的目光里看到一种灼热，心头一紧，把手放开了。

"我把你当哥哥，但又不只是哥哥，因为这里面还包含了独占和依赖、尊崇与爱慕。"陈如抓住对方急欲逃离的大手，"中学的时候，我最喜欢读白居易的《长恨歌》，尤其那句'在天愿作比翼鸟，在地愿为连理枝'。这句话本是比喻夫妻的，但我今天借来形容此刻的心境，我不敢奢望跟你的妻子相比，不求同日生，如果能死在一起，我也心满意足了。"

肖飞搁下笔，在对方胳膊上拍了拍说："干吗这么悲观，相信我，咱们一定能够活着出去。快别瞎想了，睡会儿吧。"

陈如靠在肖飞肩头，听话地闭上了眼睛。

张培不知道什么时候睡着的，她再次醒来的时候已经是8月5日上午8点2分，算起来，他们已经在地下困了18天了。

多多、郭文豪、袁富都还睡着。张培侧身看了一下，放在她和多多之间的两部手机，其中一部因电池和充电宝的电量耗尽而关机，另一只手机的屏幕虽然亮着，但也只剩15%的电量。

她大致计算了一下：5个充电宝，一个在多多这儿且电量已经耗完，另一个在郭文豪那儿，电量差不多也应当用完了，算上之前已经用完的两个，只剩袁富和阿四那儿的两个还能用。转眼十几个小时过去，依然没有肖飞的消息，食物也所剩无几，电量若是再耗尽，后果简直不堪设想。

阿四上哪儿了，怎么没看到他呢？张培的心猛地一沉：别是出啥事了吧？就在她准备去寻找的时候，阿四拿着手机从孔洞另一端回来了，嘴里好像嚼着什么东西，嘴边沾着一些灰黑色的绒毛和暗红色的血。

"你去哪儿了？"张培问。

阿四用指甲剔着牙，漫不经心地说："找吃的。"

张培拉开自己的背包说："我这里还有一些小麻花，给你先垫垫肚子。"

"谢了！"阿四摆手拒绝道，"我想吃肉，改善改善伙食。"

张培有些不悦，有吃的就不错了，还挑三拣四，我也想吃肉，可到哪儿去找呀！不过，她也只是这样想想，没有说出来。

这时多多醒了，他张开胳膊伸了一个懒腰，然后拉开自己的背包，叫道："咦，谁偷我吃的了？"

其余三人的目光一起看向多多，多多将背包里的东西全掏出来，底朝上口朝下地倒着："睡之前还有四块小面包和一个梨子，现在全没了！"

见多多盯着自己，郭文豪不禁生气道："别看我，我宁愿饿死也不会吃你的东西，况且以偷的方式！"

多多的视线随即移到袁富身上。袁富正在啃一个梨子，那个梨子因存放时间过长，布满黑色的斑点，尾部甚至还烂了一小截，但他实在饿极了，连烂了的部分也一起啃掉，皱着眉头咽进肚子里。

"那是张培给我的，你凭什么偷走了吃？"多多立刻扑上去，同袁富争夺起来。

袁富死命抢夺："那是张培给我的，我一直没舍得吃。老子才他×不屑偷你的东西呢！"

张培赶忙上前劝说多多："会不会是你晚上梦游的时候把东西吃了？"

"不可能！"多多坚决否认，"我这人最保本，宝贵的东西做梦都会珍惜，不可能随随便便吃掉。"

阿四靠着墙根坐下来说："别吵了，我还想再补会儿觉呢！"

多多看到阿四咂巴的嘴，立刻将矛头对准了他："一定是你偷吃的，张开嘴给我看看！"

阿四将嘴里的骨肉渣子抠出来摊在手心："我这可是新鲜的肉，好东西，你要吃吗？"

多多这才看到他嘴角的鲜血和黑毛："你、你吃的什么东西？"

"蝙蝠。"说着，阿四又把那黏糊糊的一团塞回嘴里，"人要生存，就不能只靠加工过的东西，必要时得学会自行开发，向大自然直接索取。"

多多傻眼了，张培和郭文豪忍不住一阵干呕。张培恶心，是因为头一次见人生吃蝙蝠，郭文豪反胃，是因为阿四反复吞吐的动作。

阿四轻蔑地扫了一眼张培和郭文豪，两手枕在头后闭目养神。

"郭老师，您有什么好的主意吗？"张培好不容易缓过来，问不断捶胸咳嗽的郭文豪，"现在进退无门，也联系不到肖大哥，咱不能在这儿等死啊。"

"咳咳……"郭文豪抚着胸口，一脸无可奈何，"不耗着又能怎么办？眼下只能祈祷救援人员能早日发现我们……咳咳……"

"已经 18 天了，还会有救援人员吗？况且这里的环境这么复杂，想被他们找到除非奇迹发生。"说着，张培的眼泪流了出来。

7. 蛇血

被困 18 天。说实话，这个时间超出了肖飞的预料。此时此刻，他和陈如的处境远比张培他们更加艰难。

肖飞盘点了一下，他们两人只剩下三小块沙琪玛和半瓶茉莉蜜茶。

看陈如两颊塌陷，一副虚弱的样子，肖飞把三块沙琪玛全部给了她。陈如问肖飞怎么不吃，肖飞表示她睡着的时候自己已经吃过了。陈如也的确饿坏了，再加上恐惧和阴冷也消耗了大半的能量，她很快就把那些食物吃光了。

拿到半瓶茉莉蜜茶的时候，陈如也问了同样的问题，肖飞又用同样的理由搪塞，而实际上，他的嘴唇已经起了一层又一层的干皮。

除食物短缺之外，电能不足也是个大麻烦。肖飞的电筒亮了半个晚上，彻底没电了，手机的电也在两个小时前耗光了。眼下只能用陈如的手机照明，可陈如的手机电量也不足 30%（她的充电宝在初入隧道的前五日耗尽），一旦电量耗尽，等待他们的将是一片黑暗。

在叫天不应叫地不灵的困顿中，又一天过去了。

多多悄悄拉开背包，趁其他人仍在熟睡，偷偷将"私藏"的一瓶水塞给张培。张培被惊醒，问："这水从哪儿来的？"因为她知道，前一天晚上大家基本上已经弹尽粮绝了。多多扫一眼周围，做了个噤声的手势。

"喝点吧，看你嘴干得都快出血了。"多多低声劝道。

张培看看同样嘴唇干裂的多多，还有情况好不到哪儿去的其他人，打开瓶子喝了两口，然后递给距她最近的郭文豪——她想让每人都喝一点。

就在多多伸手去夺的时候，郭文豪睁开了眼睛，他看看多多又看看张培，瞬间明白是怎么回事。他看着那喝剩的大半瓶水，本能地舔了舔干涸的嘴唇。

"喝点吧，郭老师。"张培又往他面前递了递。

"我不渴，谢谢。"郭文豪摆摆手，闭上眼睛继续睡。

张培僵在那里，有些尴尬："我每天都漱口，你不用介意——"

"呵呵。"不远处的阿四冷笑一声，他的眼睛依旧闭着，但似乎可以洞悉周围发生的一切，"他是怕传染病。"

"我没有传染病。"张培继续为自己辩解。

阿四慢慢睁开眼睛说："你是不是被红尾山魈咬伤过？"

"怎、怎么了？"张培眨着无辜的眼睛，见郭文豪一副默认的样子，终于恍然大悟，"你不会怀疑我感染了 T-SA2N9 病毒吧？"

"不单是你，包括肖老弟、袁富甚至我，但凡跟红尾山魈打过交道的都在怀疑之列，对吧郭先生？"阿四阴阳怪气地瞥向郭文豪。

"在这死人妖的眼里，除了他自己，别人都是疑似感染者！"多多一把夺过那只水瓶，"不喝正好，老子省一口救命水！"

郭文豪喊了声"你个小瘪三"，欲冲多多动手，突然感到后颈一凉，

202

转头看时，只见那条白化球蟒不知何时从裂缝上方滑了下来，脑袋正好搁在他的肩头，火红的芯子不断扫着他的耳根。

见此情景，郭文豪立刻屏住呼吸，浑身变得跟蛇一样冰冷。好在那大白蛇并没有主动攻击的意思，只是顺着他的脖颈往上爬，高高抬起脑袋，盯着斜对面的多多。多多几乎吓尿了，瓶中的水随着手的抖动洒进裤裆。

就在张培发出惊叫的同时，阿四伸手掐住了大白蛇的脖子，把它从郭文豪头上拖了下去。大白蛇受惊，死死缠在阿四的手腕上，试图掉转脑袋去咬他，阿四先下手为强，张开嘴朝大白蛇的后颈咬去。

大白蛇吃痛，缠绕在阿四手臂上的身体迅速滑落下来。阿四咬下一口皮肉，混着血汁嚼嚼吃掉，接着又是一口。大白蛇被掐着咽喉，只恨没生出可以用来拼命的手脚，在空中扭得跟麻花一样。

过了一会儿，大白蛇的脑袋耷拉下去，只剩身子还在缓缓扭动。阿四腾出一只手，使劲拽掉蛇头，狠狠甩向远处，然后贪婪地吮吸着指缝间流淌的鲜血。

整个过程，如同目睹阿四嚼食蝙蝠一样，多多呆愣着，张培既恐惧又恶心，郭文豪胃里翻腾着，但看到前者吮吸手指的时候，很明显也咽了口唾沫。这个细节被阿四看到了，于是他把无头的蛇身递给了郭文豪。

郭文豪看着仍在扭动的大白蛇，以及蛇身断裂处不断涌出的血汁，似乎在做激烈的思想斗争。

"郭老师，您千万不要以身犯险，万一蛇血有毒怎么办？"张培在一旁叫道。

"蛇血是没有毒的，有毒的是毒腺和毒牙，我都已经摘除掉了。"阿四劝郭文豪，"喝点吧，既解渴又补身。"

郭文豪慢慢伸出手，抓住大白蛇，闭着眼睛大口吮吸起来，随着蛇身的挣扎扭动，鲜血糊得他满脸都是。

张培看不下去了，掩口到一边呕吐，由于前一天几乎没吃东西，除了酸水什么也没吐出来。当她转过身，忽然觉得有点儿不对劲：袁富呢？好像醒来之后就一直没有看到他。

张培把手机电筒打开，昨晚袁富睡觉的地方空空如也，她又转向另一侧，赫然发现前方不远的拐角处半卧着一个人，看体型像是袁富。

张培凑近一看，果然是他。但此刻的袁富脸色青黑，双眼瞪大，嘴巴张着，金牙露在外面，手里抓了半截粉紫色、蘑菇腿似的东西，胸口前有一摊暗黑色的血污。张培大着胆子摸了摸，袁富不仅没有鼻息，身子也已经僵硬了。

第二十天

━━━ 1. 冥萝伞 ━━━

"快来人啊，袁先生出事了！"张培放开嗓子大喊道。

总共十多步的距离，过了快半分钟，郭文豪、多多和阿四才慢腾腾依次赶到。郭文豪蹲下身，翻开袁富的眼皮，又看看他的口腔，捻了点嘴角的污血嗅了嗅，最后把目光放在他手中的粉紫色菇腿上。

"他是怎么死的？"张培胆怯地问，"看他的样子，好像见到了特别可怕的东西，难道这孔洞里……"

"不不不。"郭文豪摆摆手，"从表面上来看，死亡的直接原因跟他手中的毒菇有关，这种菇叫冥萝伞，通常生长在地下深处，由于自带荧光素，几乎不需要什么光合作用。但这荧光素含有剧毒，人一旦误食便会产生幻觉，轻则意识模糊、身体浮肿，重则肝肾衰竭、七窍出血死亡。

"另外，被红尾山魈咬伤，感染 T-SA2N9 病毒都有可能是导致他死亡的间接原因。如果真是这样，十几天的时间，也差不多到了病毒的爆发期。当然，这只是我的推测，并不十分确定。现在可以确定的是，阿四先生的两记铁拳才是致命的根本，否则，少量的冥萝伞和只能激发细胞变异的 T-SA2N9 病毒不足以造成眼下的情况。"

阿四听完，没有提出反驳意见，也没有表现出丝毫同情或懊悔，只是冷冷丢下一句话："那是他自找的，怪不得我。"

张培怒视着阿四，可眼下不是追究责任的时候，而且在某种情况下，还需用上他，所以只能暂时把愤恨压在心里。

见张培噙着泪，郭文豪拍拍她的胳膊说："斯人已去，不必伤心。况且在这种地方，死了也算是解脱了。"

多多一副嫌恶的表情，说："找地方扔了吧，放在这儿挺瘆人的，不远处就是咱们的栖息地啊。再说，老袁中了 T-SA2N9 病毒，万一变成异种或僵尸啥的就更麻烦了。"

好歹是一起同行的伙伴，再艰难也要简单料理一下后事，不能弃之不顾。可张培一个弱女子哪搬得动袁富那肥硕的身躯，努力了几下之后，她向一旁的三个男人恳求道："烦请各位帮帮忙吧，我一个人实在弄不动。"

　　郭文豪掩胸咳嗽，佯装没听见，阿四则完全一副置之不理的态度，多多犹豫了一会儿才蹲下身说："我来。"

　　两人一人抬头一人搬脚，猫着腰往孔洞深处走，走了大约30米后，在一侧满是碎石的拐角把袁富放下。

　　"就这儿吧。"张培喘着气说，"咱们辛苦一下，挖开这些碎石把人埋进去，免得蝙蝠老鼠破坏尸体。"

　　多多有些不情愿，但看到张培跛着脚去挖那些石头，心里一软，又蹲下了身。两人在石壁下挖了一会儿，越挖越觉得松散，大约挖到40厘米深的时候，忽然有风从里面透出来。两人对视片刻，立刻加快了挖掘速度。七八分钟后，他们在石壁底下挖出一个足以通过一人的窟窿！

　　肖飞不知道什么时候睡着的，也不知道手机的电什么时候耗尽的，只知道睁开眼睛的时候，石墙已经向上开启，远处闪着一道微弱的亮光。

　　"肖大哥！肖大哥你在哪儿？"外面传来张培的声音。

　　肖飞抖擞了一下精神，确定不是在睡梦之中，赶紧拍了拍伏在肩头的陈如。听到张培的叫声，陈如激动地回应道："这里，我们在这里！"

　　很快，两拨人在石门外相遇了。张培抱着肖飞的脖子放声大哭："肖大哥，我以为再也见不到你了。"

　　"没事儿，这不是好好的吗？"肖飞轻拍着她的脊背说，"你们怎么找到这儿来了？"

　　张培哽咽难言，郭文豪替她做了回答，当然，他没有完全照实说，而是选择了对自己比较有利的措辞："你们走后，我们等了很久都不见回来，怕出什么事，就赶紧过来接应。谁知藏在暗中的家伙狡猾得狠，我们刚一进来他们就把入口给堵住了。没办法，我们只能另寻出路，经过一番坚持不懈的努力，最后在一道石壁底下挖出个窟窿，就钻过来了。"

　　"挖个窟窿？你说的是不是那个都是碎石的拐角？"见郭文豪连连点头，肖飞不由得倒吸了口气，"不对啊，那儿的窟窿是现成的，我们就是从那儿钻过来的呀。"

　　郭文豪愣了一会儿，说："照你这么说，是有人在你们通过之后把它堵起来了？"

事实明摆着，所以肖飞没有回答，他借光亮数了一下人数，发现少了一人，问道："咦，袁先生呢？"

2. 又见生门

"死了，是被……"张培哽咽着说。

"是被冥萝伞毒死的。"阿四抢先答道，"我们已经把他埋了。"

郭文豪是肖飞离开前指定的委托人，袁富的死他负有不可推卸的责任，为免节外生枝，他便顺着阿四的话说："由于食物和饮用水缺乏，大家面临着极其严峻的生存考验。为了充饥，阿四先生不得不生吃蝙蝠，我也曾喝过大白蛇的血。不幸的是，袁先生误食了含有荧光素的毒菌菇，等我们发现的时候，身子都已经僵硬了。那惨状，想起来就令人痛心啊。"

多多听了，狠狠朝地上吐了口唾沫。只剩下 6 个人，而且在接下来的行动中还要并肩作战，张培也克制了自己的情绪，没有当场跟郭文豪和阿四反目。

见郭文豪拿手机朝石门里面照，肖飞无奈地叹了口气说："是个死胡同，我们在那里面被困了 3 天。"

"你们也是前脚进去，石门后脚就关上的吗？"郭文豪问。

肖飞点点头说："奇怪的是，就在不久之前，石门又自动开启了。"

郭文豪捻着胡须推测："依我看，封闭孔洞入口，用碎石填充窟窿，关闭和打开石门的是同一个或同一拨人。"

"没错。"肖飞认同地说，"制造障碍却又故意露出破绽，甚至不惜在关键时刻施以援手，这种自相矛盾的做法符合他或他们一贯的风格。对了，你们怎么也没有选择左边的岔道？"

郭文豪刚想开口却咳嗽起来，多多替他作了回答："里面不能走，有很多水。"

肖飞听完，苦笑了一下："现在看来，蹚水也得走那边，没得选了。"

十分钟后，队伍走进左侧的岔道。依旧是肖飞和陈如打头，张培和多多第二，再接着是郭文豪，阿四跟在最后面。

在阿四的"慷慨"支援下，肖飞和陈如都用上了充电宝，肖飞调出手机的电筒模式。鉴于地下空间一直没有信号，多多的两部手机暂时关机，为节约资源，张培和郭文豪也没开机，倒是为了后方安全起见，阿四也开启了手机电筒。

跟另一侧不太一样，这边的岔道顶上有许多裂缝，且不断有水通过裂缝淅淅沥沥往下滴，每个人身上都湿漉漉的。只是水的来源不明，又经过黑石浸染，大家即便口渴难忍也不敢擅自饮用。

越往里走水就越深，从小腿淹至膝盖再至腰部，最深的地方差不多到胸口了。不过幸好走了700来米后水又开始变浅，但再往前一段距离之后，水的流速却加快了许多。

又走了200多米，前方出现一个断崖，水流直下，深不见底。和这边的黑石相对应，十多米外的对面则恢复了青灰色的岩层，这就意味着，跨过这道深谷就走出陵墓的范围了。

郭文豪从背包抽出两张稿纸卷成卷，借用张培从袁富身上取下的打火机将纸卷点燃扔下去，借助火苗的光亮，发现侧下方20多米的位置有一座人工修建的短桥，短桥对面连接着一条漆黑的隧道。

"真是山重水复疑无路，柳暗花明又一村啊！"郭文豪兴奋地指着那条隧道说，"绕了一大圈，又绕到生门来了！"

张培从后面走上来的时候，火苗已经熄灭，她没看见那条隧道，于是问郭文豪："你是说古墓地下室那条毛毛糙糙的通道吗？"

郭文豪兴奋得直咳嗽，肖飞替他作了回答："从位置、海拔、口径大小、工程质量来看，应该没错。"

"在哪儿，在哪儿？"多多拨开陈如，把脑袋挤到前面，"老郭，你再点张纸我看看！"

郭文豪又点了张纸卷丢下去，不过这次，他重点是查看这边到短桥的岩壁是否可供攀爬。这一看，又大喜道："天不亡我，有路可行啊！"

郭文豪所说的路，指的是岩层凹凸不平的表面。但在肖飞看来，想要顺利下到短桥并不乐观，虽说有落脚的地方，可石块被水面多年浸润，早已滑腻不堪，一旦摔下去，运气好的话，落在短桥上还能留个全尸，运气不好坠入深谷，那就真的死无葬身之地了。

"你们稍等，我先下去探探。"说着，肖飞把手机交给陈如，将三八大盖扛在身上，面朝里抓着突出来的岩石，从洞穴的边沿慢慢往下爬，这样一来可以避开水流的正面冲击，二来可以半对着下方的短桥，一旦失足也不至于死无全尸。

爬了两三米之后，肖飞将两脚固定好，然后做了个可行的手势。陈如第二个从洞口爬下，不过她有些胆怯，每一步都哆哆嗦嗦、战战兢兢。为防止意外，肖飞又向上爬了两步接住了她。

接着是张培和多多，二人都有伤，攀爬起来非常艰难。肖飞只好先把陈如送到短桥边，然后再上去接应他们。接应过程中，张培不慎脚底一滑，整个人顺着岩面落向深谷，幸亏一块明显突出的岩石勾住了背包，再加上肖飞及时出手，不然后果不堪设想。

3. 见证者

最后一组是郭文豪和阿四。下行过程中，阿四脚滑了一下，踩到郭文豪的手，郭文豪吃痛，哧溜溜滑了十来米，直接摔在石桥边，幸好那段坡度相对较缓、凹凸不平的摩擦力减缓了下落速度，除衣服扯破，胳膊有点伤外，其他没什么大碍。

眼前是一座由四道链子搭成的铁索桥，其中上面两道铁链作为扶手，下面两道用作衬垫，上面铺着厚重的松木板。只是年代久远再加上附近水汽笼罩，木板已经破损严重，铁链也锈得不成样子，尤其靠近水流的那侧，几乎看不出原来的颜色了。

"这短桥看起来破烂，实际不出百年，应该是温国公主的守陵人建造或翻新过的。跟生门的通道一样，都十分简单粗犷。"郭文豪顾不上浑身疼痛，迫不及待地第一个踏上铁索桥，在他看来，这座桥虽然破旧，但承载一个人的重量是绝对没有问题的。

没想到的是，多多和阿四居然不声不响也跟了过去，直到右侧的铁链发出嚓嚓的警告，郭文豪才发现他们的影子。

"给我回去！"郭文豪怒目而斥，"每次只能过一个人！"

阿四扫了一眼多多，冲郭文豪仰了仰脖子，意思是：回去的为什么不是你俩？

嚓嚓声仍在继续。郭文豪黑着脸刚想大吼，却只发出一连串的咳嗽，无奈之下，他只得退回桥头。桥上只剩下多多和阿四，谁也没有主动退回的意思。在他们看来，越早通过的人安全系数越高，越靠后的人风险就越大。

"每次只能过一个人，你没听到吗？"多多冲阿四喊道。阿四冷哼了一声，继续往前走，多多直冒火，上前拽住阿四的背包想把他扯回来，阿四猛地将背包一松，多多摔了个四仰八叉。

多多爬起来，这次扯住了对方的后襟。阿四甩了两下没甩开，便硬拖着多多往前走。互相角力中，只听"刺啦"一声，阿四的衬衣被撕破了，大半个背部裸露在外面。

肖飞的目光钉子般揳在阿四的后背上，那上面文着一颗青色的狼头，狼头的位置、大小、造型、颜色跟他之前在幻觉中看到的一模一样。脸上的刀疤、背部的狼头，也就是说，阿四极有可能就是幻觉中那个黑色人影。

这样一来，幻觉中三人的身份基本坐实了：灰色人影是肖飞自己，白色人影是他的朋友，阿四是那个被追得到处乱跑的黑色人影。至于为什么要追阿四，怎么会到那么偏僻的隧道里，肖飞实在想不起来。

他正头痛欲裂时，郭文豪忽然叫出两个字："豺狼？！"

肖飞目光一凛："你说什么？"

"肖老弟！"郭文豪立刻拽住肖飞说，"我敢肯定，阿四就是杀害你妻子的凶手！"

肖飞的理智瞬间炸裂。

郭文豪继续说道："实不相瞒，我就是三年前那场奸杀案的目击证人。我亲眼看到罪犯在你家行凶的全部过程，他最大的特征就是背部有一颗狼头的图案。在此之前，警方曾发过一则通缉令，凶犯的样貌和真名我印象不深，只记得那人代号'豺狼'，背上有颗狼头图案，身负多起强奸案……"

肖飞打断了他："怎么那么巧，刚好被你看到？"

郭文豪一时有些尴尬，犹豫片刻，他还是把实情说了出来："当时我正站在朋友家的窗口，拿望远镜四下偷瞄，看有没有女人在洗澡，结果，就成了那起案子的目击证人。当然，我并不知道受害者就是你老婆，否则早把实情告诉你了。"

"郭老师你……"郭文豪的人设瞬间崩塌，张培顿觉失望无比。

肖飞无暇追究郭文豪涉嫌偷窥的责任，只死死盯着阿四。阿四正跟多多扭打在一起，张培担心多多吃亏，赶紧上前劝解。不料阿四一把抓住张培，掏出她背包里的手枪，把多多砸晕，用枪抵着她逼迫肖飞等人后退。

阿四挟持着张培抵达短桥另一头，用枪击中并砸断右侧下方的铁链，桥身顿时倾斜，木板纷纷坠落，正当他准备击砸左侧那根铁链的时候，张培忽然朝他手上咬了一口，阿四吃痛，手枪也随之掉落。

阿四恼羞成怒，一把将张培推向悬崖，转身朝隧道深处跑去。张培翻了几个滚，抓住断了的铁链，身子半悬在崖边。肖飞踩着左侧的单链小心走过去，救起张培。陈如、郭文豪等多多苏醒之后，才一一走过来。抵达对面的时候，陈如顺手捡起了阿四掉落在桥边的那把手枪。

除陈如外，其他都是伤兵残将，肖飞不能置之不顾，这使得阿四侥幸逃脱。肖飞搀着身体虚弱、咳嗽不止的郭文豪，多多和陈如架着跛脚又添新伤的张培，5人顺着隧道蹒跚而行，曲曲折折不知走了多少路，黑暗尽头渐渐出现一个绿点。

起先，绿点如同豌豆大，随着距离的接近，又渐渐变为拳头大小，即将抵达跟前时，又变成一扇炫目的弧形拱门，那明亮的绿光有巨大的吸引力，使人不自觉想要闯进去。他们就像漂泊了七七四十九天的孤魂野鬼，在阴间抵达人世的通道开启后，迫不及待地投入重生之门。

第二十一天

1. 重生

就这样，经历了整整 20 天的生死历练、艰难挣扎之后，他们迎来了重生。

此刻，5 人站在一个藤蔓遮掩的山洞口，衣衫破烂、形容狼狈、精疲力竭，活像从炼狱逃返人间的囚奴。

在黑暗里盼望寻找，可当光明和自由真正到来的时候，却有一种不真切的惶恐感，直到完全适应明媚灿烂的阳光、青翠碧绿的山野、清新宜人的空气、婉转悦耳的鸟鸣之后，大家才终于相信这不是梦，毕竟梦没有这般细腻和真实。

放眼看去，周围的一切都是那么美好，就连平日里遭人厌弃的藤萝杂草、蚊子臭虫此刻都显得那么可爱。

除肖飞外，几个人全都喜极而泣，多多和郭文豪更是跪在地上鬼哭狼嚎，仿若癫狂。十几分钟后，大家才重新冷静下来，因为摆在面前的形势仍然不容乐观：眼下处于无边无际的崇山峻岭之间，别说具体位置，就是东西南北都分不清楚；除了半截朽破的木板栈道外根本没有下山的路，所见之处耕农尽绝、荒无人烟；最要命的是手机依然没有网络和信号。

但无论如何，也比待在黑暗的隧道中好过多了，对于这帮饥肠辘辘的人来说，最要紧的是寻找食物和饮水。

肖飞爬上一座山头张望了一番，发现附近多是茂密的丛林和野生的藤蔓，在下方约 400 米（垂直高度）的地方有个因山石坍塌阻断河流形成的堰塞湖，可以捕食鱼虾螃蟹之类的充饥。另外，湖的四周散布着很多低矮的灌木，想必会有野果。最主要的是，那里地势平坦空旷，可以一边吃点东西休憩整顿，一边放烟求救原地待援。

由于没有现成的山道，大家体力又不好，攀岩太过冒险，但一路跋涉过去全得靠人工开辟，被荆棘划伤、藤萝刺挠自不必说，还要时刻小心嶙峋的石头、坍塌的地洞、随时出没的蜂窝和蛇。一行人花了近两个小时才抵达湖边，太阳也基本快落山了。

据肖飞观察，注入堰塞湖的是条地下河（后半段露出地表），而堰塞湖的形成至少已有百余年时间。因为湖里都是死水，肖飞不建议大家饮用，除郭文豪外，其他人都绕行一段距离来到河边。

不是郭文豪不想喝干净的活水，而是他年纪大，身上又有多处伤病实在走不动。虽然因偷窥对郭文豪产生了些看法，但张培还是给他带回一瓶水，后者接过就是一通狂饮。

喝水的时候肖飞和陈如特地看了看，周围的树林里有果子，但都未成熟，味道酸涩，难以下咽。所以喝完水之后，肖飞立刻给大家分了工：张培和陈如去收集柴草树枝，一方面沿湖放烟发出求救信号，另一方面找地方搭建窝棚，准备晚上在此过夜；郭文豪和多多找些螃蟹鱼虾准备晚饭；至于他自己，则打算去探探路，顺便碰碰运气，看能否弄些野味回来。

在捉蟹的过程中，多多偶然发现岸边的浅水区漂着一些半透明的玻璃瓶，他觉得奇怪：这是条地下河，两侧根本没有工厂、医院、居民区啥的，这瓶子从哪儿来的呢？他俯身仔细看，瓶子里似乎还装着什么东西。

在好奇心的驱使下，他把一个瓶子洗干净，拔掉橡皮塞，发现里面藏着一卷老旧发黄的白纸，他取出白纸展开，上面是一长段半懂不懂的符号文字。

"喂，老郭，快来瞧瞧这个！"多多把远处的郭文豪叫过来，把白纸递给他。

郭文豪接过来，看了一遍之后问："哪儿来的？"

"在这里头塞着呢！"多多举起手里的玻璃瓶晃了晃，又示意了一下附近水域其他的瓶子，"看，这儿还有好多。"

郭文豪俯身又捡起一个，打开软塞，里面也有一个纸卷，他取出纸卷看了看，心里瞬间明白了："这些都是8014部队那帮鬼子扔的漂流瓶，是为了缓解压力、排遣苦闷而进行的心事诉说和感情宣泄。"

窥探他人隐私是人的本性，多多如此，郭文豪也是如此。两人一口气捞上来十多个瓶子，挨个儿翻看里面的纸条。内容跟之前两张大同小异，都是表达对家乡亲人的思念、对战争的迷茫厌倦以及进行残酷实验时内心的矛盾与挣扎等，并没有想象中的激情和爆点。

旁边还有最后一个瓶子，它样貌丑陋，比其他瓶子更显脏污，郭文豪也看得有点腻了，干脆伸脚踢它踢到石头堆里，只听"啪"的一声瓶子炸裂，纸卷露出的一角被浸湿，松本蕙兰几个字瞬间被水晕浸湿。

松本蕙兰？郭文豪立刻想到了在军务秘书处看的那些信，他赶紧把纸卷捡起。这时，肖飞提着一只受伤的野兔走过来，问郭文豪在出什么神。

"肖老弟，爆炸消息啊！"郭文豪像是发现新大陆般地兴奋，"还记得那个松本蕙兰吗？这是她留下的一封自白书！幸好被咱们发现，否则这个秘密可要永久性被埋没了！"

"哦？"肖飞把打来的兔子丢给多多，让他交给张培做晚饭，自己则在郭文豪身旁蹲下来，"什么秘密？快说说。"

2. 凶鳄

"这个松本蕙兰居然是个中国间谍，没想到吧？"见肖飞一副感兴趣的样子，郭文豪更加兴奋了，"按这上面所写，松本蕙兰原名华丽娜，生于1917年，1938年加入中国国民党，在戴笠手下的军统局工作，代号蓝狐。1939年以松本蕙兰的身份结识了同在东京陆军总部做机要文书的秋山弘一，两人很快成为情侣。

"1939年11月，松本蕙兰进入8014部队，继续她的谍报工作，但从1941年9月起就与上线断了联系。由于战争节节失利，再加上对戴笠以及国民政府的种种不满，她的内心非常苦闷和彷徨，几次想要放弃，但最终还是坚持了下来。松本蕙兰说，通宁一带暂时未被日军占领，她希望后人能发现这个漂流瓶，一来为政府做点儿贡献，二来借此为自己正名。

"这张纸条写于1942年3月，也就是转迁贺兰山基地之前。另外，松本蕙兰还提供了一份贺兰山新基地的图纸，我找找……"说着，郭文豪拿起瓶子掏了掏，取出一张折叠成方块的油印地图，"看，应该就是这个。"

肖飞拿过地图打开，看着那些纷繁复杂的线条，眉毛拧成一团。

郭文豪折起纸卷，嘴里不住地感叹："怪不得松本蕙兰连续两次把她跟秋山弘一的信件扔在基地，原来是故意给后人留下线索啊！只可惜发现得太晚，不然，提前截获所谓的七号档案，改写历史的权利就在咱们中国人的手里了！"

两人正说着，远处传来一声惊呼，紧接着"扑通"一声，似乎有人落进水里。肖飞和郭文豪赶忙站起来，只见张培在水里挣扎，一旁的陈如束手无策，急得直跺脚。等肖飞赶到跟前的时候，多多已经先行一步跳下去救人。

"怎么回事？"肖飞着急地问陈如。

陈如回答说："张培在岸边看到水中有条大鱼，就想把它捉住，结果不小心从石头上掉下去了。"

正说着，多多带着张培游回来了。张培看起来没什么大碍，反倒是多多水性不佳，呛了好几口水，不住地咳嗽着，手腕的伤口也流血了。

张培一下地，就流着眼泪哭诉："好大的一条鱼，差一点儿大家晚上就能喝到鱼汤了。"

"你想喝鱼汤？"多多喘着气问。

"废话，好东西谁不想喝呀。"张培低低抱怨一句，忽然又指着水面叫起来，"看，那儿还有一条鱼，在那儿！"

看张培像个馋猫似的，多多咬了咬嘴唇，说了句"你等着"就反身又跳入水中，肖飞和陈如拦都来不及。

多多以比较生硬的姿势游过去，到了张培所指的位置，一个猛子扎进水里，十几秒钟过去了，他还没出来。张培和陈如害怕了，肖飞脱掉鞋子准备救人的时候，多多忽然从水里露出脑袋，两手高高举起一条活蹦乱跳的大青鱼。

岸上的张培笑了，冲多多抛了个飞吻说："晚上有鱼汤喝喽！"

多多激动得心都快化了，刚想以一个潇洒的姿势游回去，身子却猛地往下一沉，像有人从背后拖着他一样，快速向后退去。与此同时，岸上的几人看到一截灰褐色、糙树皮一般的东西半浮在水面上。

"鳄、鳄鱼！"陈如首先惊叫出声。

张培也跟着叫起来："快救人啊，多多被鳄鱼拖走了！"

话音未落，肖飞一个猛子扎进水里。明知道被鳄鱼咬定的食物几乎没有放口的可能，他还是想拼力一搏，创造奇迹。可等他一口气游出十多米浮出水面的时候，多多已被拖到百米外的湖心处，他半截身子被咬在鳄鱼嘴中，手里却还死死抱着那条鱼。

见肖飞在不断迫近，鳄鱼转瞬消失在水里，湖面只剩一片红色的泡沫在快速打着旋。

3. 咯血

夜幕降临了。

手机仍旧没有信号，沿湖放烟也未取得任何成效。食物也就是肖飞打来的一只兔子和郭文豪与多多捉来的十来只螃蟹（不是湖边螃蟹太少，而是自多多死后就没再继续翻石头）。一日内损失两名成员，大家的情绪都十分低落。

但生活还得继续。陈如把折来的湿黄蒿拧成一股一股，在搭建的窝棚前点燃，以驱赶成群的蚊虫。肖飞则把烤好的一只兔子腿递给张培，张培仍在哽咽，嘴里反复念叨："都怪我，让他捉什么鱼，现在弄得连尸首都找不着了……"

肖飞知道缓解悲痛需要过程，劝了几次之后便不再多言。他此刻处于一种十分矛盾的状态：一方面饿得难受，一方面又没有任何食欲。他把手里的兔子腿递给了一旁烤螃蟹的陈如，陈如也没食欲，转手又递给了半躺在窝棚里的郭文豪。

郭文豪似乎胃口还不错，之前他已经吃了一只兔子腿和三只大螃蟹，见陈如又递过来一只兔子腿，毫不客气地接过就啃。

"人死不能复生，意思意思就行了，别太跟自己过不去。"郭文豪边啃边说。他正啃得满嘴流油，忽然爆发出一阵剧烈的咳嗽，硬是逼得他把吃进去的肉又吐了出来。

郭文豪经常咳嗽，这次算不上是最激烈的，但周围三人的心登时揪在了嗓子眼儿上，因为呕吐物中还带了不少猩红的血块。

"郭老师，您没事吧？"张培本来只是哽咽，看见这种情况又吓得哭了起来。

郭文豪自己也愣住了，他很清楚这个时候咯血意味着什么。但也只是片刻的错愕，很快他便做出一副轻松的表情。

"没事，我吃兔肉的同时也吃了螃蟹，估计有点儿犯冲，不要紧的。"说着，他用杂草裹起呕吐物抛到远处，然后平躺下去说，"你们接着吃，我困得不行，先睡了。"

剩下三人面面相觑，不知该说什么，也不知能做什么。眼下束手无策，只能听天由命。

过了一会儿，张培起身，说了句"我也困了"便走进窝棚，选了与郭文豪相对的另一边和衣躺下。

篝火前只剩下肖飞和陈如。

肖飞给火堆加了一些柴火，然后从背包里取出稿纸和笔，开始沙沙书写。陈如坐在肖飞对面，两臂搭在膝盖上，脑袋枕着手臂，眼皮向下垂着，看不出是在发呆还是在假寐。

肖飞写了足足一个小时，其间陈如一句话都没说，以至于肖飞还以为她睡着了。就在肖飞写完收拾东西准备起身的时候，陈如叫住了他："肖大哥，借你的笔和纸用用。"

"你要笔和纸做什么？"话虽如此，肖飞还是把纸笔递了过去。

"许你舞文弄墨，就不许别人抒发一下感情？"陈如接过纸笔，脸上露出一丝轻浅的笑。

肖飞翻了翻一半的干柴，又把烤得半干的树枝架在火堆上，尽可能不让它发出浓烈的烟雾。陈如安安静静地书写着，时而行云流水，时而凝眉沉思，最后搁笔的时候眼圈竟红红的。

"哟，这抒发的什么感情，咋还伤心了？拿来我看看？"肖飞打趣地伸出手。

陈如把写好的几页撕下来折好，装进背包里，将剩余的空白稿纸和笔一起递还给肖飞："我想起小时候爸爸带我和哥哥一起在湖边露营的情景了，一晃十几年过去了，再次经历有点儿触景伤情。"

受到感染，肖飞的脸色也跟着沉下来："你爸爸在天有灵，一定会保佑你平安回家的。"

陈如幽幽地说："每年忌日我都会给爸爸上坟，今年却发生了这样的事情，爸爸没能如期看到我，肯定该惦念了。"

肖飞顺着她的话说："所以，回到家之后的第一件事就是到坟前去祭拜他。"

陈如没吱声，沉默了一会儿，她忽然开口道："肖大哥，如果……我是说如果我回不去的话，你能以朋友的名义代我去祭奠一下我的爸爸吗？"

肖飞听了，伸手在她的鼻子上轻轻刮了一下说："真傻，我们不是已经从隧道里出来了吗？怎么还回不了家了？"

陈如的眼神十分复杂："可手机还是没有信号，在得不到救援的情况下，我们没有食物也快没电了，这荒山野岭的，还能撑多久？"

肖飞则乐观地说："没吃没喝可以向大自然索取啊，就算手机没电，得不到外界救援，走我们也能从这山里走出去！"

"我相信你们有这个能力，但我怕是不行了。"顿了顿，她又说，"我的预感向来准确，我觉得自己可能回不去了。所以我才拜托你——"

肖飞示意她别再胡说了，然后起身走到她身旁并肩坐了下来。

"还是那句话，有我呢！"肖飞轻轻拍拍陈如的左臂。

陈如身子一歪，脑袋自然而然靠在了肖飞肩膀上。

4.郭文豪之死

张培从梦中醒来的时候，太阳已经升得老高。

她坐起身，看到肖飞正在沿湖放烟，顺带翻石头捉螃蟹，陈如不知从哪儿弄来了野菜，已经洗干净穿成串架在火上烧烤。她打开手机，仍旧没有信号，刚准备过去给肖飞帮忙，忽然听到郭文豪那里传来一阵微弱的咳嗽。

　　在张培的印象中，肖飞的觉是最少的，其次就是郭文豪了。昨天属他睡得最早，今天这么晚还没起床确实有点儿不正常。于是，张培走到郭文豪的旁边轻轻推了推他，后者没有反应。张培把手伸到他额头上试了试，发现烫得厉害。

　　"郭老师！郭老师你醒醒！"张培抓着郭文豪的手臂摇晃了几下。

　　郭文豪眼睛紧闭，听到叫声嘴唇微微嚅动了几下。张培见他嘴唇干裂，赶忙找来水瓶给他喂了几口水，然后又从背包取出毛巾，浸湿了敷在郭文豪的额头上。

　　"他怎么了？"陈如见势不妙，赶紧过来询问。

　　"高烧、昏迷。"张培简单应了一句，继续摇着郭文豪的胳膊，"郭老师，你一定要坚持住，等手机有了信号，我们就能得救了。到时候我们就送你上医院，你一定会没事的！"

　　陈如摸了摸郭文豪的脉搏，又翻开他的眼皮看了看，什么也没说，重新回到火堆旁烤她的菜。

　　"冷血。"张培气愤地嘟哝道，"你不是会妖法邪术的吗，你不是能够通灵的吗？真正需要救人的时候，怎么就躲一边儿去了？"

　　这时候，肖飞也赶了过来，一看便猜出个七八分。他弯下腰让张培和陈如将郭文豪扶到他后背上，说："本来想吃过早饭再下山的，现在看来等不及了！我背着郭先生先走，你们收拾好东西快点儿跟上！"

　　"好。"张培擦了擦眼泪，立刻开始收拾东西。

　　陈如问："路看好了吗？我们往哪儿走？"

　　肖飞腾出一只手指了指右前方说："那边的坡度相对缓一些，可以直接下到山底。另外我看过，山谷里的河水过了'S'弯后流速逐渐变慢，宽度明显增加，这说明下游应该有拦河大坝，大坝附近会有信号。"

　　"那我们就顺着河谷往下游走。"说着，张培把多多的遗物装进自己的背包里，然后又提起郭文豪的行李，陈如则扛着肖飞和自己的两个背包。

　　尽管是在齐腰深的荒草灌木中，肖飞的步伐依然很快。陈如怎么也跟不上，连叫了几声"肖大哥"，肖飞都没有止步。张培的腿有伤，落在最后面，踩在凹凸不平的地面上，几乎每一步都疼得钻心，但她一直咬牙坚持着。

郭文豪身体的危急程度，正是肖飞没有看出的那两三分。终于，陈如扶着一棵大树叫出了声："别忙了，他已经死了！"

肖飞蓦地止住步子，然后侧过身。随后跟上的张培看到，郭文豪的眼镜不知何时掉了，口鼻涌出的血将肖飞的衣服弄湿了一大片。

肖飞找块相对平坦的地方把郭文豪放下来，试探了一下他的鼻息，果然已经气绝。

张培丢掉行李，跛着脚跑过去，跪倒在郭文豪身边放声大哭："不！不可以的郭老师，你答应过回去之后请我到你家登门拜访的，答应过下次在通宁开签售会时送我新书的，你不能说话不算话！不能一句话不留就走了。"

陈如站在一旁，也许是经历过太多的生死离别，也许是对郭文豪的死早有预料，她此刻显得异常平静。她弯下腰，伸手碰了碰张培的肩膀让她节哀。不料张培转过头怒视着她，仿佛陈如是杀死郭文豪的凶手一样。

"走开，不要碰我！"张培大喊道，喊完回头接着哭。

肖飞默默盯着郭文豪的尸体看了一会儿，轻轻碰了碰张培的胳膊说："别哭了，人已经走了，伤心也没用，还是抓紧料理一下郭先生的后事吧。"

"怎么料理？"张培望着肖飞，"别说一口薄棺材，就是一张草席或被卷都没有，就这样把他丢在荒天野地里吗？"

"当然不是。"肖飞本能地应了一句，可究竟如何善后他也没有更好的办法。

"肖大哥。"张培忽然抓住肖飞的双臂，"袁富跟多多是情况特殊，可现在咱们已经从隧道里出来了，就把郭老师带回家好不好？算我求你了。"

肖飞迟疑着没有表态。陈如察颜观色后替他开了口："带一个死人走路，不仅极为不便，还会拖慢行进的速度。更重要的是，这么热的天，尸体腐败很快，万一有失体面，逝者也会魂魄不安的。"

张培听进去了一半，可依然不甘心，继续眼泪汪汪地叫道："肖大哥！"

肖飞用袖子擦了擦她的眼泪，说："你的心情我能理解，我也希望每个客死他乡的人都能落叶归根，可我们也得反过来想想，他是否愿意过世之后还要忍受日晒雨淋的煎熬？还有，以你对郭先生的了解，如果他知道自己是疑似病毒感染者，他还会坚持让我们冒这个风险吗？"

"你说什么？"张培瞪大眼睛，"郭老师是疑似病毒感染者？这怎么可能！"

第二十二天

"郭先生的确说过，他患有严重的钩端螺旋体肺炎，这种病到了晚期的确会咯血，但不会引起如此强烈的 DIC 症状，也就是常说的七窍出血。"肖飞指着郭文豪已经凝血的眼角、鼻孔和嘴巴说，"要知道，导致 DIC 的原因除严重外伤和中毒外，还跟全身性的细菌或病毒感染有关。

"郭先生受过多次外伤，但都只在体表，并没有给内脏造成实质性的损害。另外，他貌似也没有中毒的迹象，虽说吃了兔肉和螃蟹，但食物相冲顶多会拉肚子，不会造成多部位出血，而钩端螺旋体肺炎恶劣到极点也不会全身扩散。所以，眼下唯一的可能就是肺炎晚期加上全身性病毒发作。"

对于肖飞的推论，陈如心中似有疑虑："会不会是你背着他一路奔走，颠簸中血从鼻孔和眼睛里呛出来的？"

反倒是张培听了之后有了不小的动摇："我想起袁富死时的情景了，他也是七窍出血。虽然郭老师说冥萝伞的毒性和阿四的殴打才是致死根本，但同时也指出 T-SA2N9 病毒感染也是原因之一。按照这个逻辑，郭老师如果感染病毒，极有可能就是袁富传染他的了？！"

"不排除这种可能性。"肖飞实事求是地回答，"当然，陈如说的也有一定道理。但不管怎么讲，病毒感染者就在我们 42 人中间，这是客观事实，而我们对病毒的基本特征、恶劣程度以及传播方式却一无所知。死了的人就不说了，但活着的人有足够的理由互相设防、互相留心，趋利避害是人的本能，没必要对自我防卫者上纲上线，更没必要进行道德绑架。"

张培辩解道："我没有道德绑架的意思，我只是想让死了的同伴尽可能得到体面和尊严。"

"让逝者安息就是最大的尊重。"肖飞抓住她的双臂，"找个地方把郭先生埋了吧，等过了眼下的难关，再把他迁回老家安葬。"

张培沉默片刻，终于点了点头。

两个小时后，三人在一株面向河，背靠山的松树下挖了个深坑，将郭文豪放进去，用树枝杂草掩盖上，然后覆土安葬。为方便将来找，张培从袁富的遗物里拿出匕首，削了根木桩立在坟前，在上面刻上"郭文豪之墓"五个字。

告别同伴之后，肖飞等人继续往山下走，下午2点时分抵达山谷的河流边。他们又顺着河往下游走了一个多钟头，上游的水势加大，同时乌云也自峰顶压了下来。为避免大雨袭击和山洪暴发，肖飞在地势稍高的地方找了个可容纳三人的岩洞，刚钻进去，密集的雨点便从天而降。

雨一下就是大半天，直到深夜才停。三人无可奈何，只得在岩洞里蜷缩了一夜，翌日一早继续顺着河前行。过了"S"的第一个弯口，一直拿着手机的张培惊喜地发现：手机有信号了，虽然跟在天坑里一样，也是断断续续的一格。

她抑制住内心的激动，在键盘上按了110，然后按下通话按钮，把听筒压在耳边。"嘟嘟"几声之后，耳边竟真的传来女接线员的声音。非常幸运，这一格信号保持了足够长的时间（但不超过5分钟），让张培把自己所处的大致方位和基本情况都说明白了。

刚说完没多久，信号就断了，等再次恢复的时候，对方告诉张培，有关大巴车隧道遇险的情况救援队已经知悉，这些天一直在不断地进行现场挖掘和搜救。对方还把救援队的电话也告诉了张培，让他们即刻取得联系。

为获取更好的通话质量，张培边走边拨打电话，其间信号断断续续，每次通话都持续不到5分钟，但整体是往好的方向走。救援队接到电话后指给张培两条路：如果能坚持的话就继续往前走，下游如果有拦河大坝，双方就在那里碰头。但缺点是，通枰一带水文纵横，无法断定双方说的是否同一条河流。

另一个方法是如果无法坚持走远路，就找个有网络信号的地方发一个定位，或者保持通话超过5分钟，救援队就会赶过来接应。但缺点是由于山路崎岖、逆流难行，采取这种方案他们可能会等上很久。

2. 反转

经过商议，肖飞选择了一个折中的方案。由于张培的腿伤严重，再走的话恐怕要废掉了。所以肖飞决定先背着张培走，尽可能到达双方约定的大坝，如果遇到天气或别的原因，能走多远走多远，直到网络和手机信号稳定，再发定位原地待援。

河边的荒道异常难行，直到天黑也没走出多远，大坝仍然不见踪影。所幸渐渐有了网络信号，双方互相发了定位，这才发现，救援队在大山的另一侧，距此至少110公里以上，过来需要公路转水路，水路转步行，抵达会合点至少要到第二天中午。

傍晚时分，张培在岸边选了个地方点起篝火。由于三八大盖没了子弹（前一天打完野兔就没了），肖飞无法再去猎杀野味，只能用芦苇编织的鱼篓抓了几条鱼，准备烤一烤当晚饭。张培想找陈如帮忙杀鱼，陈如却以打电话为由从火堆旁离开。

陈如的电话打了很久，之后又站在原地发了会儿呆。等她长舒一口气转过身，赫然发现张培就站在身后。

"你在跟谁打电话？"张培的口气冷冷的，像在审问。

不同于以往的谦卑与忍让，陈如这次表现得相当强硬和凌厉："我跟谁打电话与你有什么关系？"

张培一伸手说："把电话拿过来。"

陈如扬起下巴说："你没有资格问我的隐私。"

张培上前两步，依旧伸着手："非常时期非常策略，只有公权没有隐私，给我！"

陈如冷哼了一声："要给也是给肖大哥，轮不到你！"

"很好。"肖飞不知何时也从身后走了过来，"难得这个时候你还肯认我这个领队。"

"肖大哥？"陈如一时有些蒙，"你们……"

"不要再演戏了，我都替你累。"张培指着她，"曾经给你机会，你不好好珍惜，非要等别人来揭穿，可真够行啊你！"

陈如的目光从张培身上移开，转而望着肖飞，同时把手机递了过去。

肖飞的口气带着前所未有的冷淡："我不要你的手机，只想问你几个问题。"

陈如顺从地点点头："你问吧肖大哥，我知无不言。"

"那最好。"肖飞目不转睛地盯着她，"在隧道和古墓里假扮温国公主幽灵的青衣女子，如果我猜得没错，是你的双胞胎姐妹吧？"

陈如的视线没有退缩，只是略微闪烁了一下，说："没错，我们陈家一共有兄妹三个，除了跟你说的那个哥哥外，我还有个样貌几乎完全一样的双胞胎姐姐，她的名字叫陈燕。"

肖飞点了点头："果然，你爸爸就是那个守陵人。"

"肖大哥只说对了一半。"陈如迎着对方的目光，"三年前，因血液流干死在山脚下的人的确是我爸爸，我们姐妹两人一个打入你们内部，制造恐怖气氛，掩盖真实身份，一个在外围假借温国公主亡灵处处煽风点火，屡屡制造危机，这么做的确是要为他报仇，但跟所谓的守陵人并没有任何关系。

"真正的守陵人早在几十年前就已经过世了，我姐姐假扮公主幽灵只是借用他的身份。当年，日本鬼子修建军事基地延伸段时发现了公主陵墓，并对陵墓进行了大肆洗劫和破坏，守陵人寡不敌众，只能假扮成温国公主幽灵吓退日军，并利用豢养的巨型獒犬同他们周旋（鬼子不认识，称之为远古神兽）。因为那位守陵人没有子嗣，所以守陵的工作到他那里就断代了。"

肖飞了然地点点头："那王师傅烟盒上的数字是怎么回事？"

"当时大巴车遭遇塌方，然后又遇到山魈袭击，是我姐姐趁乱写下的。"陈如回答说，"写完之后，她在王师傅的手指上涂上了血，造成数字是由王师傅所写的假象。"

"那我们在升降机井底的石板上以及凹槽里所见到的"T-SA2N9"字样呢？也是你们搞的鬼吧？"张培问。

"没错。"说到这个，陈如换上一副得意的神色，"不过不是我们的手笔，是我的一位表叔帮忙刻上去的，他可是枰州一带著名的仿古高手，技艺方圆百里无人能及。和在烟盒上留下数字一样，制造仿古痕迹的目的也是为了加剧内部矛盾、引起心理恐慌。"

张培与肖飞对视了一眼。肖飞把前后线索一串联，也明白了整个事件的来龙去脉："这么说，所谓的'旅游中奖'（三年后故地重游）从一开始就是个阴谋？"

陈如冷笑道："当然，从买通旅行社和汽车站的工作人员，拿到当年那辆车上所有成员的名单，到方案设计、人员分工、机关布置，再通过电话逐个邀约，最终促成此行，这中间我们可没少费功夫。"

但肖飞仍有不解之处："那天晚上的泥石流也是你们策划的吗？"

3. 真相大白

陈如摇摇头说："肖大哥太看得起我们了，我们可没那么大的本事引发泥石流，不过可以想办法让它改道。"

"隧道的坍塌总出自你们之手吧？"张培再次问。

陈如继续否认："策划这起复仇行动虽然出于愤恨，但并没有要杀害某个人的意思，我们只是想让车在隧道里坏掉，然后引导你们向内里深入，通过一些折磨让你们承受肉体和精神上的折磨，最后或暗示或明示，让你们陷在自责和痛苦中，完成反省与救赎，最终向我爸爸谢罪。

"不管你们相不相信，隧道的坍塌完全出乎我们的预料，对于所造成的重大死伤我们也很悲痛。灾难发生后，我们主动放弃了一些比较严厉的惩罚，之所以有人死亡，更多是因为环境和人心的恶劣。如果目的是杀害你们，我就不会帮你们驱走那些动物了，你们也绝对活不到现在。"

"这个我相信。"肖飞点点头，"所以，把我们从升降机井底拉上来、制造敲打声引导我们进入军务秘书处、打开隧道石门的都是你姐姐吧？"

"是的。"陈如说，"包括石人阵里的碎石坝墙、铁笼子的两根空管在内，都是我们的特殊设计，制造危机的同时却留有破绽，这是我们实施报复行动的原则。所以，自始至终我们绝对没有杀死过任何一个人。"

"花言巧语！"张培忽然激动地说，"袁富、多多和郭老师，哪一个不是因为你们而死的？虽然没有亲自动手，但你们也有不可推卸的责任！"

"那我爸爸呢？他死得不冤吗？"陈如的嗓门也高起来，"按你的逻辑，是不是等于全车人直接杀了他！"

张培梗着脖子说："又不是我们打伤你爸爸的，这两件事能相提并论吗？"

陈如愣了片刻，才说："没错，是阿四打伤了我爸爸。三年前的奸杀事件发生不久，我爸爸在服务区的洗手间偶遇光着上身换衣服的阿四，于是他立刻通知肖大哥，两人一起追着他进入山脚下那条隧道，后来，阿四用枪打伤了我爸爸。我爸爸没有死在这一枪下，却被你们的冷漠和自私杀死了，你们理所应当遭到报应！"

张培愤然道："是阿四打伤了你爸爸，阻止我们停车开门也是他逼迫的，为什么一个人的过错要一车人来承担？"

"如果你们有足够的正义感和悲悯之心，全车人怎么会被一个人绑架？"陈如反问道，"那是当天经过山脚下最后的一班车，我爸爸伤得很重，但仍然坚持从隧道追出来。如果你肯伸出援手，他还是有希望活下去的，可是你们太过自私和怯懦，抛弃了他，致使他忍痛在黑暗里挣扎大半夜，最终在天亮的时候血液枯竭，死在山脚下！"

三人同时沉默了片刻，肖飞接着问："那 T-SA2N9 病毒呢？是不是也跟你们有关？"

"很抱歉。"陈如无辜地摊开手，"我们是通过你们的讲述才知道病毒一事，究竟谁才是感染者，我也不得而知。"

肖飞盯着对方看了一会儿，点点头。

"最后一个问题。"肖飞说，"王师傅是你们的成员之一吗？"

此话一出，立刻被张培否认："这不可能！王师傅绝对不会是他们的人！"

"那他接到疾控中心电话后，为什么把车开进隧道，而不是返回服务区？"肖飞不解地问。

"当时后方落石那么严重，难道你没看见吗？"张培惊讶地望着肖飞。

肖飞眉头紧皱，似乎在回想当时的情景。

这时陈如开口了："后方的落石是我们制造的，目的是让大巴车根本没有机会返回服务区。王师傅之所以把车开进隧道，大概是为了紧急避险吧。"

此时此刻，真相基本大白。

陈如从腰后摸出手枪，走到肖飞跟前，把枪递给他，说："事实就是这样。成王败寇，既然落到你们手里，要杀要剐悉听尊便。"

肖飞没有接那把枪，连看都没看一眼，他复杂的视线一直落在陈如脸上，良久才道："我知道了，你好自为之吧。"说完，便从她身旁离开。

张培停在原地，问道："她害死这么多人，就这么算了？"

肖飞头也不回地说："她说得对，没有一个人是被他们直接杀死的。况且，恩怨是非自有公断，即便有错，我们也无权作出任何审判和惩罚。"

第二十三天

1. 获救

三人回到篝火点，陈如默默拿取了自己的行李，临走前，她几次欲言又止，但最终什么也没说就离开了。

陈如走后，肖飞和张培没有心情吃东西，也没有再去找过夜的地方，就近找了一块平整宽阔的大石头当做宿营地。张培用打火机在附近点燃黄蒿和艾叶驱除蚊虫，肖飞则盘腿坐在篝火前，借着光亮继续用笔沙沙书写。

极其难挨的一夜。

天刚蒙蒙亮，肖飞和张培就背上行李继续赶路了。绕过"S"的第二个弯口后，河道明显宽阔平稳了许多。随后，他们发现一片竹林。一个多小时后，二人用竹子和藤条做了一只小型竹筏。

肖飞扛起竹筏，沿着河岸慢慢把它放进水里，然后牵着张培小心地坐在竹筏上。他们刚荡出没多远，从前方的丛林忽然跳出个人影，不偏不倚正好落在竹筏中间。张培还未来得及惊叫，就被对方从竹筏上掀了下去。

肖飞起初以为是只猴子或者猩猩，等那人转过身来夺取他手中的竹篙时，他才看清对方的模样，竟是阿四。两人很快扭打在一起，阿四原本并非肖飞的对手，只是肖飞顾及还在水中挣扎的张培，一不留神便被对方抓住机会，压在身下，失去了主动权。

阿四骑在肖飞身上，两手死死掐着他的脖子。由于两人压在同一侧，导致重心不稳，竹筏一头缓缓向上翘起，一头渐渐沉在水下，两人的身子也随之慢慢往下滑动，不出半分钟，水已经淹没了肖飞的眼睛和耳廓。

就在肖飞入水的同一时刻，不远处传来一声沉闷的枪响，紧接着，阿四的身子猛地向前扑去，水面随即晕染出几朵绚烂夺目的红花。

肖飞感到自己被阿四压着沉入水中，他翻了个身，甩开身上的阿四，借助浮力向上游去。刚出水面便看到只剩两手还在划动的张培，他赶忙游过去，从背后揽住张培，把她拖上还在水中打旋的竹筏，然后自己也爬了上去。

肖飞缓过一口气，看向岸边，见陈如站在十多米外的一块石头上，两手举着一把黑漆漆的手枪。他再转身看阿四，只见他在离竹筏七八米远的地方，背朝上一动不动漂在水面上，后脑处仿佛打开了一瓶会流动的染色剂，将周围的水染成殷红。

直到确定阿四绝对没有反击（说"生还"更确切）的可能，陈如才放下枪跳上竹筏，和肖飞一起抢救昏迷的张培。

十几分钟后，张培成功脱险，她看着帮她做心肺复苏、一脸汗水的陈如，眼神复杂。

"谢谢。"肖飞对陈如说。

"你救过我一次，这次我救了你，算是两清了。"陈如喘着气说。

张培本想问"那其他死去的人怎么说"，但话到嘴边还是咽下去了，相比肖飞，她还欠着人家一笔。

"从这儿开始，河道宽阔平稳，适合漂流，而且速度也快上很多，或许不到中午就能跟救援队碰面了。"说完，陈如起身打算离开。

肖飞一把拽住对方，目光诚恳地说："我们一起走吧。"

陈如看向张培，她虽然没有语言上的表示，但身子却主动往边上挪了挪，腾出一个人的位置。

竹筏一路漂行，大约两个半小时后，与救援队的冲锋舟遇上了。肖飞注意到，冲锋舟上除了6名穿着救生衣的专业救援人员外，还有两名全副武装的警察。

他顿时有一种不祥的预感。果然，三人被领上冲锋舟之后，他和张培得到了大量的食物和饮水，还有一名医生模样的人不停问东问西。而陈如却直接被警察拷住了，除了一句"打电话自首的就是你吧"再无他言。

冲锋舟顺流而下，下午1点时分抵达通枰公路附近的一座桥头。路边停着三辆车，其中一辆是救援队的专车，另一辆是公安局的警车，还有一辆是疾控中心的依维柯。不出所料，张培被带上救援队的专车，陈如被带到公安局的警车上。

肖飞跟着张培走了几步，发现之前还和和气气的救援队忽然如临大敌。正诧异时，几名身穿白衣戴着口罩的工作人员走了过来，二话不说架起肖飞就走向那辆封闭的依维柯。

"等一下！"是陈如的声音。

肖飞和张培以及带领他们的工作人员同时转过头来，陈如向押送她的警察道了个歉，然后十分艰难地打开背包，取出那只纯金的怀表走到肖飞跟前说："这是我爸爸的遗物，我留着也没什么用了，你拿回去做个纪念吧！"

肖飞迟疑着接过来："陈如……"

陈如示意他不要讲话，然后又说："别忘了你答应我的，如果有机会，一定代我到坟前去祭奠我爸爸。"

肖飞使劲点了点头。

陈如又转过身，走到张培跟前，从背包里取出一张折起来的稿纸递给她说："这封信是送给你的，看在我曾救你一命的分上，千万别把它扔了。"

张培接过，欲言又止。

"请务必回到通宁之后再打开。"说完，陈如冲张培微微笑了一下，又转头看了肖飞一眼，在警察的带领下上了车。

2. 再反转

回到家，张培先舒舒服服洗了个澡，直到皮肤泛红才擦干身体，敷好腿伤，披着睡袍从浴室走出来。

太阳西下，霞光透过窗户，将客厅染成橘红色。她赤着脚，踩在光滑舒适的木地板上，走到窗户跟前，推开窗子，微风轻轻吹着她半干的头发。原来生命可以如此美好，幸福可以如此简单。

忽然，她想起分手前陈如交给她的那封信，于是取出挂在门后的脏背包，将稿纸掏出缓缓展开。客厅没有亮灯，她拿着信纸走到窗前，让温和的阳光照在略显褶皱的稿纸上。

张培姐姐：

　　你好，请允许我如此冒昧地称呼你。当你看到这封信的时候，我已经向警方完全坦承自己的过错，从此大狱无期，甚至命不久矣。恨我也好，怨我也罢，我都是整个事件的策划者和执行者之一。我不奢望能得到你的原谅，但求看在同历生死二十多天的情分上，答应帮我完成最后一个愿望。我知道，你心里还有不少困惑，所以在此之前，我把最后的谜底告诉你。

　　所有事情始于三年前的那个夏天。肖大哥妻子意外遭到奸杀，为了给妻子报仇，他和朋友，也就是我的爸爸陈恒将凶手阿四围堵在我们被困的那条隧道内。打斗过程中，我爸爸被阿四开枪打伤，肖大哥本想先救我爸爸，再去追凶手，遭到我爸爸的拒绝。后来，肖大哥才知道，我爸爸负伤从隧道追出，但遭到大巴车司机王师傅和乘客的集体拒绝，最终因失血过多死亡。

肖大哥在痛苦和愧疚中患了失眠症。另外，他本人在追击凶手过程中不慎失足坠崖，导致海马体损伤，产生了记忆障碍，永远只记得33小时内发生的事。为维持记忆，他只能每天记日记。今年（2017年）4月，在一次见义勇为的过程中，他被人用装有变异型 T-SA2N9 病毒的针头扎伤，随后被关进省疾控中心的特殊病房。这种病毒是国际恐怖分子在日军研制的基础上提纯并加以改造的，主要通过血液传播，一旦感染，顶多只有五年的生命。

五年后，感染者会因各个器官功能衰竭而死，目前世界上没有解药。肖大哥知道自己的日子不多了，他想在生命结束前，联合我和姐姐为爸爸复仇。为此，他设计了一整套的报复方案，并于今年5月份伺机逃出省疾控中心，找到我们姐妹俩。虽然事出有因，但毕竟这是一次违反法律的行动，肖大哥疼惜我和姐姐，坚持一切责任由自己承担。

不知出于感激还是爱慕，在两个多月的紧密合作中，我渐渐喜欢上了肖大哥。我觉得肖大哥失忆加上感染病毒已经够可怜了，不忍心让他临终再背负良心债，况且他所做的一切都是为了我们陈家，因此我在大巴车上悄悄偷走了他的日记本，把整个事件的责任包揽了过来。前一天晚上，我把那个可能泄密的日记本烧了，以后的事情你都知道，我就无须多言。

张培姐姐，我知道你是个单纯、善良、负责又十分热心的姑娘，我也看得出你对肖大哥的那份情意。所以我才求你，求你替我保守这个秘密，也求你替我好好照顾他，陪他走完生命中剩下的日子。在另一个世界里，我会永远祝福你们。

陈如

2017 年 8 月 8 日夜

合上信纸，张培的眼泪也随之落下，她抬起头，房前正好有一大群鸽子飞过，它们扑扇着洁白的翅膀，尾部带着清脆的哨音。

城市边缘那片白色的建筑便是省疾控中心，此时此刻，肖飞正穿着病号服靠在床头，手中拿着陈如送他的那只怀表。听到哨音，他缓缓仰起脸，看到鸽子快速从窗边掠过，飞向远方的群山。

天际，暮霭重重，残阳如血。

图书在版编目（CIP）数据

惊变二十三天 / 赤蝶飞飞著. -- 北京：作家出版社，
2019. 12
　（悬疑世界文库）
　ISBN 978-7-5212-0571-8

Ⅰ. ①惊… Ⅱ. ①赤… Ⅲ. ①长篇小说 – 中国 – 当代
Ⅳ. ①I247.5

中国版本图书馆CIP数据核字（2019）第165280号

惊变二十三天

作　　者：赤蝶飞飞
出版统筹策划：汉　睿
特约编辑：赵　衡　沈贤亭
责任编辑：静　静
装帧设计：几何创想
出版发行：作家出版社有限公司
社　　址：北京农展馆南里10号　　邮　　编：100125
电话传真：86-10-65067186（发行中心及邮购部）
　　　　　86-10-65004079（总编室）
E-mail:zuojia@zuojia.net.cn
http://www.zuojiachubanshe.com
印　　刷：三河市北燕印装有限公司
成品尺寸：142×210
字　　数：200千
印　　张：7.5
版　　次：2019年12月第1版
印　　次：2019年12月第1次印刷
ISBN 978-7-5212-0571-8
定　　价：33.00元

悬疑世界文库

蔡骏策划

悬疑世界打造

赤蝶飞飞《惊变二十三天》
绝境中的阴谋与爱情，深渊里的人性与救赎。

悬疑世界文库

中国类型小说殿堂卷帙

[悬疑世界文库] 魅惑解锁

时间从此分叉

万象森罗 蛰伏如谜

爱与恨正在演绎无数可能

悬疑无界 故事无常

敬请期待